SHORT CLASSICS
短经典精选

LEGEND OF A SUICIDE
———— David Vann ————

一个自杀者的传说

〔美〕大卫·范恩 著 索马里 译

人民文学出版社
PEOPLE'S LITERATURE PUBLISHING HOUSE

著作权合同登记号　图字 01-2019-4495

David Vann
LEGEND OF A SUICIDE

Copyright © 2008，2010 by David Vann
This edition arranged with InkWell Management，LLC. through Andrew Nurnberg Associates International Limited
Simplified Chinese edition copyright © 2023 by Shanghai 99 Readers' Culture Co.，Ltd.
All rights reserved.

图书在版编目(CIP)数据

一个自杀者的传说/(美)大卫·范恩著;索马里译.—北京:人民文学出版社,2023
（短经典精选）
ISBN 978-7-02-018207-7

Ⅰ.①一… Ⅱ.①大… ②索… Ⅲ.①短篇小说-小说集-美国-现代 Ⅳ.①I712.45

中国国家版本馆CIP数据核字(2023)第164063号

总　策　划	黄育海
责任编辑	朱卫净　骆玉龙
出版发行	人民文学出版社
社　　址	北京市朝内大街166号
邮政编码	100705
印　　刷	凸版艺彩(东莞)印刷有限公司
经　　销	全国新华书店等
开　　本	889毫米×1194毫米　1/32
印　　张	8.5
字　　数	182千字
版　　次	2023年10月北京第1版
印　　次	2023年10月第1次印刷
书　　号	978-7-02-018207-7
定　　价	69.00元

如有印装质量问题，请与本社图书销售中心调换。电话:010-65233595

SHORT CLASSICS
短经典精选

献给我的父亲
詹姆斯·埃德温·范恩(1940—1980)

目录

001 | 鱼类学
011 | 罗达
024 | 好男人的传说
035 | 苏宽岛
202 | 凯奇坎
223 | 飞上青天

232 | 大卫·范恩访谈

鱼类学

我的母亲是在埃达克岛上生下我的。埃达克岛在白令海峡的尽头，只是阿留申群岛尽头积雪覆盖的小块陆地。我父亲当时正以牙医的身份，在海军服两年的兵役；他之所以选择去阿拉斯加，是因为他喜欢打猎和钓鱼。但是当他提出这项申请时，他显然对埃达克岛一无所知。如果我母亲早知道那里的情况，她一定亲手把这个申请划去。只要掌握充分的信息，我母亲从来没有做过错误的选择。

所以她拒绝自己发烧的、生着黄疸的婴儿被拉出埃达克岛的地下海军医院，塞进那架在跑道上等候了六个多小时的喷气式飞机。因为我的体温已经达到105华氏度①，并且还在攀升，医生们和我父亲都建议把我运回美国本土，住进一家真正的医院（我们住在那里时，埃达克岛上没有人能挺过一场轻微的心脏病，没有人）。但是我母亲拒绝了。带着一种本能的恐惧（我父亲常将之形容为动物性的），她很确定一旦被运到高空中，我就会死去。她将我放在一只普通的白色澡盆里，里面注满了凉水，我活了下来，甚至变得更强

---

① 约为40.5摄氏度。

壮。我那橘色的斑斑点点的皮肤逐渐平缓，变成健康婴儿拥有的粉红色；我的四肢不再蜷缩，两条腿甚至在水里拍打着，直到她把我抱出去。然后我们都睡着了。

等我父亲服完海军兵役，我们搬去了凯奇坎，那是位于阿拉斯加东南部的一座海岛，他在那里买下了一间牙医诊所。三年之后，他又买下一艘渔船。那是一艘崭新的二十三英尺长的玻璃纤维游艇，有可住宿的舱房。有个星期五的下午，他把船驶了回来。我们在岸边朝他欢呼，他的夹克里面还穿着牙医的工作服。他将游艇滑向码头的船位，第二天一早，他站在船坞的尽头，垂视着阿拉斯加清澈、刺骨的海水，在三十英尺之外，"雪鹅"盘踞在灰色的圆石中间，像一场白色的海市蜃楼。我父亲将他的船命名为"雪鹅"，是因为他满脑子都梦想着白色的船身翱翔于水面。但是那天下午他发动船体的时候，他忘记放排水塞了。和我母亲不同，他从来看不见也听不到事物表面之下的问题。

那个夏天，当我们结束了一天的捕鱼，疾驰过浪尖回家时（我父亲已经将"雪鹅"重新清洗过了，以此证明有时候坚持能够弥补缺乏远见），我就会和我们捕到的比目鱼待在开阔、船沿很高的后甲板上。当我父亲驶过一道波浪、迎向下一道时，我和比目鱼们就会跌向空中。比目鱼就像灰绿色的大狗，直直地躺在甲板上，它们巨大的灰色眼睛充满希望地看着我，直到我用锤子重重地敲向它们。我的工作就是看住它们，不让它们从船上逃脱。它们宽扁的身体拥有可怕的力气，只要用尾鳍啪嗒几下，就能飞出去两三英尺。它们的鱼腹亮莹莹的。我和比目鱼之间开始产生一种默契：如果它们不翻腾，我就不用锤子敲它们的头。但有时候，当海浪变得凶猛时，我们一次次地被抛向空中，它们的血和黏液会沾到我全身，我就会多敲它们几次。如今我为自己的这种倾向而感到羞耻。那时候，其余的比目鱼带着灰色的圆眼珠和审慎的长嘴巴，目击着这一切。

那些旅行结束后，我们停靠在码头，我母亲就会检查一切，包括排水塞。我父亲只是在一旁站着。我独自蹲在码头风化的石头上玩耍。有一次当我敲击一只生锈的铁罐时，看到一只可怕的生物从里面爬出来。我被它骇人的足部吓坏了，号哭着跌到了水里。很快我就被及时捞上来，然后淋了热水澡，但我无法忘记看到的一切。没有人跟我讲过蜥蜴的事——老实说我从来没有梦到过爬行动物，但是我看到它们的第一眼，就知道它们走错一步路了。

这件事之后不久，我快五岁的时候，我父亲开始相信他也走错了方向，于是他开始探索那些他认为自己此前没有机会体验的经历。我母亲只是他约会过的第二个女人，但是在这个名单上，他现在加上了为他工作的牙科保健师。不久，在夜晚，我们家里充斥着之前无法想象的各种持续的哭泣声。

一天晚上，当我的父亲独自在起居室里啜泣，我母亲在卧室里砸东西时，我离开家这个港湾。我母亲一声不吭，但我通过想象木头和玻璃碎裂的声音，还有灰泥剥落的位置，来追踪她在屋子里的走向。我悄悄走进阿拉斯加雨林温柔而氤氲的夜晚，阒无声息，除了雨声。我穿着睡衣在街道的另外一边游荡，在黑暗里窥视起居室低矮的窗户，听着各家房门的声音，直到我在一家门前听到陌生的低鸣。

我绕到房子的一边，打开纱门，将我的耳朵压在冰凉的木头上。嗡嗡声现在变弱了，几乎只是一丝呻吟，耳朵很难捕捉到。

门是锁着的，但是我抬起门前橡胶擦鞋垫的一角，和我们家一样，钥匙就在那里。我走了进去。

我发现那嗡嗡的声音来自一只鱼缸的气泵过滤器。在别人家中独自徘徊的感觉有点可怕，我严肃地穿过油地毡，在厨房的凳子上坐了下来。我看着橘黑色条纹的鱼吞下鹅卵石子，又吐出来。鱼缸里也有大块的石头——有着阴暗洞穴和裂缝的火山岩，很多细小、如金箔闪烁的鱼眼正透过这些窥伺着我。有的鱼拥有明亮的红蓝色身体，有的则是橘黄色的。

我想鱼群也许是饿了。我走到冰箱那儿，看到有腌黄瓜。我打开罐子，拿回鱼缸前面给它们看。我发现了鱼缸的插槽，就在鱼缸后面，我把黄瓜丢了进去。开始只丢了一两片，然后是一整罐，最后我将酱汁也倒进去。这导致鱼缸里的水漫出来，四壁开始有水珠游走。

我看着那些黄瓜片和鱼群一起明晃晃地漂浮在水面上，有的开始下沉、翻滚。它们缓慢地从身体下方那些亮粉的、蓝色的石头上弹开。在我倒进黄瓜的时候，那些橘色条纹的鱼在鱼缸里快速游动，但是它们现在速度也很缓慢了。它们游动时，身体微微向一边倾斜。有些则在石头上休憩。其余的每隔片刻就朝水面张开它们那长长的、透明的软骨口腔吸气。它们的边鳍在水中荡起涟漪，细致如上好的蕾丝。

更多黄瓜片沉下去了，看起来就像一群睡着的鱼在粉色和蓝色的砂石上方摇晃。而真正的鱼则在它们旁边摇晃,就像身处由鳗草和沉没的睡莲叶子织成的坟墓中。画面是如此美丽,在那个美丽的瞬间,我身体用力地前倾。

我将头和手压在玻璃上,凝视着其中一只银色眼睛中无声、黑色的眼核。我感觉自己仿佛也漂浮着,并不协调地微微摇晃。在一闪而过的瞬间,我捕捉到自己正在感受那种摇晃,也察觉到自己正在理解,意识到我就是我。这让我分心;然后我忘记了是什么分散了我的注意力,也失去了对鱼类的兴趣。然后我重重地踩过厨房地面的油毡布,走进温柔、灰暗的雨中。

三年后,在我和母亲搬到加利福尼亚之后,我有了一只属于自己的鱼缸,并决定成为一名鱼类学家。当然,我的父母已经离婚。我做过的事情,几乎和他们自己一直在做的事情一样惊吓到他们。他们全然不知,我的破坏欲和他们的夜间交流有什么样的联系。

我的第一只鱼缸只是一个干净的塑料托盘,人们似乎经常用它来盛螺母和螺栓。我把在乡间集市上赢得的两条金鱼放进去,还有我母亲在回家路上从萨尔水族世界买的一些砂石。

我看守着这些瘦弱苍白的金鱼,但是托盘没有盖子。我们的猫"史默基"用它的爪子抓住这些鱼,在我们厨房的工作台上吃掉它们的时候,我目击了整个过程,无法挪动一步。后来我母亲带我去了萨尔水族世界,买了一只大小合适、有气泡过滤器的十加仑鱼缸,里面有更多的砂石,宽叶的塑料植物,还有一块有洞眼的火山岩，一些金鱼。其中一种橘黑色条纹的金鱼我在凯奇坎就认识了——现在我知道这种鱼叫丑鳅鱼。

每天晚上我们都会照看这些鱼类，每个周末清理一次鱼缸，还要让他们在偶发的白点病瘟疫中存活下来：那种瘟疫会让鱼的鳍和尾部突然长出不明的白点，可能导致所有的鱼类都死亡。

我们为第一批死去的鱼举行了复杂的葬礼：整个过程中，我母亲和我一样，跪在泥地里。我裹着一条旧的白色床单。死去的鱼们总是被包在一层层的卫生纸里，放进小盒子，埋到地下六英寸的地方，这样猫就不会把它们挖出来。

很快，我们只是把死去的鱼放进马桶冲走，然后更换一批新的。但那时它们是我的全部牵挂。在学校里，在该写读书报告的时候我总写着我的鱼类报告，我的小学老师们似乎从来没有真正理解过这些，不过他们显然相信我读过标题为诸如《丑鳅鱼》《银币》《彩虹鲨》《清道夫》，还有《底部吸盘》之类的书①。人类生活中的一切都可以在那只鱼缸里找到。黄黑色的天使鱼优雅地漂浮着，光芒四射，它们身后拖着长条状的排泄物。鱼缸底部的吸盘鱼吃下这些排泄物，又厌恶地吐出来，然后继续漫游，仍然饥饿。在我将两条新来的银币鱼投进鱼缸不到五分钟的时间里，我看到了真正的残酷。银币鱼是一种体大而又扁平的鱼，在形状和亮度上几乎和它因之被命名的硬币一模一样。它们一离开萨尔水族世界的塑料袋，就

---

① 书名号中均为鱼类的名字。

立刻游到我的那条懒惰而又突眼的彩虹鲨两侧。彩虹鲨的名字是个极大的错误：事实上它只不过是一条有着扁长闪亮的身体，还有两只大大的球茎一样双眼的金鱼。银币鱼技术很娴熟，也很无情，它们知道如何团队合作。在一个快速的闪回里，每条银币鱼分别扑向彩虹鲨的一只眼睛，将它们吸出来。它们甚至没有吞下眼睛，而是任由那两只圆圆的、台球一样的眼球，梦幻般地沉向岩石，吸盘鱼会在那里摄取它们。

我母亲的惩罚也非常迅速。几分钟之内，银币鱼们就被网捞起来，被马桶冲走了。那天晚上，我们一起看着彩虹鲨盲目地撞向鱼缸的四壁，等待它死去。

我们在加利福尼亚度过的那些年正稳步朝向一种更受局限的生活，而我父亲在阿拉斯加的生活却延伸得越来越远，并且他做的每件事看起来都不着调。他从来没有喜欢过牙医这个职业，现在在他觉得也许捕鱼是他更想做的事情。在这点上我相信他是对的，他当然很急切，但是他事先没有考虑周到。他卖掉了自己的诊所，订造了一艘漂亮又昂贵的、六十三英尺长的铝制商业渔船，那艘船将在比目鱼的鱼季到来之前完工。我父亲说服了我叔叔担任船员。他们此前一直一起钓鱼，但只是当作一种娱乐。他们都没有操作商业渔船的经验，船上就只有他们两个人。如果我父亲一开始是去另一艘船上工作或是聘请一位船长的话，那他心中那个孤身探险者的自我形象也许会被削弱。

他将那条船命名为"鱼鹰"。鉴于"雪鹅"适合于一两天短程的业余捕鱼之旅，它像只鸟一样在水上展开白色的翅膀，"鱼鹰"的用途则更宽泛。它的双翼有六英尺。众所周知，鱼鹰可以大弧度地在水上飞翔到很远的地方，并且它们经常是独自飞翔。

"鱼鹰"没有及时完工，所以我父亲和叔叔比鱼季晚了一个半月才开始。匆忙之中，他们弄乱了原本准备捕捉大比目鱼的渔网，因而卡住了巨大的水压轮，而那是用来将鱼捞上船的。当然他们几乎一无所获。那一年光是在捕鱼上，我父亲就损失了十万美金，但他毫不畏惧，因为他已经进入了他人生中最后几次美丽、绝望而又辽远的循环。

我叔叔说起有一天晚上，他们在驾驶台那里玩金拉米纸牌，我父亲连输十七次。他看起来并没有闷闷不乐或是违心地恭维，相反他突然弓起背，张开双臂。他站到雷达和声纳投射的蓝白光中间，站到他的船长椅上，伸直他的下巴（我叔叔到今天都还记得那看起来像是一只弯得很明显的鸟嘴），粗声喊道："往右转舵三度！"我叔叔听命调整了自动驾驶仪，第二天早上，他们成功地布下了渔线，而他们的旅途中只有三四次下网是成功的。

我父亲的预言和实际的成功很少沾边。那年他投资的五金店也倒闭了，金价在下跌，国税局对他在南美国家避税也失去了耐心（他对缴纳社会保险感到很愤怒，但讽刺的是，在他去世后，正是这笔钱支撑着我们的生活）。还有，他和未婚妻（之前是他诊所的前台）的关系也在僵化。简单地说，那一年不是幸运的一年。在一月中旬，我和他在一起待了四天。

那个假期的每天晚上，当我躺在旅馆地上他床边的睡袋里时，都听到他辗转反侧直到很晚。带着孩子有时具备的某种确信,我感觉不久之后他就不再是我的父亲了。他的动作循环往复,禁锢着他。他发狂地踢着床单,叹息里带着受挫、愤怒和失望,如近海的风暴那样翻腾汹涌,先是湮没了他的脸,最后他偃旗息鼓,把头埋进枕头里哭泣。然后他又开始同样的循环。我一直都假定他以为我睡着了,因为据我所知他从不会让自己在别人面前流泪。但是有一天晚上他对我说话了。

"我不知道,"他大声说,"罗伊,你醒着吗?"

"是的。"

"天哪,我真不知道。"

那是我们最后的交流。我也不知道。我唯一想做的就是深深地缩回睡袋里。他一直有可怕的头痛,止痛片也无法抑制。他空洞的声音只是变得越来越空洞,我也不想看到、听到那些导致他失望的原因。我知道他在走向何方,我们都知道,但是我不知道他为什么要这样做。我也不想知道。

第二年,我父亲驾着"鱼鹰"去了越来越远的地方,他改装了渔船的传动装置去捕捞墨西哥湾的金枪鱼,后来再次去白令海捕捞帝王蟹。他开始在又高又宽的后舱钓鱼,有一天他捕到了几条大鲑鱼,他就在那儿掏空了它们的内脏。回到港口以后卖掉失败的"鱼鹰"迫在眉睫(那两年里他经历的失败,让他无法再从一家银行获得贷款),鉴于国税局一直盯着他,他无法想象还能坐飞机去更远的地方。他从船舱里拿起他那把点44马格南手枪,一个人走回亮银色的船尾,头顶厚重、灰白的天空,海鸥正在嘶鸣,他的短靴被新捕获的鲑鱼暗红的鱼血浸透。他也许停下来思考了片刻，但是我怀疑这点。他的冲动是凭空而起的，没有考虑现实。我父亲把自己炸碎、溅落在鲑鱼的内脏中间。后来的几个小时里，在我叔叔从引擎间出来发现他之前，他的残骸在被海鸥们啄食。

留下了我母亲和我。因为从未飞到任何高度，我们也无处坠落。当我叔叔打来电话，告诉我们这个消息之后，我们喝了牛肉清汤，汤里漂着一些豌豆。那天晚上，随着天色逐渐由蓝变黑，我们坐在起居室里，在鱼缸荧光灯的照射下，看着它们。彩虹鲨现在已经知道如何前行了，不像之前那样频繁地撞向玻璃。它空空的眼窝破损的地方原先充满淡淡的血迹，后来逐渐平复，被一层模糊的白色薄膜覆盖。只有一半下颌和尾巴的虎纹喷水鱼总是以四十五度角游向水面，它能喷出可观的水球。它正用有力的下唇滑过水面，等待着。在某个点——我不知道什么时候，自从死亡发生之后时间似乎静止了，我感觉不到它的流逝——我起身拿起苍蝇罐。我将其中一只放入鱼缸顶盖和水面之间的空间，用胶带盖住洞眼，然后坐到我母亲旁边观看这场熟悉的仪式，这是我们过往生活的一种纪念，但我知道自己已经对它失去了兴趣。喷水鱼紧张起来，不安地绕圈游动，钩状的嘴唇到达了最关键的水面，安静而有预谋地追踪着那只疯狂飞舞的苍蝇，然后它迅速地喷出水球，动作小到像一切都没有发生过。然后是那只苍蝇，落入水中，释放着数百万道传达它的痛苦的细密涟漪。

罗 达

第一次见到继母时,我以为她在对我眨眼。我也朝她眨回去。但是她只是皱了皱眉,右眼皮从来没抬起过。她穿着一件黄色的婚纱,没有面纱和后摆。当我举着被放置在天鹅绒枕上的婚戒经过前排座椅时,她转头来看我。我相信我没有怎么看我的父亲,只是看着这个我父亲之前在所有人面前掩藏的陌生女人。她深色的头发,苍白的皮肤,低垂的眼睑,如果近看的话,显得惊人的美丽。

我的新继母罗达,用她白瘦的手指为我的父亲松开戒指。我抬头看那只无神的眼睛,被它吸引——它微微地睁开——当我意识到她也在看我的时候已经太迟了,她在看着我。她的另外一只眼睛是棕色的,很明亮。她大声地当着所有人的面笑起来,就在仪式进行的正中间,当她把我父亲的婚戒套进他的手指时。她的笑声让我们大吃一惊,尤其是我父亲,他四处张望好像这笑声来自教堂里的某个地方。当他抬头向上看的时候,嘴巴微微张开。平生第一次,我看到了他的恐惧。

在招待会上,罗达仔细地用餐,将她的食物切得方方正正。她知道自己正在被人注视。我们的餐桌设在父亲的草坪上。草坪的尽头是一座胡桃园,有溪水穿过,背景是两座长满灌木的山脊。这里的视野很开阔,但是每个人只是看着罗达。当她起身离席走进屋子——我们猜测她大概要用洗手间——这时,我的祖母开火了。

"真糟糕你母亲今天不能来。"她对我说。我像一根榫头插在她和我父亲之间,没有开溜的余地。虽然罗达的父母没有前来招待会甚至婚礼,她姐姐就坐在我们正对面。"我不知道他为什么不能继续和你母亲在一起,"我的祖母继续说道,"你知道罗达只有二十四岁吗?"

"玛格丽特,这不是说话的地方。"我祖父插话了。

"哦,我什么都没说。只是我们一直很喜欢他母亲。"

"要我再给你添些食物吗,妈妈?"我父亲问道。他没有看罗达的姐姐。

"她毕竟只有一只眼睛。"我祖母低声对我祖父说,声音高到足够让我们所有人都听见。

"天哪。"我父亲说。

"没关系,"罗达的姐姐说,"我们知道她没有恶意。只是这种场合有点尴尬。仅此而已。"

"正是,"我祖母插话进来,"那就是我想说的。"

"她来了。"我低声说。

当她坐下时,罗达细细地看了我们每个人。"你们刚刚在说我,是吗?"

"是的,当然。"我祖母笑着说,"你是新娘。"

我父亲和罗达没有度蜜月。相反，他们让我留下来过周末，他们还给了我礼物。也许这是某种形式的贿赂。

我坐在门廊上，看着太阳西沉进两山之间，空气温暖而干燥。我能听到鹌鹑在树丛里汲水的声音。宾客们全离开了，婚礼唯一剩下的痕迹是燃着的烧烤火盆。

"幸福的婚礼！"我父亲和罗达一起唱着，走上门廊。

罗达给了我一台随身听。我看起来一定有点吃惊，因为她又皱了皱眉。我还不习惯于昂贵的礼物。然后我父亲给了我人生中第一把枪，一把点30-点30的猎鹿卡宾枪。

"试试看，"他说，"那里有一只灰色的松鼠。"他指着我们面前硕大的橡树说。

我也已经看到那只松鼠了——大概离地面二十英尺。我用一只空心球就可以打到它。

"它没有装子弹。"我说。

"枪膛里有一枚子弹。你只要把撞针往后拉就好了。"

我扳下撞针，瞄准了那只松鼠。它正在啃啮什么，用它细长的黑色手指将它在手心里翻来覆去。它灰色的面颊现在在阳光下变得粉红，咀嚼的时候双颊也微微颤动。它的一只眼睛直勾勾地看着我。我扣动了扳机，看到一块肉从它身上飞出去，像一只红色的小鸟。它看起来像是炸开了。它的每部分落到地上的声音，像雨水从树上滴落。

"你打到它了。"罗达说。

那天晚上，我们开车进城去罗达的父母家，我见到了罗达的母亲。我们在那里的时候,她一直坐在酒吧高脚凳上一支接一支地抽着烟喝着酒。她有一只小狗,和那只松鼠一样大小,有一张烂醉的脸和愤怒的小眼睛,但已经被剃过毛,也更胖些;那只东西一直躲在高脚凳下乱吠,我们很难听清楚对方在说什么。时不时地,罗达的母亲会吼两声:"闭嘴,'傻瓜'!"然后伸出脚去踢它。那只狗就会跑出厨房,脚指甲咔哒咔哒地划过厨房的油地毡,然后又跑回来,边喘气边流着口水。

罗达的母亲用烟鬼粗嘎的嗓门对我说:"你是个好孩子,对吧。"

罗达的父亲邀请我父亲去他的枪械室,他之前说过自己收藏的猎枪和手枪颇具规模。

"你好吗,妈妈?"我们聊了很久之后,某一刻,罗达问道。听起来她似乎有一会儿没有和她母亲说过话了。

"你那个混账父亲想离开我。"

在罗达开口讲话之前,有一阵长长的、令人不快的停顿。"妈妈,你知道那不是真的。那从来不是真的。"

"好吧。情况也没有好到哪里去。"她又喝了一大口酒,"但是你又结婚了。去过好日子了,对吗?"罗达的母亲又给自己倒了一杯,然后看着我,"你喜欢做什么?"

她将嘴里吐出的烟圈吸进鼻子。她穿着粉色的宽松裤,便鞋钩在高脚椅的横档上。她的狗盯着我的小腿。

"我不。"我说道。

她笑起来,咳嗽了几声,然后狐疑地看着我。我本想说"我不知道",但是不知道把最后一个词丢哪儿了。

"他只有十二岁,妈妈。"罗达说。

"他是个好孩子。"她母亲朝我眨着眼,然后在烟灰缸里捻熄了香烟。"嗨,比利!"她朝着门厅大吼,"该死的那些枪真那么有趣吗?过来看看孩子。"

她又给自己倒了一杯。

"爸爸爱你。"罗达说。

"睁开你的眼睛,罗达,"她母亲盯着她,"哈。"她说完笑了,然后又开始咳嗽。"你一直都太聪明,罗达。羞辱你母亲可不好。"她看着我,眨了眨眼睛,"不要以为我不知道自己在说什么。"

罗达的父亲慢慢走进来,在我父亲旁边他看起来是个身材矮小、胸膛宽阔的人。"我想你已经喝得够多了。"他对妻子说。

她又朝我眨了眨眼,放下了杯子。

罗达的父亲看起来与其说是生气,不如说是尴尬和不知所措。他轻轻地用手摩挲自己正在变秃的头顶。

"你觉得爸爸的收藏怎么样?"罗达问我父亲。她现在站得离我近了些,离开了她母亲。我能看到她脖子周围姣好柔软的长发。

"真的很了不起。你不是每天都能见到这样的收藏的。"

"求你了,夏琳娜。不要当着他儿子的面。"罗达的父亲说。

"没关系的,爹地,"罗达说着,朝他走过去,"不管怎样,我们不会停留很久。"

"你是在和我讨论什么是羞耻吗?"罗达的母亲背对着我们问道,"一个从来不和他妻子在公开场合一起出现的男人在和我讨论羞耻?""傻瓜"开始低声咆哮。它知道有什么事在发生,为此很抓狂。"一个和不到自己一半年龄的小贱货们偷偷乱搞的男人?"

罗达的母亲在高脚椅上转过身子,指着她的丈夫。"给我让开,罗达。"她说,因为罗达这时候挡在他们中间。

罗达的父亲举起手致歉,然后独自走下走廊。

"懦夫!"她大叫。

那天深夜,当我听到罗达在哭泣、我父亲安慰她的时候,我揣测她的眼泪是不是从那只空洞的眼睛里流出来的。我们房间之间的隔墙很薄,我几乎能听到那间房间里的一切:他们的喘息声,她又开始哭泣,然后罗达告诉我父亲她爱他。我能记住的只是这句话的怪异。

第二天,罗达让我和她一起弹钢琴。我告诉她我不会弹,她告诉我那不要紧。于是我坐到她旁边。

"闭上你的眼睛。"她说。

"你的眼睛也闭上了吗?"

"是的,"她说,"虽然我的右眼从来闭不上。"

"你能用它看见东西吗?"

"是的,一直。"

我闭上眼睛。

"把你的手指放在琴键上方,"她说,"用心听,任由你的手指来弹奏。"

我们静静地坐了几分钟。我们之间的距离变得模糊,时远时近。

她弹奏的第一个音发出低沉的回音。然后她又弹了几个音,空气里充满了乐音。

"这感觉真棒。"我说。

"听。"她低语。

我听着,等着她弹出的音符包裹住我,就像是我自己弹出的一样,很快有些音符就像属于我的。它们听起来并不太糟糕:她的呼吸离我如此之近,这首歌尽管脱节,但能形成一首完整的曲子。

我不知道我们的演奏持续了多久,但我意识到我希望它永远不要结束。然而无论如何它还是终止了。我父亲在我们身后的某个地方鼓掌,掌声刺耳、嘈杂,有点让人不快。

"这个罗达是个什么样的人?"我母亲想知道。她正在割去鸡胸上的脂肪。

"她很好。"我说。

"还有呢?"

我把黄色块状的脂肪条拨到切肉板的另一侧。"她很有趣。"我说。

"哦?"

"嗯。我觉得她谁都不怕。当然,除了她妈妈。"

我母亲笑了,然后抚弄着我的头发。

"哎哟,"她说,"很遗憾听到那些。"她抓过一块餐布清理掉那些脂肪。"她漂亮吗?"我母亲的声音很平静。

"不,她有残疾。"我说,母亲又笑了。

整整一周,我都在期待能和罗达一起弹钢琴。但周五晚上,我一到父亲的家就被推进他的车,他、罗达还有我匆匆赶去她父母的家中。她母亲之前打来电话。

"她是什么意思?"罗达一直在问。她穿着外套,两手紧握在膝间。

"没事。"罗达每说一句,我父亲就会一遍遍地说,"我相信一切都很好。"

但是当我们到达她父母家,无论是罗达和我父亲都不能打开门。他们一遍遍地敲门,无人应声,只有"傻瓜"在咆哮,但是罗达的父母都没有过来扭开门把手、开门。

最后我做了这一步。我让门大幅地摇摆。

"进来吧,"罗达的母亲喊道,"比利,你为什么不应门?"

"爹地?"罗达问道。

罗达的父亲穿着带皮羊毛拖鞋,慢慢走下门厅。"出什么事儿了,罗达?"

罗达回头转向我父亲。"对不起,"她说,"带我回家,好吗?"

"那真是愚蠢。"回到车上时我父亲说。罗达什么都没说。她将外套围在身上,盯着道路。我无聊地摆弄着车门扶手上的烟灰缸,掏出所有的口香糖包装纸,又把它们塞回去。我一遍遍地旋开、关上金属盖。

"别吵吵,罗伊。"最终我父亲说。他发动了引擎,让我知道这威胁是真的。

我们开到砾石路上,看到道路两旁成列的黑莓丛,灯光照射下红色大桥就在前方。他问道:"她到底说了什么?"

"我没有胡编,吉姆。"

"那她到底说了什么?"

罗达扭了扭身子,重新调整了她的安全带。"她说:'我爱你,罗达。这里一切都完美。你为什么不带那些快乐的露营者来这里喝一杯?'"

"没必要,罗达。"

"别犯傻了,吉姆。"她非常平静地说。

我父亲从后视镜里看我有没有听到他们的对话。我不知道做什么,所以我朝他竖起了大拇指。

"她准备杀了他。"早餐的时候,罗达实事求是地说。她平静地看着我父亲的烦恼、愤怒和恐惧。"你做好心理准备了吗,吉姆?"

一个小时后,我没有通过早餐后的口腔卫生测试。

"六号和十一号牙还需要修补,"我的牙医父亲说,"你的牙龈又在出血,你知道那意味着什么。"

"罗达去哪儿了?"我问道。

"我不知道。"他说。他回头看了看,似乎期待她就站在他后面。他喊了她的名字,但没人应答。他查看了每个房间,没人在那儿。

那天下午,罗达在胡桃园里拼着她那套上千片的拼图。她穿着她曾祖母的某条淡蓝色长裙,戴着一顶太阳帽,还穿着精致的系带短靴。她一次都没有回头看我的坐在门廊台阶上非常失落的父亲。他不理解她,不知道如何安慰她。

"还没出什么问题。"他对我说。

罗达走到了果园深处,几乎走到小溪那里,然后支起便携小桌、折叠椅。她面朝着山谷,左侧脸对着我们。芥菜和满天星簇拥在她周围。浮游在空中的蛛网在她头顶上沐浴着阳光,然后又消失了。

"她就是想待在那儿。"我父亲说,"不喝水,不和我说一句话,甚至看也不看我一眼,好像无论发生什么都是我的错。"

罗达一动不动,这让她看起来不真实。只有手部偶尔微小的移动,将一片拼图放到合适的地方。

"她以前不是这样的,"我父亲说,"这不是和我结婚的那个女人。"

我看着他。

"我不是那个意思。"他说。

我坐在父亲旁边。我们一直坐在门廊上,直到太阳低垂,我和他待在那儿似乎没有任何意义。然后我走向果园去找罗达。

空气依然炙热。罗达前额厚厚的头发被挽到后面,那里渗出细小、干净的汗滴。她的上唇和颈项也被汗浸湿。

"你在观察我,罗伊。"

如果我去触摸她的脖子,她会怎样?把我的手拉开,嘲笑我,或者只是微笑?那天下午,我知道罗达什么都可能做得出来。她有可能消失。她只要穿着长裙朝着小溪走下去,跟着溪水的方向,然后再也不回来,她的历史对于我们而言就只存在于明信片或者梦中了。没有什么能牵绊住她。

"你父亲也在看着我吗?"她问道。

"是的。"

"他坐在门廊台阶上,双手垂在膝间吗?"

"是的,"我说,"你要离开我们吗?"

罗达抬起头来看着我,笑了。她看起来那么年轻,比我父亲年轻很多。"当然不会,"她说,"不要那么想。"

整个星期六的上午,罗达都保持一定距离跟在我们身后。她穿着牛仔裤和T恤,戴着一顶棒球帽,但是我想象着她仍然穿着曾祖母的裙子。当她爬过每道山脊旁狭窄的防火道时,她的脸被太阳帽给盖住了。

我父亲背着用来打鹌鹑的点22口径猎枪走在我旁边。我能听到子弹在他的口袋里。他心神不宁地不时回头看在我们后方四分之一英里处的罗达,然后小声嘟囔起来。

"我不知道这一切怎么了。"当我们听到灰松鼠的叫声、看到它们闪电般一跃而过,却继续向前行时,他用各种方式自言自语。前一晚下了一整夜细雨。我记得鸽草的气味有多么强烈,熏得我的鼻孔和喉咙发苦。我从明亮的地上突然往上看,一切都像被聚拢在一起,所有的白云和蓝天,似乎天空正中央有一条巨大的抽水管,将一切吸上去。

"你是指什么?"我最后问道。

"这一切。"他边说边摇头。

"她不会离开的。"我说。

我父亲眯起眼睛,满脸犹疑地看向两侧的灌木丛。"我希望自己能相信。"

"你可以的,"我说,"她告诉我她不会的。"

我父亲停下了脚步,看着我,好像我是一个彻头彻尾的陌生人。"她告诉过你?"

"是的。"

"但为什么呢?"

"我问过她。"

我父亲回头看罗达。她提着裙子前摆,以免碰到地面,一手抓着书,慢慢往上向我们走来。

"罗达。"我父亲自言自语道。也许,他是在提醒自己。

经过又一段上坡路后,灌木丛开始稀疏,我们进入了顶端的山谷,群山在此汇合。有细条纹的白桦树,还有点缀着蓝绿色鸽草的空地。我们能听到茶隼乘风斜飞过时振翅的声音。

"你近距离看过茶隼吗?"我父亲问道。

"没有。"我说。

他久久地凝望着天空,然后举起点22猎枪瞄准一只在我们头上几百英尺高的地方盘旋的茶隼。他开枪时,那纤细的翅膀似乎颤抖了片刻。但这可能只是我的想象,因为并没有东西掉下来。

罗达穿过灌木丛向我们走来。她已经摘下太阳帽,用她清澈的那只眼睛盯着那只鸟。

我父亲将另一枚子弹送进枪膛，等着茶隼滑翔得更近一些。罗达走到他身后，将白皙的手指放在他脖子后面。当那只鸟真的出现时，它的头歪向一侧，张着嘴巴，羽毛直竖。我看到罗达闭上了可以闭上的那只眼睛。我看到她的脖子往后拱起，划过空气，翅膀从她身上升起。我听到枪响，尖叫起来。

我父亲从我身边跳开，挥舞着枪筒，直到它指向我的胸口。"这只是本能。"他日后解释道。我把他吓坏了。

但是罗达走上前来，用手捧着我的脸，贴近她自己的脸，想知道发生了什么。"那里发生了什么？"她问道。她将我拉得如此贴近，我能看到她那只半睁半闭的眼睛里，瞳孔淡褐色的弧形边缘，与眼白形成了绝佳的对比。那里的风景深不见底，中心则被遮挡，无从得见。

好男人的传说

我曾经独自站在某片湖水一侧的树丛里,听到上百颗子弹像一场雨穿过我周围的树叶。它们的力道如此温柔,我仿佛甚至可以用舌头捕捉到一滴。然后是水面低沉的声音,约翰的喊叫,我母亲的喊叫,还有他们挥动的手臂。我张开双臂,等着另一场弹雨降落。空气如此稀薄,事物之间似乎没有距离。一切——树叶、吃水线、红色的法兰绒、田野以及地平线,都可以被我的两根手指抓住。野鸭拍翅的哀鸣声越来越响,又逐渐消退了。虽然我没有被射中,但我还是转了半圈跌跌撞撞往回走,确保我奔跑的母亲始终能看到我,然后我跌进泥潭里。这是我第一次从另一端知道什么是枪弹。

约翰·莱恩并非有意射杀我。他当时正在和我母亲约会,也因此试着取悦我。他把我安顿在离湖边很远的地方,一块蕉草地旁,但是我手脚并用爬了出来,穿过泥泞和麦梗,当我依稀听到野鸭翅膀划过水面低沉的声响时,我就站了起来。约翰扣动扳机的时候不可能看得到我。

在我跌倒的地方,叫喊声和飞溅的水花似乎来自四面八方。然后泥浆渗进我的耳朵。我茫然地看着灰色的天空。我将记住这些，我想。今天是星期六，十一月十八日。我十三岁。我的脚踝甚至也在下沉。

我母亲猛地把我拉出泥潭，我笑了，这暴露了我自己。我站起来，发出潮湿的啪嗒响。

"你个小混蛋。"我母亲说，然后她笑了。约翰也笑了，他没有杀死我，这让他很宽慰。他是一个警察，所以那对他不好。

我母亲抓起一把泥巴扔向他。泥巴粘在他红色法兰绒衬衫的前襟，就像一道伤口。我母亲身体后倾坐进泥淖，然后开始哭泣。这是约翰和我母亲关系结束的开端。他并不知道这一点，只是站在那里紧张地微笑着，他不确定我母亲是否在真哭，但是他即将出局了。我用一只眼睛斜睨着他，几乎能看到他正在消失。

虽然离婚后的那几年，我母亲一直在持续地约会，但当我父亲自杀后，她从来没有让任何一个男人停留太久。她约会过的那些男人就像马戏团一样经过我们的城市。他们迅速地搬进来，卸下自己拥有的一切，就好像会待上一辈子。他们会用各种鲜亮的东西——花、气球、远程遥控汽车——来取悦我们，他们会用胡须和手玩把戏，给我们取好玩的昵称，比如"小东西""我的小南瓜""叮咚"还有"苹果派"。他们从早到晚向我们大吼他们的故事。然后他们就消失了，我们找不到任何他们存在的记号，甚至连一句都不会提起，就好像他们是我们想象出来的人物。

约翰只是他们之中的一个。安吉尔是之前来过的人中最重要的一个。当我母亲向我提到安吉尔的名字的时候，我以为她是说"在地狱上头"①。我认为那样很酷，一个人能够只是到达地狱上方，而不进去。就像大富翁游戏中的"只是路过"功能。我们和安吉尔一起去过内华达山脉滑雪、在壁炉前打盹、"体验"过歌剧，整体上来说穿着也比以往体面了。但是，在浮华的表面之下，我母亲仍旧是老样子。两个半月后，一个星期四的下午，她甩了安吉尔，我事先都探测不到任何征兆。她是在电话里了结的。这次有所不同的是她哭了。我也哭了，尽管并不是因为想念安吉尔。

莱恩纳德是序列中的下一个。他是夏天的时候出现的。当我第一次见到莱恩纳德时，我想这真是一个多么难看的男人啊。他是一个占星家，向我解释说我的木星落入金星，说明我应该期待一场盛大的爱情。我不能总结出我母亲约会过的那些男人的模式：约翰和莱恩纳德拥有两个人之间可能有的最大的差异。

"男人们，"我母亲说，"总是让人惊奇。他们从来不会是你认识的那个人。"我开始想象所有的男人都穿着戏服，背部以下的某个地方有条拉链。然后我意识到有一天我也会成为一个男人，我很好奇那种拉链是怎样的。

我母亲和我都有自己的日程表。她在高中教书，在我们家近旁的国家公园远足，看科幻小说，有的时候则会用一些苍白的理由消失，诸如"我只是需要独处几天"，或者"我要去拜访一个朋友。"

"哪个朋友？"

---

① Angel 的名字和 on hell（在地狱）音近。

"没错。"她会这么回答。

我在电视机前吃冰激凌，用功完成作业，然后夜里溜出去用我父亲留下来的来复枪去射坏路灯。半年之内，我就让整个社区一片漆黑，当它们被修理好后，我就开始将它们全打掉。

没有什么比我从瞄准线里看到的，路灯泡爆炸时产生的蓝白色光晕更漂亮的了。爆炸的声音——喧闹的爆破声，然后是沉默，接着是玻璃雨——在灯泡的每个部件和碎片，像发光的薄雾一样在空中盘旋发光之后，才会出现。

约翰·莱恩的例外之处在于，他是第一个停留超过三个月的男人。即使那天在湖边发生的事也没有让他困扰，很难说他还会停留多久。

虽然我只有十三岁，但约翰教我驾驶他的皮卡（他称它为"银色子弹"），然后让我在索诺马县的小路上疾驰。如果超车经过另一个警察，我们只是挥挥手。我还记得在九月底，当我们以一百公里的时速前进时，葡萄园里交叠的紫红绿色块的起伏，就像丰饶大海里的水藻。约翰的声音总是那么镇定，即使轮胎在我们身下像肥皂一样滑溜时也是如此，他说我是天生的司机。他说我将来也许能当一个好警察。

约翰能上下摆动他的深色鬓须。当我们问他从哪里来时，他说自己是从一棵树上长出来的。"那之前呢？"我问道。他用粗糙的手指捏了捏我的鼻子，让我去睡觉。我和他还有母亲坐在长沙发椅上。她朝我露齿一笑，猛地用大拇指指着我的卧室。

当我母亲最后在那只沙发椅上和约翰分手时，我独自在厨房游荡,透过百叶窗柜门窥视他们。约翰说了句"好吧",还一直抓着我母亲的手。没有打斗,我母亲不确定要怎么做。我父亲用一些非常具体的方式伤害了她,但那些事还可以被大声喊出来。面对我父亲,还有争执正义的可能。但对于约翰,我和母亲只能感受到那种强烈希望他留下的意识带来的痛楚。

约翰之后是艾米特。那发生在一月份,当时我母亲正梦想着去乐高乐园,并建立个人的名声。在艾米特的帮助下,她把我们的餐桌拖进了起居室,另装上延伸的桌面,直到它达到最大长度,然后让我们都保持安静。她已经写信给《摩托乐园杂志》,问他们是否对一篇关于我们去丹麦乐高乐园的游记感兴趣。出乎所有人意料,他们给了积极的回复。每天晚上她都坐在她的笔记本和三十三毫米的幻灯片前,而艾米特和我则顺从地坐在起居室的沙发椅上。艾米特读路易斯·拉摩的西部小说,我做功课。

艾米特会不停地告诉我们他是谁,而他究竟是谁也一直在变。某一周他会说自己成长于爱达荷州的桑德波因特,下一周就变成了加州的雷德布拉夫。他耸耸肩,宣称自己的记忆正在改善,仅此而已。如果你在他睡觉的时候抓住他,正如我某次发现的,他的回答可能会更宽泛。

"米滕瓦尔德。"他叹了口气,将自己的头埋进角落。早上四点半,我在门厅壁橱背后发现他,他蜷缩在吸尘器的旁边,我们的旧窗帘被他枕在头下。"我必须……我来自米滕瓦尔德,就是这里北边的一个小城。发生过很多火灾。"他将壁橱误认为我母亲的卧室了。我肯定。我能理解。好几年前我也将同样的壁橱误认成卫生间了，还在他此刻躺着的地方小便，然后拉下我母亲的两件旧衬衫试着冲马桶。

"不可能的事成真了。"在乐高乐园之夜的某一晚，我母亲告诉我们。她穿着紫色天鹅绒睡袍，将手挥向空中。

艾米特和我相视一笑。他是一个能欣赏夸张的男人。

我母亲的幻灯片里有我和一个丹麦女孩，女孩和她的单身父亲是那年八月我母亲拉拢来的。这个动机纯粹出于算计：我母亲知道一篇未来的杂志文章需要包含两个孩子还有双方的父母。这女孩有着金色的马尾辫，大大的眼睛。她的额头非同寻常地宽阔。我母亲叫她赫尔加，因为我们都没有记住她的名字。

赫尔加和我开着乐高小车，举着我们的乐高驾驶执照，乘乐高船驶过乐高乐园里的拉什莫尔山，并且用西部荒野乐高左轮手枪射杀对方。我母亲最喜欢的幻灯片，里面有二三十匹乐高马和乐高人被聚集在乐高宫殿的门廊上，然后那些巨大的人类园丁开着割草机从旁边经过。而赫尔加和我正从乐高宫殿的两翼向里偷看。那张照片里的某种东西让我母亲很开心。也许迷你、精致的欧洲是一个原因，但这些男人连同他们的马被粗鲁地抛弃，这也很有意思。有足够的线索可以被发现，只要艾米特细心记录的话。

在我母亲的"艾米特时期"快要结束的时候，我走到了更远的山里，开始从厚厚的灌木丛里开火，并且能从四百码外锚定我的第一只信号灯。我从《幸存者》杂志邮购了转换器套件，能让我用父亲的点300马格南步枪发射出点32口径的手枪子弹。手枪子弹用来射击社区路灯再合适不过了，因为它们更安静，甚至能被人们误认为是鞭炮声。但是自从有了信号灯，我开始用全尺寸的子弹。几百英里之外，它们发出的震响在山谷的另一端清晰地回荡。

在最后射中红色信号灯之前，我先前发射的三枚子弹弹跳到人行道上。在加油站那儿，人们跑动着寻找遮蔽物，躲在电线杆和汽车后面，但有些人的背部则正对着我。没人知道子弹从什么方向飞来。我是从足够远的地方开火的。

那个红灯从连接它的电线上弹到空中，发出的红光也变成银色。我闻到硫黄的味道，听到狗在嘶吠，还有山谷对面传来的警笛声。透过瞄准器，我看到一辆巡逻车出现，我揣测约翰是不是也在里面。

帕特是一个总是微笑的男人。他从一个房间笑到另一个房间，身后留下一股安利须后水的味道。就我所知，就算分手这件事也能逗乐他。

梅瑞尔住在我们隔壁。当他的妻子超过三天未归家、离他而去的几个月之后，他给我们带来一些他院子里的蔬菜。他屋后的滑动门从来不上锁，所以我进去了。我将他所有的物品都编目了；甚至打开他廉价的保险箱，记下他有多少现金。我在他床底下发现几本《花花公子》和《性爱乐趣》。从他的药橱里，我发现他为痔疮和口唇疮所苦，他的肘部不灵光，还有牙龈炎。我看到他所有孩子的照片——他们那时都长大、离家了——甚至还发现了他离婚的原因。他的妻子，卡洛琳·索莫斯，娘家姓是亚历山大，在半年前的一封信里就已经将一切说得清清楚楚了。梅瑞尔将自己和他女儿一个朋友的性爱过程录了下来，然后在多年里将那张影碟随便放着。爱丽丝，他女儿的朋友，当时只有十五岁。我自己甚至还看了那段录像。梅瑞尔仍然没有丢掉它。

有天晚上，当梅瑞尔拒绝回家的时候我母亲就把他甩了。当时已经很晚了。她真的动手打了他，用我阿姨从新西兰带来的陶瓷青蛙。然后她叫了警察，在第二天签署了限制令，然后他没有来骚扰我们。

那个夏天的一些周末下午，当梅瑞尔在他家后院躺椅上晒太阳时，我从母亲浴室的窗户那里用点33马格南瞄准着他。透过瞄准器，我能追踪到他松垂的腹部，甚至他手臂上微细的蓝色血管。如果我扣动扳机一切会怎样？有天在约翰的皮卡车里，当我以九十码的时速撞飞一只鸽子时，在后视镜里我确实看到了一团羽毛。

我母亲被梅瑞尔的一切搞得很沮丧。他曾经和她谈论家庭和承诺，他也说起过她如何让他觉得自己再次回到了高中，而她也开始相信了。我没有提到爱丽丝。我母亲坐在起居室的沙发椅上对着我哭，告诉我她仍然想念安吉尔和约翰。

"还有你父亲。"她补充道。于是我们都哭了。但是过了一会儿，连那个都显得滑稽。

"一个多么愚蠢、愚蠢的男人啊。"我母亲笑着说。

"你不会和任何人结婚了。"我说。

她看着滑动门外，"我的意思是，得了吧，"她说，"在经历了那一切之后？"

初秋，在"后梅瑞尔时期"，当我母亲不再和任何人约会，家里只有我们两个时，我闯入了自己家里。我把钥匙忘在学校的寄物柜了。我们也不再在擦鞋垫下藏一枚多余的，而我母亲六七点钟之前也不会回家。我检查了所有的门窗，都被锁住了。我从院子里捡起一枚平滑的灰石头，扔向母亲浴室的玻璃。我扭开门锁，将窗玻璃推到一边，爬进去。

我首先查看了主卧。在壁橱里我发现了十六只纸袋子，里面从试卷到衣服到备用电池无所不包。那对必不可少的戒指被尼龙袜子裹着，藏在鞋子里。唯一的保险箱是儿童用的保险箱，密码组合就清楚地印在底部。胸罩和内裤被挂在夹子上，没有领带，很明显这个房间没有男人住过。

在卫生间里，墙上挂着一只紫色的牙刷。我以前没注意到水池旁的橱柜里有块隔板。这个女人的牙齿要么很敏感，要么就是她在夜里磨牙，因为在那只橱柜里放着舒适达牙膏，还有一副睡觉时用的塑胶牙套。

这女人没有摆出任何人的照片，所以很难说她有没有家庭。在唯一的另外一间房间，有竹子花纹的墙纸，一直覆盖到天花板。房间一角有只没开灯的鱼缸，还有一张列举了二百五十种鲨鱼的海报。那张鲨鱼海报，还有散落在地板上的白色鲜果牌内裤，显示这房间里住着一个或者几个男孩。壁橱里唯一的登山靴，还有防滑的足球鞋，都将结果指向了一个男孩。他的橱柜里的枪——一把布朗宁点22口径来复枪，一把点30–点30温切斯特卡宾枪，一把附有瞄准器的点300温切斯特马格南,一把温切斯特25型点12口径泵式霰弹枪,一把喜来登"蓝纹"霰弹来复枪,还有一把鲁格点44马格南手枪——很难解释。他从哪儿搞来这些枪?

那把点300马格南枪膛里沉积的碳粉说明这把枪经常被使用,甚至最近还用过。他床底下的木块,上面布满未穿透的洞眼,说明他不仅仅使用点22来复枪,甚至在这间房间里射击过。装满《花花公子》《阁楼》《妓女》和封面印有"仅限成人"字眼的垃圾小说的盒子,说明这个男孩有点堕落,至于他为什么在同一只盒子里——而不是放在桌上或者墙上——放了那么多他父亲的照片,则看不出用意。

就在那时候,在巡视完那只盒子后,我将我父亲点22口径的枪装上子弹,打掉了我们家里多数的窗户和门。我事后才意识到,这事做得太过极端了。我用掉了两盒半子弹才停手,尤其是前门花掉了很多子弹——两枚子弹给了两条铰链,还补上两枪把门打倒。客厅的滑动玻璃门是最漂亮的,我从它的中心打出了一只小洞,大概有五角硬币的大小。有那么一会儿,一切都极度安静,然后玻璃开始抖动,整体像涟漪那般摇晃,扭成一道道波浪,最后炸裂成上亿个光束。

约翰·莱恩是唯一再次出现在我们生活中的男人。当我坐在门廊上,等着巡逻车到达的时候,我希望他也在其中。他确实来了。他和同事们乘第四辆警车到达。他们出现在我们的人行道上,打开门,用他们的手枪对准我,就像其他警员一样。我此刻没有拿枪,也很愿意配合，但不确定应该做什么。没人事先告诉过我。我本来以为他们会用扩音器朝我喊话，但他们只是盯着我。

我在空中挥了挥双手。"约翰。"我喊道。现在他来了，确实出现在我的门阶上。

苏宽岛

一

"我和你母亲有一辆莫里斯迷你车。它很小巧，就像游乐园里的汽车一样，挡风玻璃上一把刮水器坏了，所以我总是将手臂伸出窗外自己刮水。你母亲那时对芥菜地很着迷，总是想在天晴的时候开车经过它们，绕遍整个戴维斯。那时的田野比现在多，人也少。世界上任何地方都是这样的。在这里，我们开始让孩子在家接受教育。世界一开始是一片肥沃的田野，土地是平坦的。每种野兽都在田野上漫游，没有名字，遵循弱肉强食的规则，没有谁觉得那很糟糕。然后人类来了，他们弓着身，环绕世界的边缘，毛发丛生，愚蠢而又虚弱。然后他们繁殖，变得数量众多，在等待的过程中变得扭曲、嗜血，以致世界的边缘开始变形。那些边缘缓慢地向下弯折。为继续留在这个世界上，所有的男人、女人和孩子都攀爬过别人的身体。在攀登的过程中，他们把对方背部的毛发都扯了下来，直到最后所有人身体都变得光溜溜的、冰冷而又嗜血，他们还是紧紧地抓着世界的边缘。"

他父亲停顿了一下。罗伊便说:"然后呢?"

"随着时间的流逝,世界的边缘最终撞到一块儿。边缘经历了弯折,然后汇聚到一起,形成了地球。这个过程中产生的重量让世界开始旋转,然后人类和野兽们就不再向下坠落了。然后人们看着彼此。由于我们没有毛皮而全都如此丑陋,我们的婴儿看起来好像薯虫,所以人们四散开来,开始大屠杀,开始穿更好的兽皮。"

"哈,"罗伊说,"但是后来呢?"

"之后的一切太复杂了,很难说清楚。有的地方产生了罪恶感、离婚还有金钱,还有国税局,这些都完蛋了。"

"你和妈妈结婚的时候也想过让一切去死吗?"

父亲看他的眼神让罗伊清楚自己越界了。"不是,在那之前一切就已经完蛋了,我想。但是很难说什么时候。"

他们对那个地方、那里的生活方式,甚至对彼此都很陌生。罗伊当时十三岁,正值七年级的暑假,从加州桑塔罗莎的母亲那儿来。在母亲那儿,他可以学习长号,可以踢球看电影,去城里的学校读书。他父亲之前在费尔班克斯当牙医。他们搬去的地方是一小块坡度险峻、呈金字塔状分布的雪松林。它坐落在一处峡湾里,那是阿拉斯加东南部特雷瓦克海峡的一个小海湾,在南威尔士大公荒原的西北角,离凯奇坎大概有五十英里。到达那里的唯一方式是水路,乘水上飞机或者船。没有邻居。一座两千英尺高的山在他们身后拔地而起,在峡湾入口处及其以外与一些低矮的山脊相连。他们所在的岛叫苏宽岛,在他们身后绵延数英里,但那是数英里茂密的雨林，没有道路小径。岛上繁茂地生长着蕨类、铁杉、云杉、雪松、菌类，还有野花、苔藓和腐木。那里是熊、麋鹿、多尔大角羊、山羊和狼獾的家园。一个有点像凯奇坎的地方，罗伊在那里长到五岁，但这里更荒凉也更让人恐惧，因为他不熟悉。

当他们飞进这个小岛时，罗伊看着黄色飞机的影子急速掠过黑绿色山峦和蓝天的更大的倒影。他看到两边的树木逐渐逼近，然后他们碰到水面，激起浪花。罗伊的父亲将他的头探出侧边窗，兴奋地大笑着。有那么一会儿，罗伊觉得自己似乎来到了一个被施了魔法的、不像真实世界的地方。

然后他们开始工作。他们乘飞机时带了尽量多的工具。他的父亲在浮筒上用脚踏泵给"星座"牌橡皮艇充气，罗伊则帮助飞行员把六匹马力的强生尾挂马达卸到橡皮艇的艉横梁上。马达晃晃悠悠地悬空等待着，直到小艇彻底充好气。然后他们将马达装上小艇，放下汽油桶和多余的简易油桶，那是第一次航行。当他父亲驾着船独自一个人进入峡湾时，罗伊在机舱里紧张地等待着，飞行员一刻不停地在说话。

"他快接近海恩斯了，那是我曾经尝试降落的地方。"

"我没有去过那里。"罗伊说。

"好吧，正如我说的，你可以吃到鲑鱼、新鲜的熊肉，还有很多其他人永远都不会拥有的东西，但是那也将是你能得到的全部，包括没有其他人的存在。"

罗伊没有回答。

"这里很奇特，但也仅此而已了。大部分人都不会带着孩子来。

大部分人也会带上一些食物。"

他们确实带了食物，至少够开始的一两个星期了，还有一些他们不愿意缺少的主食：面粉、豆子、盐、糖，红糖是用来熏制食物的。一些罐头装的水果。但是他们吃的主要食物都来自海里和地上。这是原先的计划。他们将会吃到新鲜的鲑鱼、红点鲑、蛤蜊、螃蟹，还有他们捕到的一切：鹿、熊、绵羊、山羊，还有驼鹿。他们带着两把步枪，一把猎枪，还有一支手枪。

"你会没事的。"飞行员说。

"是呀。"罗伊说。

"我会不时过来，看你好不好。"

罗伊的父亲回来时，嘴角上扬着，但又试图控制自己不笑。在他们将防水箱里的无线电设备和装在防水袋盒里的枪支、渔具、第一批装在盒子里的罐头食品装上船的过程中，父亲都没有正眼直视过罗伊。然后罗伊又开始听飞行员唠叨，他父亲驾船蜿蜒远去，身后留下一股小小的尾流，只在紧挨舰横梁的后方是白色的，继而向外滑展成黝黑的浪峰，那峰脊能划开的仿佛只有这么一小块，到了边缘处，这片区域又会在顷刻间把自己吞没。海水非常清澈，但太深了，即使这么靠边罗伊都看不到底。但是，在临近海岸水中倒影的边缘地带，他还是能看到树木和岩石其下那些光滑的轮廓。

他父亲穿着一件红色的法兰绒狩猎衬衣、灰色的裤子。他没有戴帽子，而空气比罗伊想象的要凉很多。阳光在他父亲的头顶闪耀，从他稀疏的头发里闪出光，即使隔着距离仍显得刺眼。早晨的阳光让他的父亲眯起眼睛，当他咧嘴笑的时候唇部的一侧还是微微上扬。罗伊希望跟着他，落地，去他们的新家，但在他可以走之前，他父亲还要再来回两趟。他们的包裹里塞满了放在垃圾袋里的衣物、雨具、靴子、毯子、两只台灯，更多的食物，还有书。罗伊带了一箱学校的书。这一年只有在家自学：数学、英语、地理、社会研究、历史、语法，还有八年级的科学课——这门课需要做实验，罗伊不知道他们会怎么做，他们没有任何设备。他母亲曾经问过他父亲这个问题，他父亲也没有说出究竟。突然间，罗伊开始想念他的母亲和妹妹，眼泪涌上来，但他看到他父亲离开砾石滩折回来，就停止了落泪。

当他最终爬进船里，撇开浮筒时，一种荒凉的感觉击中了他。他们现在一无所有了。他看着身后的飞机在水面以很小的幅度滑行，然后发出轰鸣，起飞，朝水面喷洒出水雾，他在想那过程要持续多久，仿佛那是空气做的，可以压缩、自己停止。

"欢迎来到你的新家。"他父亲说，将手放在罗伊的头上、随后是肩膀上。

当耳朵再也听不到飞机的声音时，他们已经碰上了布满岩石的黑色海滩。罗伊的父亲穿着长筒靴走出船舱，用手拉着船头。罗伊走出去，又折回来想取一只盒子。

"那个先放着，"他父亲说，"我们先把船系好，四处看看。"

"不会有东西进到这些箱子里吗？"

"不会。到这儿来。"

他们穿过高达胫部、阳光照得鲜绿的草丛，然后穿过几株雪松中间的小路，走到他们的小屋前。它被风化成了灰色，但是并不是很旧。屋顶陡峭地耸立着,这样可以免得大雪积压。整个小木屋还有前廊离地面都垫高了六英尺。只有一道狭窄的门,两扇小窗户。罗伊看到有烟囱伸出来,心里希望那里是壁炉。

他父亲没有带他进屋,而是拐上了一条继续往山上走的小路。

"厕所。"他父亲说。

它有壁橱那样大小,也被垫高了,有台阶。它离木屋不到一百英尺,但是在冷天、在冬天下雪时他们还是要用它。他的父亲继续往前走。

"这里的风景不错。"他说。

他们穿过荨麻和浆果,到了一处坡地,土地在他们脚下皲裂开来。自从上一次有人来这边旅行之后,它已经被植被覆盖。在买下这个地方之前四个月,他父亲来这里看过一次。然后他说服了罗伊、罗伊的母亲和学校。他卖掉了自己的诊所、房子,制定了计划,然后买好了他们的工具。

山顶被植被密密覆盖,罗伊不够高,不能看清四周的全景,但是能看到海湾像一枚闪亮的牙齿从周围汹涌的水域迸裂出来,视野延伸至远处别的小岛或海岸,甚至是地平线。空气非常清新、明亮,这其中的距离几乎无法想象。他能看到他们的屋顶就在他脚下不远处,在海湾周围草丛和低地无论从哪个方向延伸都不超过一百英尺,他们身后峭立的山脊则将顶端隐没在云层里。

"附近几英里都没有其他人,"父亲说,"就我所知我们最近的邻居离这里也有二十英里。在一个类似的海湾,三个小木屋靠在一起。但是他们在别的岛上,我现在也不记得是在哪一座了。"

罗伊不知道说什么，所以他没出声。他不知道接下来会怎样。

他们走回了小屋，经过一簇散发着又甜又微苦气息的植物，这味道让罗伊想起了在凯奇坎度过的童年。在加州的时候他无时无刻不在想着凯奇坎、那里的雨林。并且，在他的想象中、在他向朋友们的吹嘘中，他为那个地方建构了一种荒凉、神奇的形象。但是被放回到这里，这里的风更凉，植被茂密但也终究只是植物，他在想他们该如何打发时间。这里的每样东西都明白无误地是它自身，没有任何别的东西。

他们走上门廊，靴子发出沉闷的声音。他父亲打开门锁，一把推开门，让罗伊第一个走进去。当罗伊走进去的时候，他闻到雪松的味道，还有那种潮湿的、肮脏的、掺着烟味的味道。他的眼睛花了几分钟适应环境，然后他看到窗户之外的东西。他开始看到头上的屋梁，看到屋顶的高度，木墙板的粗糙表面，带着被锯穿的节孔的地板，尽管如此，它们踩上去感觉很光滑。

"它看起来是全新的。"罗伊说。

"这小屋施工很好，"他父亲说，"风不会从这些墙灌进来。只要囤积木材用炉子烧火，我们就能住得非常舒适。我们有一整个夏天来准备这些事。我们也会储存风干烟熏过的鲑鱼，制作一些果酱和腌制鹿肉。你不会相信我们所要做的一切。"

那一天他们从打扫小屋开始。他们流着汗，满身尘土。然后他父亲带着罗伊提着一只水桶走下一条小路，去到一小股溪水注入海湾的地方。小溪穿过低矮的草丛深处，在到达砾石滩之前在草丛里拐了三四个S形的弯，然后将一小堆扇状的细小物体、沙子、泥土和岩屑冲泄进海水。水面上有水黾,还有蚊子。

"现在可以用驱虫药了。"他父亲说。

"它们到处都是。"罗伊说。

"这是我们所能奢求的最干净的水了。"他父亲骄傲地说。就好像是他将那股溪水安排在那里似的。"我们喝的水会很好。"

他们在脸上、手腕、颈后喷了防虫剂,开始用漂白剂和水擦拭小屋里的每样物品,去掉那些霉斑。然后用破布擦干它们,将这些工具拿进屋里。

小屋有一间前屋,带有窗户和火炉。后头是一间没有窗户的房间、确切地说是偏房,那里有一只很大的衣橱。

"我们睡在外面这间,"他父亲说,"在主屋的火炉旁边。我们将物品放到里面那间。"

所以他们把最珍贵的、需要保持干燥的无线电抬进里屋,放进衣橱。罐头制品靠墙放,塑料箱里的干货放在中间,他们的衣服和床具靠门放。然后他们出门去采集木柴。

"我们需要找干柴,"罗伊的父亲说,"但它们通常都是潮湿的,所以我们实际上只要捡一些拿进屋里,然后我们应该在木屋的后墙那边搭建一个东西。"

他们带来了一些工具,但在罗伊听来,他父亲似乎是边走边发现这些的。他父亲并没有提前考虑好干柴的问题,这念头让罗伊感到害怕。

他们将零散的树枝扎成一摞拿进屋里,在火炉旁边堆好,然后又绕回到屋后,发现有一处墙体凸出来像个盒子,事实上那就是用来存放柴火的地方。

"好吧,"罗伊的父亲说,"我不知道那个东西。但那样很好。但我们需要更多的柴火。这里的柴火只够一次小型的夏季旅行或者一个周末的打猎。我们需要排满这面墙的木柴。"然后罗伊开始纳闷木板、木材和钉子的事情。他还没有看到木材。

"我们需要屋顶板。"他父亲说。他们并肩站着,交叉着手臂,打量着墙。蚊子在他们周围嗡嗡叫。即使日头正高,但站在这里的阴影底下还是很冷。他们应该讨论一下罗伊现在身处的麻烦,他们和自己正在注视的东西之间显得有些抽离。

"我们可以用柱子或者小树苗作为支撑,"他父亲说,"但是我们需要一个屋顶一样的东西,它的设计必须挡住斜扫进来的雨雪。"

这看起来是不可能的。在罗伊看来一切都不可能,他们是这样严重缺乏准备。"四周有旧的木板吗?"他问。

"我不知道,"他父亲说,"你为什么不去厕所周围看看,我会在这四周找找。"

罗伊感觉到了某种平衡。他们谁都不知道该怎么做,每个人都要学习。他走了一小段路去厕所那儿,看到他们路过的地方植物都已经被碾碎了。无论往哪个方向走,他们都会在任何植物中间踩出一条小路来。他绕着厕所走了一圈,踏到一小块已经长满杂草的木板。他将它抽出来,擦去表面的泥土、草叶还有虫子,然后发现它已经腐烂了。他用手把它掰断。厕所里有一卷卫生纸,边缘有水渍,一条木凳上钉着一只座椅,有股和移动厕所不一样的味道,因为那闻起来不是化学药剂或热塑的味道。它闻起来有点像陈年的粪便、发旧的木头、霉菌、尿渍还有香烟混合在一起的气味。到处都是污渍,又潮湿,角落里还有蜘蛛网。他看到有两块两三英尺长的木板堆在便池后面,但是不想捡起它们,因为在阴影中他看不清楚,也不知道它们曾经作何用途,又或者上面有没有黑寡妇蜘蛛。他父亲在费尔班克斯的邻居的一个女儿将脚伸进阁楼上的一只旧鞋的时候,就曾经被一窝黑寡妇蜘蛛咬了。它们全都咬了她,大概有六七只吧,但是她并没有死掉。她病了整整一个多月。也许这只是一个故事吧。但是罗伊觉得自己必须马上离开。他飞快地往后一跃,门上的弹簧砰地关上,他边往回跑边在牛仔裤的大腿位置擦拭自己的手。

"在那儿找到什么了吗?"他父亲问。

"没有。"他大喊道,转过身奔向小屋。"可能只有两小块木板,但是我不确定它们是做什么用的。"

"厕所怎么样?"当罗伊走到他跟前的时候,他父亲正在咧嘴笑。"这难道不是值得期待的东西吗?你看到什么大场面了吗?"

"才没有,那里头让我毛骨悚然。"

"等你把屁股摆到那个洞上再说。"

"天哪。"罗伊说。

"我在屋子底下发现了一些木板,"他父亲说。"状况不是很好,但是能用。看起来我们要做出一些木板来。你以前做过吗?"

"没有。"

"我听说这个能做。"

"太棒了。"他能看到他父亲在笑。

"家庭教育的第一小节,"他父亲说,"制作木板一零一。"

于是他们将已有的木板锯好,然后去森林中寻找可以用来支撑的柱子,或者一棵大小、新鲜度都可用来做木板的树。森林里只有影影绰绰的光亮,除了滴水声、他们靴子踏地的声音和呼吸声之外,一片安静。树叶间偶尔会有风吹过。苔藓在树底下和树根的地方繁密地生长。而罗伊在凯奇坎认得的那些奇怪的花朵突然出现在一些怪异的地方——树后面、蕨的下方然后甚至是一条猎物小径的正中央。它们的茎秆呈红色和深紫色,和根部一样粗,看起来像滴了蜡似的。到处都有倒下的树木,但是都腐烂了,当他们触摸时就瓦解成深红或棕色的碎片。他及时地想起,不能触碰荨麻看起来光滑的茸毛。他也记起了他们之前称之为树鼻子的东西,虽然这个词现在显得有点奇怪。他记得用石头把它们打下来带回家,在它们光滑的白色表面上刻上东西。他印象最深的就是那种始终被注视的感觉。

在这最初的路程中,他离他的父亲很近。他警觉到他们并没有带枪出来。他在寻找熊的踪迹,心里也半是期待。他必须不停地提醒自己该寻找的是木材。

"我们必须砍伐新鲜的树木了,"他父亲说,"这里没有足够新鲜的木材。木头腐烂得太快了。这让你想到以往的什么了吗?你在想凯奇坎吗?"

"是的。"

"这里不像费尔班克斯。每种东西都给人不同的感觉。我觉得自己一直在错误的地方待得太久了。我已经忘记了自己曾有多么喜欢住在水边，多么喜欢山峦像这般升起，还有森林的味道。费尔班克斯太干燥了，山只是小山丘，所有的树都长一样。全都是纸皮桦和云杉，非常漂亮，无边无际。我过去常从窗口向外眺望，希望能看到一些其他种类的树。我不知道什么才是，但是我已经很多年没有觉得有一个地方像家了，也从来不觉得自己属于曾经待过的那些地方。我已经错失了一些东西，但是我感觉，和你一起来这里，能够弥补那一切。你明白我的意思吗？"

他父亲看着他，罗伊不知道如何像这样和他父亲说话。"嗯。"他说。但实际上他不明白。他一点都不明白他父亲实际在说的话，也不明白他为什么那样一直说个不停。如果事情没有像他父亲所说的那样顺利的话，那然后呢？

"你还好吗？"他父亲问，然后用手拢住男孩的肩膀，"我们在这里会好的。好吗？我只是说说而已。好吗？"

罗伊点点头，从他父亲的手臂中挣脱出来，继续寻找木材。

他们将找到的一点木材带回小屋，很明显这很不够，他父亲拿出斧头，但是抬头看了看天空，又改变了主意。"你看，天要黑了，我们需要食物，搭建我们的床铺，整理一些物品，所以也许这个可以等一等。"

于是他们从屋后的小盒子里拿到干柴，他们发现从屋里有一道门可以通向那边。他们用了其中一些木柴在炉子里生了一堆火。

"这也会是我们取暖的东西，"他父亲说，"它会让我们保持暖和。在夜里，如果我们关上通风孔，它还可以烧得慢一点儿。"

"我们需要那样。"罗伊说。虽然他知道这里不会像费尔班克斯,个位数甚至零度以下的华氏气温都是很少见的。他父亲曾经向每个人承诺过这个。他曾经坐在他们的起居室里,肘部支在膝盖上,强调那儿会多么安全、生存多么简便。罗伊的母亲已经点明他父亲之前的预想很少真正实现。当他提出反对时,她就举出商业捕鱼(船)、投资五金店的例子,还有他的几个牙医诊所也都失败了。她没提到他的两次婚姻,但那已经很清楚了。他父亲一直忽略这些,告诉他们那里的天气大部分都在零度以上。

他们一生好火,罗伊就去另外一个房间取罐装的辣味牛肉末杂豆浓汤,他父亲也要了面包,可以在火上烤。小屋光线黯淡,即使外面现在还是下午,而且真正的黑暗也要很久才会降临。他记得,在他还是小孩子时,每天晚上天还没有彻底黑他就必须上床睡觉。他不确定现在的规矩是什么,但看起来那些关于作业、睡觉时间的规定都不存在了。他从来没有这样忙碌过,也从来没有早上起来不必去上学。他也从未像现在这样,除了他父亲之外一个人影也见不到。

他们在前廊上吃完了辣味牛肉末杂豆浓汤,穿着靴子的双脚在空中晃荡着。前廊四周还没有栏杆。他们注视着平静的海湾,偶尔会有一条红点鲑跃过水面。还没有一只鲑鱼出现过,但是它们会在夏天晚点的时候到来。

"什么时候又是鲑鱼季呢?"

"大部分集中在七八月,要看种类。我们大概在六月就会捕到第一批粉鲑。"

吃完饭之后,他们继续待在前廊上,没有再说一句话。太阳没有落下去,而是长时间地端坐在地平线上。一群小鸟在他们周围的树林里飞进飞出,然后一只秃鹰从后面出来,阳光在它的白头上闪着金光,它的羽毛泛着白垩的棕色。它飞到了岬角的尽头,停在一棵云杉的树顶。

"不是在任何地方你都能看到这样的场景。"他父亲说。

"是啊。"

终于,太阳开始西沉,他们进屋将睡袋铺在主屋的地板上,下面垫上防潮垫。当他和父亲在黑暗中脱衣服时,罗伊能透过狭窄的窗户看到外面天空的绯红色。接着他们钻进睡袋,没有人睡得着。在他头上屋顶高高拱起,身下的地板很硬。他的意识在翻腾,最终他逐渐入睡了,但又突然惊醒,因为他意识到自己听到父亲在暗中哭泣,他父亲试图吞噬、掩盖那声音。屋子是这么小,罗伊不知道自己能不能假装不在听,但他还是假装如此,保持清醒躺在那儿,似乎又过了一个小时,他父亲还没有停止哭泣,但罗伊太累了。他不再听他父亲的声响,睡着了。

早上,他的父亲边烤着薄饼边轻声唱着歌,《公路之王》。他听到罗伊醒了,低头咧嘴笑着看他。他上下挑动眉毛,"烤薄饼,还有奶油蘑菇汤?"他问道。

"好啊。"罗伊说。那听起来真棒,好像他们只是在露营。

他父亲递来一大盘烤薄饼,上面淋了奶油蘑菇汤,还有一把叉子。罗伊将它们搁旁边放了一会儿,穿上牛仔裤、靴子还有夹克。

然后他们走到门廊上去，一起吃饭。

已经接近晌午，一缕微风吹过海湾，在水面上形成细小的涟漪。水面仍旧晦暗。

"你睡得好吗？"他父亲问。

罗伊没有看他。他父亲似乎在问他有没有听到自己哭，但仿佛把那当一个常规的问题。罗伊之前已经假装自己睡着了，所以他回答道："嗯，我睡得很好。"

"我们新家的第一晚。"他父亲说。

"对啊。"

"你想念你母亲和翠西吗？"

"嗯。"

"好吧，也许你会想她们一段时间，直到我们在这里安顿下来。"

罗伊不相信自己能在这岬角安顿下来的时候，不会思念他母亲和妹妹。按计划他们会定期离开这里。这是他父亲之前的另一个承诺，每隔两三个月左右他们会回去拜访，在圣诞节期间还会待上两周。那里还有业余无线电。需要时他们可以用它发射信息，他们也能收到信息。

他们默不作声吃了一会儿。薄饼烤得有点过火，其中一只因为太厚里面还是夹生的，但是上面的奶油蘑菇汤不错。空气微凉，但阳光正在逐渐强烈。坐在没有栏杆的门廊上，晃荡着靴子，几英里以内都没有人，有点像《大草原上的小木屋》还是其他什么。也许也不像那部电视剧，也许像掘金的人。这一切可能发生在另一个世纪。

"我喜欢这样,"罗伊说,"我喜欢这里一整年都像现在这样晴朗、温暖。"

他父亲露出笑容。"至少有两三个月会这样。但你说得对,这就是生活。"

"我们要开始捕鱼了吗?"

"我刚刚正在想那个。我们今晚就应该开始,在我们解决了放柴的披屋之后。然后我们也要在那里搭一个熏炉。"

他们将盘子放到小小的洗涤槽里,然后罗伊去了厕所。他用一只脚顶开门,尽可能地察看了座厕四周,但最终他不得不使用它,一边相信没有任何东西会咬他。

当他回去时,他父亲抓起斧头和锯子,他们出发去寻找板材。穿过森林时,他们看着树桩,但是这里的大多数树都是铁杉,厚度不超过四英寸半。越往上走树木的直径越小,所以他们掉头往下沿着海岸线走到岬角,那里生长着一群更高大的云杉。他父亲开始砍伐树林深处某一棵的根部,那棵树生长在去岬角的半路上。

"不想破坏我们自己看出去的风景。"他说。罗伊想起来在这里砍伐树木甚至是非法的,因为这算是国家森林,但是他什么都没说。碰到打猎、捕鱼、野营这样的事情时,他父亲偶尔都会忽略法律。比如,他曾经带着罗伊去加州桑塔罗莎的郊区打猎。他们只有一把弹丸枪,准备去他们发现的某条偏僻道路附近的地里打些鸽子或者鹌鹑。当那块地的主人过来时,他一句话都没有说,只是看着他们走回车里离开。

罗伊接过斧头，手臂能感觉到每一次动作的撞击，他观察着从树桩那里迸出的木屑是多么的洁白。

"注意它怎么倒下，"他父亲说，"考虑下支点在哪里。"

罗伊停下来，开始研究这棵树，中间他绕着这棵树走了半圈，然后给了它最后两击，它就往他们的反方向倒下了，穿过枝干和树叶，别的树干因为冲击而微微颤抖，看起来就像是见证了恐怖场景的局外人。所有的树都处在颤抖和震惊中，随后又恢复了一种怪异的安静。

"好吧，"他父亲说，"那至少能做成一些好的板材。"

他们清理了树枝，将它们摞成一小捆，他们之后会处理它们，用它们来生火。罗伊心里想着，那也许能做一把弓和几支箭。他们一人抬一头，准备把树搬回木屋，但是树比他俩事先想的都要重，所以他们就当场将它锯成一段一段，大部分的木条被锯成两英尺长，有两段长一点的可以做成长一点的板材，尤其是为熏炉的侧面准备的。然后他们将这些木块带回了小屋后面，站在那儿看着它们。

"我们没有合适的工具。"

"是啊，"罗伊说，"我们只能用斧头和锯子或者其他的什么。你一般怎么制作板材的？"

"我不知道。应该是用一些我们没有的工具。我想我们可以把它们立起来，然后锯开它们。"

所以他们用那种方法试了一块木头，把它立起来，将锯子放在离边缘一英尺的位置，慢慢地开始，试着笔直往下切。

"这样的话木块的形状会不统一。"罗伊说。

"是啊。"

结果是他们花费了很长时间,而且效果也不是很好。它更多是一个人的工作,因为他们只有一把锯子。所以罗伊进屋拿上了渔具,把所有的鱼竿全摆在前廊上。他在每条线上都拴了皮克斯匙①,在它上方三英尺的地方安了旋轴,然后走回去。他的父亲还在处理第一块板材。

他父亲没有抬头,继续着他的工作。凛冽的空气中能看到他的喘息,他的脸看起来像一只鸟那样瘦削——细小的深陷的眼睛,薄薄的嘴唇,鼻子现在看起来几乎像是鹰钩状,那层薄薄的刘海看起来也只是一团糟。

"我准备好鱼竿了。"罗伊说。

"给我们钓只大的,"他父亲说,抬头看了一会儿,"然后准备锯木头吧,我现在意识到这个工作需要我们花费接下来四个月的时间。"

罗伊笑了:"好的,我会回来的。"

岬角的风更猛烈了。罗伊站在岬角的尽头,那儿的风浪正以两到三英尺的速度扑向海岸,他能看到翻腾的白色浪花。他之前没有意识到他们的小海湾是如此的隐蔽。他在海岸线上来回走了几分钟,注视着那些光滑的白石头,还有后方的林木线。林木线边上都

---

① 皮克斯匙(Pixie Spoon),阿拉斯加常用的捕鱼诱饵,一般内有荧光填充物。

是杂草污泥草根，遍布在岩石滩上，视线一览无余。他不知道那里怎会有淤泥，但当他走近看时，发现那只是苔藓和根茎。他想到了熊，环顾四周没有发现它们的踪迹，于是又走回岬角。小屋一直在他的视线里。他在小海湾的入口撒下了鱼饵，等着那些游进海湾或溜走的鲑鱼。

他看不见他的诱饵，也没看见一条鱼，但是他想起曾经在凯奇坎的那些海湾，他站在父亲的船头，看着脚底下密密麻麻的鱼群。再过几个月他们就会在这里经历同样的场景，但他还是希望今天自己能提前捕到一条。

有东西撞上来了，是一条小的红点鲑，闪着白色的光，在挣扎着。他毫不费力地就将它甩到光滑的沙石上，它喘着气流着血，他拔出鱼钩，猛砸它的头部，然后它就死了。他已经很久、快一年都没有捕到过鱼了。他弯腰注视着它，看着它的颜色暗淡下去。

"你曾被产卵在这样的石头上，对于这些石头而言汝又回归，"他说着，然后又笑了，"汝已成为午餐。"

他放了一些石头在鱼肉周围，防止老鹰叼走它们。然后他想起了自己的最后一节英语课，他们做过的游戏，想到这一年他都不会再经历这些。他在这儿没有朋友，这儿也没有女孩子。

当他一遍遍地将鱼饵甩过湾口时，他一直在想着学校里的那些姑娘。逐渐的，他只想着其中的一位，在回家的路上他曾吻过她。他想到这个场景就勃起了，他看了看小屋，然后收起渔线，走回树林里。他倚在一棵树上，脱下裤子开始自慰，想着自己在吻着那个姑娘，然后就射精了。他刚刚弄懂自慰是怎么回事还不到一年，之后他一般每天自慰三到四次。但自打他来这儿之后就基本没法做了，因为他父亲总在那儿。

他坐在另一棵树下，觉得孤独，想着那些他错过的机会。

然后，索然无味地，他又开始捕鱼，抓到了另外一条同样大小的红点鲑，然后回去找他的父亲。已经快到傍晚，天光更浓郁了，回去路上的山峦显得非常漂亮。

当他回到家时他父亲仍然在锯木头。

"你回来了，"他父亲说，"嗨，看起来多像一顿晚饭。它们都是红点鲑？"

"对呀。"

"真棒。"他开始唱一首类似船歌的曲子，"哦，红点鲑游过来，他拉起鱼竿。他捕到两三只带回家，就着掺水烈酒吃了它。"

他父亲微笑着，对自己很满意，"比收音机里的好听吧？"

"当然。"罗伊说。这个父亲是他在这儿不常看到的。"在你干完这活的时候，我可以做饭。进行得怎么样？"

他父亲指着他的木桩："看起来是世界上最好的十到十五片木瓦，我可以说。它们非常标准。在这儿的农场，我们得了解质量控制。"

"农场，"罗伊说，"看起来好像没有多大。"

"畜群在这个岛背后很远的地方。"

"嗯。"罗伊说，"我会准备一些晚饭。"他在水边洗净了鱼肉，注视着水下的鱼内脏，它们落在岩石上，随着袭来的细小波浪前后摆动。它们看起来像外星人。其中某一块看起来很像眼睛。

他生起炉火，然后在锅里放上黄油和胡椒，将鱼放进平底锅，然后又走到门廊上去，感觉自己是个拓荒者。他心情好得很，于是就走回他父亲那儿，看他工作了一会儿，聊天。直到他想到炉火也许足够旺了，就走回屋里，调整了煤块，开始煎鱼。

他们把红点鲑酵母面包、一些生菜和沙拉酱端到了前廊上。

"好好享用生菜，"他父亲说，"这撑不过一个星期，然后我们就只剩下罐头蔬菜了。"

"我们会种点什么吗？"

"可以，"他父亲说，"但我们需要一些种子。我之前没想过这个。也许我们可以让汤姆下次飞过来的时候捎点过来。"

"你会用无线电预订吗？"

他父亲点点头："无论如何，我们都应该试一试。晚上最适合，所以我们可以在饭后把它装起来。"

他们看着太阳逐渐西沉。这个过程如此缓慢，他们看不到它坠落的过程，但是能看到水面、树上的日光在变幻。每片树叶背面的阴影和被斜阳照耀的涟漪，都让世界显得有三维感，就好像他们在通过取景器看着那些树。

他们将盘子放进水槽，然后将无线电设备拿进主屋，放在角落里。他父亲装进两只大电池，然后想起了天线。

"我们需要将这个放在屋顶上。"他说。所以他们走出屋外，四处察看，然后都觉得这是一个太大的工程，决定等到第二天。

那天深夜，他父亲又开始哭泣。他低声自言自语，当他哭泣的时候那听起来就像是在发牢骚。罗伊听不懂他说的话，也无法揣摩他父亲的痛苦到底是什么，以及那痛苦因何而来。他父亲的自言自语，只会让他哭得更凶，就好像他在自我煽动。他会逐渐平静，然后又对自己讲一些别的事，然后又继续抱怨、呜咽。罗伊不想听这个。这让他觉得恐惧、无能，此刻或者白天他都无从理解。他一直无法入睡，直到他父亲停止啜泣、自己睡去了。

早上，罗伊还记得那场哭泣，而这似乎正是他最不该做的事情。根据某种他从来没有见证过的协议，他应该在夜间听到父亲的哭声，然后在白天不仅要忘记，甚至在某种程度上要当它没发生过。他开始害怕他们一起度过的夜晚，虽然才两个晚上。

他父亲在早晨又再次变得雀跃，他正在煮蛋，烤土豆饼和培根。罗伊装出比他实际更困、更醒不过来的样子，因为他想自己思考，他还没有做好准备加入那种欣喜雀跃和遗忘的行为。

但是烹煮食物的味道最终又让他爬起来。他问："所以我们今天要搭好无线电吗？"

"当然，还有柴火棚，烟熏炉。还有，我们为什么不建造一座夏季的度假小屋呢？"

罗伊笑了。"是啊，有好多事。"

"比鲑鱼肚子里的卵还要多。"

他们又坐在门廊上吃饭，罗伊想着如果天气恶劣的话一切会更难熬，因为他们只能局促地坐在那间小屋里。这个早晨仍是阴天，但只穿一件运动衫就足够暖和。他想起在凯奇坎大多数的日子都像这样灰蒙蒙的，或是飘着细雨。那时他喜欢水上的风景，看着水面如何像铁一样熔化成灰色，大海的颜色比其他一切都要深，很难看清水下。还有鲑鱼和大比目鱼跳出水面。

早饭过后，他们开始安装天线，但找不到爬上屋顶的通道。他们没有梯子，屋顶边缘也没有凸出，没有东西可以用来抓握，没有高处的扶手或者另一面可以倚靠的墙。他父亲对着小屋后退了几步，绕着屋子走了几圈。

"好吧，"他说，"没有梯子，我想我们到不了那里了。即使这样，我也不知道我们需要多高的梯子。"

于是他们将天线挂在屋顶边缘。原来，天线只是线轴上的一条长绳索，所以这个解决方案还不错。但是当他父亲打开无线电，尝试接收信号时，他们听不清楚任何的东西。只有静电的嘀嘀声，还有诡异变形的声音，这让罗伊想起那些旧的科幻小说，还有黑白电视、奥特曼和飞侠哥顿。而这应该是他们和他人取得联系的唯一方式。

"我们能和谁说话吗？"罗伊问。

"我正在鼓捣它，"他父亲不耐烦地说，"按住几秒。"

"看起来那并不能改变什么。"变形的声音又持续了几分钟后，罗伊说。

他父亲转过头来，咬紧嘴唇看着他。"去干点别的吧，好吗？你可以去锯木瓦。"

罗伊绕了一圈回去，看着那些木瓦，开始锯其中的一块，但是他不在状态。他看到有根枝条呈四十五度角长在一块较大的树干上。他从离枝条两端八英寸的地方开始往下锯，然后用随身携带的小刀将它雕刻成一根投掷棒。他在想这里是否有兔子或者松鼠什么的。他记不大清了。他还做了一根鱼叉，一套弓箭，还有石斧。

他继续加工那根投掷棒，将外侧打磨光滑，让两端变得圆整，直到他父亲出现了，说着"我搞不定那该死的东西"。当他看到罗伊在做的事情时，他停住了："那是什么？"

"我在做一根投掷棒。"

"一根投掷棒？"他父亲转头走开，又走回来，"好吧，那很好。没关系。你知道，我已经在这里迷失了，关键在于放松，找到别的法子生活，所以好吧。让我们放弃这个工程，休息一会儿。"

他看着罗伊，罗伊在想着他父亲是不是真的在对自己说话。

"我们为什么不去远足呢？"他说，"去拿上你的来复枪和子弹。今天我们要去四周转转。"

罗伊什么都没说，因为整个安排感觉太摇摆了。他不确定再过几分钟他们会不会有一个新的计划。但是他父亲走进屋里，罗伊也跟着他进屋了。他父亲将自己的来复枪从箱子里拿出来，于是罗伊也去拿了自己的，往口袋里塞了一些子弹，然后抓起帽子和夹克。

"最好也带上你的水壶。"他父亲说。

他们出发时，还未到正午。他们进入铁杉林，沿着野兽经过的小径翻越小山丘，最后来到了山脚下的云杉和松林。他们之前走过的小路逐渐消失，他们踩在蓝莓果丛或是其他一些低矮的植物上，试着在灌木丛里找好立足点。脚下的土地凹凸不平，但很松软，都是各种洞眼。他们再度经过铁杉林，停下来歇息，眺望海湾。他们都开始喘气，此地海拔比他们的小屋至少高五百英尺。头顶上的山峰非常陡峭，他们甚至看不到山顶，只能看到它侧面的弧线。山下的小屋看起来小到令人难以置信。

"其他的岛屿，"他父亲说，"从这儿你能看得更清楚。"

"大陆在哪儿？"

"在我们身后很远的地方，我想要经过威尔士大公岛和其他的一些岛。在东边。我们在这儿不常看到的一样东西，是日出。上午十点以前我们还会处在阴影里。"

他们在那里又待了一会儿，向远处眺望，然后抓起来复枪，又向上攀登。他们的靴子和手经过的地方，小野花、苔藓，还没到季节的蓝莓还有一些奇异的草都被压坏了。罗伊看不到周围有什么动物，然后他看到一块岩石上有只花鼠。

"爸爸，等等。"他说。他父亲转过身后，罗伊往后走了几步，扔出了投掷棒。那根棍子飞到离花鼠十英尺的地方，弹跳了几次，然后落在山下五十英尺的某处。

"哦，老兄。"他说，然后他放下来复枪，取回棍子走回来。

"我想我们一时半会儿不能指望用这个来打到晚餐。"他父亲说。

爬得越高，他们开始听到更大的风声，还有一些小鸟掠过。他们还是没能发现任何野兽的踪迹。

"我们要去哪儿？"罗伊问道。

他父亲继续走了一会儿，终于说："我想我们只是走到山顶，到处看一看。"

不过再往上，他们就抵达了云层。他们停下来往下看。一片阴霾，日光暗淡，低处却没有雾气和云团，至少如此，也更暖和一点。在云层的尽头，大团的云朵涌下来，然后又被风吹散。他们头顶上方只有一些微弱的轮廓，一切都模糊不清。这里的风更强，空气更潮湿，也更寒冷。

"好吧。"他父亲说。

"我不知道。"罗伊说。

但是他们接着往上爬，钻进云层里，依然寒冷，也没有野兽的踪迹。当他们走路时，罗伊试图从周围那些模糊的形状中判断出哪些是熊、哪些是狼还是獾。云团包裹住他和他父亲，让他们只能听到自己的声音。罗伊能听到自己的呼吸，还有血液在太阳穴里流动的声音，就好像在他身体之外。这让罗伊更加有种被什么东西监视，甚至在被别人捕猎的感觉。头顶上他父亲的脚步声听起来异常响亮。他被恐惧充斥，在剧烈的喘息中他试图屏住呼吸，无法向他父亲请求返回。

他的父亲继续头也不回地往上走。他们攀爬过林木线，经过浓密的矮草，然后就是更薄的苔藓、极短而又坚硬的草丛，下面偶尔还有些看起来很苍白的小野花。开始的路上散落着碎石头，最后路面大多是小石块，他们一手抓住上方的地面，一手拿着来复枪，爬过那些陡峭的石堆，然后他父亲停了下来。他们似乎站在最高顶了，除了脚下那些绵延二十英尺就消失的苍白轮廓，上面什么都看不到，就好像世界就结束于四周的悬崖，上面一无所有。他们在那里站了很久，时间长到罗伊平复了呼吸，热气溢出身体，然后他感觉到背部和腿部发凉，长到血液在他的耳朵里停止流动，于是他能够听到风正穿过山顶。这里很冷,但是它与世隔绝的方式又让人感到欣喜。无尽的灰濛,他们也是它的一部分。

"没什么可看的。"他父亲说着,掉头走了。他们沿着来时的路下山,走出云层之前他们没有说过一句话。

他父亲眺望着延伸至另外一个山脊的低矮的山口,又望向山口更远处。高处耸立着更多的山脉,在灰暗中迷离不清。"也许我们应该往回走,"他说,"这里不太暖和,能见度不高,而且好像没有太多野兽出没的痕迹。"

罗伊点了点头。他们穿过低矮的植被到达山脚下的小树林,沿着野兽踩出的小径回到小屋。

当他们回去的时候,那里看起来有点不对劲。前门歪歪斜斜地挂在铰链上,前廊上有些垃圾。

"见鬼。"他父亲说。然后他们开始慢跑,到达小屋的时候又放慢了脚步。

"看起来是熊干的,"他父亲说,"前廊上是我们的食物。"

罗伊能看到撕开的存放干货的垃圾袋,还有罐头食品撒落在前廊的门边,一直延伸到屋下的草丛里。

"它们也许还在这里,"他父亲说,"往枪匣里装一颗子弹,拉下保险,但不要在我之前行动,把枪筒放下来。行吗?"

"好。"

于是他们装上子弹,慢慢地朝小屋走过去。他父亲先走上前,砰砰捶墙,大喊了几声,又等了一会儿,但是屋里没有什么东西走动,或发出声响。

"看起来它们不在这儿，"他父亲说，"但你永远不知道。"然后他走到门廊上去，用枪筒将破损的门拨到一边，试着往里看。"这里很黑，"他说，"熊也是黑的，我讨厌这样。"但他最后还是走进屋去，又迅速地走出门外，然后又慢慢走进去。罗伊什么都听不见，浑身血脉偾张。他想象他父亲被身后的大熊扔出前门，他的枪被扔到旁边，然后罗伊会把子弹射进熊的眼睛，还有它张开的嘴巴，他会用他父亲教他的方法完成完美的射击：要干掉一头熊，他必须用点 30-点 30 子弹。

但是他父亲又走出屋外，没有受伤，说熊不在那儿。"它把一切都撕碎了。"他说。

罗伊望向屋里。他的眼睛花了几分钟适应光线，但随后他看到他们的被褥都被撕开，地上散落着食物，无线电摔成几块，炉灶的部分也被拆开。一切都遭到了破坏。他几乎看不到一件还算完整的东西，一个念头抓住了他——这是很长一段时间里他们要赖以为生的东西。他们现在无法呼叫别人，也没有睡觉的地方了。

"我要去追它。"他父亲说。

"什么？"

"如果它就在外面的某个地方，就有可能再来一遍，那样我们把东西收拾好就没有意义。我们也无法安全。它有可能会在夜里前来寻找更多的食物。"

"但现在太晚了。它有可能在任何地方，我们必须吃点东西，找个地方睡觉，还有……"罗伊不知道怎么继续，他父亲现在没道理可讲。

"你可以待在这里,把东西收拾一下,"他父亲说,"我把那头熊杀死就回来。"

"我得一个人待在这里?"

"你会没事的。你有来复枪。无论如何,我必须去找那头熊。"

"我不喜欢这样。"罗伊说。

"我也不喜欢。"然后他父亲就出发了。罗伊站在前廊上看着他的背影消失在小路上,无法相信正在发生的一切。他觉得害怕,于是开始大声地说话:"你怎么能留我一个人在这里?我没有任何东西吃,我也不知道你什么时候回来。"

他觉得恐惧。他就这样绕屋子走了几圈,想他的母亲、妹妹、朋友们,还有他抛在身后的一切。最后他觉得又冷又饿,于是才停下来,开始检查睡袋,看看有没有什么可以用的。

他父亲的睡袋还算是完整的。只有一些地方被撕破了。而他自己的睡袋像一只玩具一样被用过了,上半部分已经被撕裂,填充物撒得遍地都是。也许可以用底下的半边,他想,但是没有办法可以补好剩下的部分。

食物几乎全被毁了。一些袋装面粉、白糖还有盐仍然完好无损,但也只是一部分,用来烟熏食物的红糖都被吃光了。一些罐头食品只是被砸瘪,但大部分都被戳破了。

罗伊将火炉的碎块放回到被砸坏的灶基上,在那儿生了一堆火,把唯一两罐未开封的辣味牛肉末杂豆浓汤放到一面瘪得没那么厉害的锅里,把汤加热了一下,然后坐在前廊上等他的父亲。

等到天黑了,他父亲还没有回来。罗伊将汤重新热了一下。他把两罐全吃了,因为他停不下来。"我吃了你的汤。"他大声地道歉,就好像他父亲能听见似的。

那天晚上,罗伊睡在前廊上,用他父亲的睡袋,来复枪放在膝盖上。但他的父亲还是没有回来。到早上的时候,他还是没有睡着,他又饿了,因为一直待在前廊上他觉得又冷又难受,于是他进屋去。

无线电坏得没么严重。看起来它只是被熊坐上去过还是什么的。但是它还是不能正常工作。罗伊说不好。他想做一点有用的事,但他对无线电设备一无所知。于是他穿上短靴、厚外套、戴上帽子和手套走出屋外,这些衣物都还是完好的。他开始锯那些木瓦。他的来复枪就在身边,枪匣里有一颗子弹,保险也已经被拉下。他锯了一会儿,想到可以拿他的枪向空中开几枪,那样他父亲就会出现了,但他也有可能非常生气,因为那枪声背后什么都没有发生。他只是想他的父亲回来。他一点也不喜欢眼前的局面。他不知道做什么。

到了下午,他只是锯了几片木瓦,拇指就起了一个水泡。木瓦这活儿难以想象的复杂。他们的方法有点问题。他父亲还没回来,他也没听到任何枪声,于是他站起来写了一张便条:"我去找你了。过几个小时就回来。我是下午离开的。"

他从父亲离开时的道路出发,但很快意识到他不知道该走哪条路。他看着地面,但是只能看到他们昨天走过时留下的模糊印迹。偶尔有一片靴子印,但更多时候只是些踩烂的稀泥、踏平的草丛。但他还是跟着这些记号到了山脚下,但那片松软的地面上看不到任何足迹,他也没有看到任何偏离主要线路的足迹,于是他背对着山坐下来,试着思考。

他父亲没给他留下任何可以往前走的记号。他也没说自己去哪儿、要去多久。于是罗伊坐在那里,哭了起来,然后走回屋子。他撕掉了便条,坐在门廊上看着水面。接着他吃了一点面包和花生酱,从被扔到廊下石头上的果酱瓶里舀了一点果酱。它们大部分都被蚂蚁和其他虫子吃掉了,但是他还是刮到了几乎一勺看起来还没坏的果酱。他坐到门廊上,吃光它,眺望着落日,等待着。

暮色降临不多久,他父亲就回来了。罗伊能听到他走下小路,于是大喊:"爸爸?"

"嗯。"他父亲平静地回答,走上门廊,跺了跺短靴,来复枪悬在膝盖部位。他低头看着罗伊。

"我抓到它了。"他说。

"什么?"

"我抓到那头熊了,在两座山头之外的一个小峡谷。今天早上抓到它了。你听到枪声了吗?"

"没有。"

"好吧,事情就是这样。"

"它在哪儿?"罗伊问。

"还在那儿。我不能把它带回来。我没有带刀,只带了枪。但我现在很饿。我们还剩下什么吃的吗?你抓到鱼了吗?"

罗伊没想过去捕鱼。"还剩下一点,"他说,"我给你热点什么。"

"那太好了。"

罗伊去热了一罐浓鸡汤,那是最后一罐了。又热了一罐玉米粒、一罐四季豆。他父亲拿出了手电筒,正在修他们的油灯。"它一定是闻到了煤油的味道,打了灯一下。"他说。

食物热好了,油灯也修好了,他们又能看清屋里了。

"它看起来是什么样儿?"罗伊一边问,一边将食物放到地板上。

"什么?"

"它看起来什么样儿?那头熊?"

"就是一头黑熊。不是很大,一头小公熊。快到中午时,我看到它就在我下方,在灌木丛附近觅食。第一枪我从后面击中了它,它跌倒了,但它开始四处翻滚,大声嚎叫。我的第二枪打在它脖子的上方,那直接要了它的命。"

"天哪。"罗伊说。

"事实就是这样。"他父亲说,"下次我们必须剥下一头的皮,用盐把肉腌了风干。对了,我们还有盐剩下吗?"

"嗯。我们还剩一袋。"

"很好。我们也可以用平底锅装一些咸水放在外面,让它们在太阳下蒸发。这里一百万年才有两次晴天。"

"哈哈。"罗伊说,但他父亲并没有从食物里抬起头来。他看起来非常疲惫。罗伊也是。那天晚上他几乎是很快就睡着了。

他梦到自己将鱼剁成一块块,每只鱼块上都有一双小眼睛,当他剁肉的时候,它们呜咽的声音越来越高。这声音不是来自那些鱼块或是它们的眼睛,但是它们正在注视着它,看着他下一步的行动。

听到他父亲在屋子搬东西的声音,罗伊就醒了。他父亲在清扫、整理物件。他打了个呵欠,伸了伸腰,穿上靴子。

"熊把我们彻底洗劫了。"他父亲说。

"我必须修好我的睡袋。"罗伊说。他只能用睡袋的下半部分,上半身盖了自己所有的衣服,包括他的外套、帽子,还有他父亲扔来的一条小毛毯。

"好啊。除了那个,还有我们的无线电、大门、我的雨具,我们大部分的食物。我们必须将它们都搞好。"

罗伊没有应声。

"我很抱歉,"他父亲说,"我只是对这一切有点沮丧。它糟蹋了很多我们的食物,还有一些昨天本来可以挽救一点的,但今天里面都是虫子了,所以我们只能扔了它们。我们有保鲜袋的,你知道,你本来可以把一些食物放进去的。"

"对不起。"

"没关系。现在帮我归整东西吧。"

他们继续整理,把那些现在必须扔掉的东西装进一只垃圾袋里,背到一百码之外的地方,埋进一个坑里。

"如果下次又来另外一头熊,也许它会先闻到这个,到这里来挖掘。我们就可以在它到达屋子之前将它射死。"

罗伊对射死更多的熊没什么兴趣。上一头熊看来已经是浪费了。"你觉得你追到的那头熊是干出这些的那头吗?"他问。

有一会儿,他父亲停下了铲土的动作。"是啊。我跟踪了它。但是也有可能它是另外一头。有好几次我找不到记号,必须重新寻找它的足迹。那头熊离我们的屋子这么远,确实有点诡异。所以我们必须小心,以防万一。"

罗伊决定,除非熊攻击了他们中的某一个人,他才会对它开枪,尤其是在他们并不准备剥掉它的皮、吃了它的前提下。"当你打中它的时候,它叫得惨烈吗?"

"这不是你应该问的问题。"

他们埋完被毁掉的食物后,他父亲走回小屋,将铁锹放进屋里。然后他们站在门廊上,眺望着平静发灰的水面。

"我们需要一起解决食物的问题,"他说,"你可以先开始捕鱼,我来弄熏炉。我们也需要一个木棚,还需要砍伐一些木头,但我不能一下子搞定所有的事情。我们必须先吃饭。当你捕到什么东西,把它的鱼子取出来,然后绑在另外几条渔线的尾端。只要将线绑在什么东西上面,我们可以一直将渔线放在那儿。"

于是罗伊再度走到岬角,在岬角入口抛出钓丝。过了很久,都一无所获。他一边钓鱼,一边凝视着水面,感觉那里随时会有条鱼出现,仿佛他真的用意念让一条鱼上钩似的。但接着他的视线越过峡湾,望向附近的岛屿。远处有些白色的浪花,更远处、地平线尽头,一艘渔船驶过。虽然离得很远,但罗伊还是能看到它的船头如何高高隆起,他甚至能想象自己看到了横撑杆,但那只是想象而已。然后他做起了白日梦,想象自己如何必须在这块海滩上点燃信号弹,以吸引那艘船的注意,因为他的父亲被一头熊杀死、被吃掉一半。就在这个时候,有一条鱼上线了,他把鱼拉回岸边,让它在水面迅速滑过,鱼头在摆动,因为那只是一条花斑鳟。他把它扔到岩石上,在平时他会将它扔回海里的,它太小了。但是他们需要在这岬角捕到的任何东西,所以他敲碎了鱼头,沿着尾巴到鱼喉将它切开,看看里面有没有鱼子。幸运的是有一些,虽然非常小,而且数量不多。他将鱼子挖出来,将花斑鳟和鱼竿放在一边,走回小屋去拿沉底渔线。但就在那时他听到翅膀落下的声音,他转身跑起来,但是速度不够快。老鹰已经将他的鱼抓在爪子里,在罗伊回到那儿之前它已经扇着巨大的棕色翅膀飞起来了。他捡起一块石头朝老鹰扔过去,想让它把鱼肉放下来。但是他掷得太偏了,老鹰慢慢地离开海湾,飞到岬角的一棵树上,落定,一边吃着那条鱼一边看着罗伊。

罗伊想起了猎枪,但尽管气得发狂,感觉他们是有多么渴望食物啊,又害怕他父亲对自己丢掉那条鱼会说些什么,可他一点也不想去射杀一只秃鹰。

他从小屋里又拿了一卷线轴一些鱼钩,开始装沉底渔线。

"抓到什么了吗?"他父亲在屋后大声问。

"嗯。我找到了一些鱼卵,可以下线了,但是只是条小鱼,当我转身时被鹰抓走了。"

"该死的。"

"是呀。"

"好吧,再去捕一条。"

"我正打算那样做。"

他在渔线尾部装了大铅锤，然后用手将它们用力地抛出去。他希望海水足够深。他在小屋正前方下了两条线，将它们绑在树根上，然后又走到岬角，在他刚刚捕鱼的湾口放了一条，沿着足够明显的路线，将它拉回系到一棵树上。老鹰仍然高高在上，注视着他。

然后罗伊拿起他的渔具，沿着海岸线继续往前走，在砾石滩上走了不止半英里，偶尔也钻进树林，然后到了下一个小峡湾的入口。在这儿，他在河口布下渔线，在海水里缓缓扯动了一会儿，他马上就抓到一条更大的。那条鱼用力将线拖向大海的方向，线轴发出响声，直到罗伊意识到自己的牵引太松了，然后他调紧了渔线，那条鱼还在拼命拉扯，但罗伊完全可以驾驭它了。在被拉回沙滩前，它弹起来两次，还在空中扭动了两次，头部前后撕扯，试图挣脱。这是一条小的粉鲑，通体银白色，很新鲜。罗伊往回走了几步，鱼竿的顶端被举得高高的，他流畅迅速地将那条鱼拉起、甩到砾石滩上。它重重地拍上去，鱼钩被甩到一旁，但它已经太靠近陆地了，罗伊跑上去从腮部捞起它，把它扔到沙滩更上头。它气喘吁吁地躺在那儿，怒目而视，他用石块砸了它的头部三次，然后它的身体开始颤抖着弓起、淌血，又直挺挺地躺下了。每隔几秒钟它的肌肉还会抽搐几下，但它已经死了。

罗伊用一小堆石头盖住它，不让老鹰靠近，然后又抛出渔线。几小时之内，他已经钓到了六条粉鲑，一条花斑鳟。他将它们扎在之前带的一条尼龙绳上，束好拉绳，这样他就可以带走它们。他慢慢走回小屋，不时地停下来休息一会儿。

"看起来不错，"他父亲看到他走近时说，"看起来不错。"

"我到了下一个湾口。在那里钓鱼好很多。"

"我相信这点，"他父亲说，抓起鱼串看着它们。"粉鲑，"他说，"烟熏架快好了，所以你干吗不接着干活，把它们洗干净之后切成条呢？"

当罗伊把那些鱼洗净切条，以备烟熏时，天色已经晚了。他把鱼块通通洗好，放进一只水桶提进屋，然后用盐和白糖做了点卤水。他们本该用红糖的，但是全部的红糖都被熊吃光或者撒掉了。然后他回头去找他父亲。

"看起来如何？"罗伊问。

"几乎快好了。"

罗伊看不太清楚，但是那看起来有四面墙，一面顶盖，下面的缺口可以塞进木片。"它有架子吗？"他问。

"我带了架子。"他父亲说，"还有一块放在底下的平底锅里，它上面有两层架子，一层用来放热炭，上面一层用来放烟熏的木屑。没有那些东西，我都不知道确切该怎么做。"

"我们现在准备熏它们了吗？"

"我们先将它们在卤水里泡一晚上，明天一早再开始。一边注意木屑，一边要盯着所有的事情太费力了。尤其是我们还不知道这样做是否行得通。你为什么不先把你丢在外面的鱼块煮好呢，我把这里的活儿干完。"

于是罗伊在平底煎锅里用油煎了两块较大的鱼排，因为他们没有任何黄油了。当他父亲进屋时，他很疲惫，没说一句话，只是盯着自己的盘子吃鱼。和往日他们那些偶尔的假期相比，此刻罗伊对他父亲的感情没有变得更亲近，他怀疑这一切是否能改变。

"鱼真棒，"最终他父亲说道，"你抵挡不了鲑鱼的美味。"然后他们收好盘子，上床睡觉。

那天深夜，睡着的罗伊又再次被惊醒，感觉到冷，他父亲正在对他说话。

"罗伊？"他说，"你能听到我说话吗？"

"嗯，我现在醒了。"

"我不知道自己是如何落到今天这地步的。我觉得很糟糕。白天的时候我感觉还好，但夜里它就开始发作，然后我就不知道该怎么做了，"他父亲说着，最后几句话又让他开始呜咽，"我很抱歉，罗伊，我真的在尝试。我只是不知道自己能否坚持下去。"

罗伊开始觉得自己要哭了，但他真的不想这样。

"罗伊？"

"嗯。我在这儿。对不起，爸爸。我希望你能感觉好点。"

他父亲发出一阵可怕的吞咽声，说道："谢谢。"然后他们就那样躺在那儿，听着对方不均匀的呼吸，然后又是另一个早上。罗伊躺在那里回想着，闻着炉火的味道，感受它散发出的热气。

他父亲已经在屋后将鱼片塞进熏炉。"嗨，儿子，"他说，"看起来它会很棒。"他上下挑动着眉毛，对着罗伊微笑。然后他打开炉门，罗伊朝里面看去。

所有的鱼片全都摊在那里，罗伊能看到粉红色的鱼肉上已经带有卤水的色泽，那看起来不错。

"现在只要将平底锅带过来就好了,"他父亲说,"我已经在炉子里准备好了煤块。"

他们走进屋里,他父亲用之前专门为此带来的钳子将煤块夹出来,将它们摆在平底锅里,然后在上面安了一只小格栅,那刚好可以嵌进锅里,接着再往煤块顶上洒了大把桤木屑。"一定会很美味。"他说。

他们回到屋外,他将平底锅推进底端的小门,一旦有烟开始钻出来,他就开始检查熏炉的接缝。这儿那儿都有一点烟冒出来,但父亲说一切都没问题,而在罗伊看来一切都挺好的。似乎他们可以吃着烟熏鲑鱼,还能储藏一些鱼干。

"现在我们需要一些风干架,"他父亲说,"另外,我们不妨建一间地窖存放所有东西,不让熊靠近。"

"地窖?"罗伊问道。

"嗯,不让熊靠近食物和其他的东西。"

"会有很多工作吗?"

"嗯,我的意思不是一夜之间造出来,我只是想到。我们现在要做的就是,支架和柴火棚。"

于是他们开始为将会安在屋后面的柴火棚准备骨架,但大颗的雨点开始砸向他们,他们抬头看乌云,雨下得更大了。于是瓢泼大雨中,他们带着工具跑到屋子前面去,以免淋成落汤鸡。

他们在火炉里生了一堆火,试着用一条毛巾擦干身体。

"剩下没有多少干柴了,"他父亲说,"只有一点了。我们应该早就存一些在这里,现在就可以慢慢烘干了。如果雨持续下,我们不会好过的。"

他们点亮了煤油灯，拿出扑克牌，那天下午剩下的时间，他们就坐在地上玩金拉米纸牌，等着雨停。他父亲似乎对游戏不是很感兴趣，即使他赢牌时看起来也和输牌一样阴郁。风雨敲打着屋顶和窗户，他们能看见的范围不超过一百码，能见度很低。

大概过了三小时，他父亲站起来，"我再也不能只是坐在这里，"他说，"我想我应该穿上我的雨具，然后去检查烟熏炉。事实上，我们接下来要面临很多雨天，我们必须要适应它，学会出门在雨里干活。"

他的雨具里面被熊撕开了几条长长的口子。他将它放平在地板上，用布基胶带粘好破损处的正反两面，然后走出门去。罗伊也穿好自己的靴子和雨具跟出门去。

罗伊在小屋门口停下脚步，眺望着眼前暗淡的呈 U 形的水面，水面看起来和天空接连在一起。它们之间没有任何界限，地平线也不复存在。除了那些很近的地方，几乎很难分清雨雾和海水的交界。两岸的树看起来衰败不堪。他走到水边，小心踩在那些潮湿的圆石上，听到雨声铺天盖地，均匀地掩盖了其余所有的声音。空气中也只有这一股味道。即使里面有泥土或者海水的味道，又即使当罗伊闻到了他想象中的蕨草、荨麻和朽木的味道，它们闻起来也只是雨的一部分。他意识到以后大多数时候也会这样。这里的晴天很少见。这么稠密的雨，还有它封闭起来的那个世界，都是他们将会了解的。这里会是他们的家。

"回这儿来。"他父亲大喊道，吼声被雨压低了。

于是他走回去，开始帮忙建柴火棚。他们先用钉子把柱子钉在一起，然后才意识到他们应该先装好屋顶，再把它竖起来。因为他们没有梯子，所以又将柱子放下来。他父亲冷峻地加工那些木头，嘴巴和眼角都紧绷着。他不停地、详细地告诉罗伊应该做什么，罗伊觉得自己在那边只是碍手碍脚，而且那些工作指令超出了他的能力范围，似乎他父亲让他出来，只是想让他们两个必须在这该死的雨里站着。

他父亲将木瓦交叠钉在一块儿，当他装好屋顶后，他们再将柱子立起来。罗伊负责在他父亲伸手钉钉子时扶稳柱子。当屋顶最终被安好时，他们往回走了几步，看着它。它看起来有点歪斜，更重要的是，支柱长满节瘤、平滑，被雨淋成了深棕色，而上面的木瓦形状不一，角度各有轻微的不同，边缘处锯齿般地伸出。有些上面还留着树皮，有些却没有。它看起来像真的屋顶，只是没有那么坚固。它看起来能抵挡一场小雨，但当他们站到下方时，它就显得糟糕了。它挡住了他们头顶大部分的雨滴，然后他们也能把雨帽脱下来，但当一阵猛烈的风吹来，他们就淋了一些雨，大腿部分尤其严重。

"好吧。也许我们需要在木头顶上放层塑料布。"他父亲说。

"那听起来不错，"罗伊说，"如果只是柴火堆的底部受潮，也没关系，对吧？"

"不对。"他父亲抬头看着屋顶，下巴紧绷着，因为五天没刮胡子，他的下巴显得发黑，"但现阶段那样已经不错了。我应该将木瓦锯得长些。也许可以等我们休完短假，拿到下一批补给的物品，我会带些木材回来。"

"我们什么时候离开?"

"不要为此太激动。至少接下来一两个月不会,而且那还得等我调好无线电之后。虽然我想,如果我们太久没有对外寻呼,汤姆会顺便过来看看我们的。不管怎样,那是他应该做的。"

一两个月对罗伊来说似乎长得无法忍受,仿佛要在一个不是家的悲惨之地度过一生。

他们进屋之前检查了鲑鱼,它看起来已经好了。他们留下一托盘用来继续熏成鱼干,其余的都拿进了屋里。他们将支架放到炉子上,就吃了起来。表皮已经变硬,吃起来又甜又咸,但里面粉红色的鱼肉还是潮乎乎的,只有小部分被熏过。虽然没有红糖熏制的好吃,但它还是很美味。罗伊闭上眼睛享用着。

"不要哼哼唧唧。"他父亲说。

"呃?"

"你吃饭的时候哼哼唧唧的。你总是那样的,快把我弄疯了。专心吃饭。"

于是罗伊试着不再哼唧,虽然他此前都不知道自己一直这样。他希望自己可以带着鱼片去别的什么地方,一个人吃饭,不用担心这个。

等到他们吃饱时,他们已经吃光了至少三分之一的鱼肉。他父亲将剩下的部分放到外面冷却,然后在睡觉之前放进了冷藏袋。

那天夜里,他父亲又开始对他说话。罗伊像念咒似的,在脑海里重复默念:"再过一两个月,我一定要离开这里,永远不再回来。"他父亲在呜咽、流泪、告解。"我欺骗了你妈妈，"他告诉罗伊，"在凯奇坎的时候，她怀着你妹妹，我觉得有种东西对我而言正在结束，我想，是我所有的机会。歌莉娅总是待到很晚，然后到我的办公室来，那样看着我，我总是无法控制自己。天哪，我觉得很糟糕。我总是觉得难受。但我一直做那种事情。问题是，即使看到了它造成的一切，它破坏的一切，我还是不确定如果再有一次机会的话，我是否会有不一样的表现。问题是，我的某部分出问题了。我无法做正确的事，成为我应该成为的人。我身上的某个东西阻止我那样做。"

他没有问罗伊任何问题，罗伊也没有应声。他父亲只是说着，罗伊必须听着。他讨厌听这些，他想到他母亲，她和他父亲如何在凯奇坎打架，他不知道如何理解这个新解释。当他们告诉他，他们要离婚时，他们讲的是个不同的故事，似乎这是他们双方都无法改变的事情。当罗伊问起自己是否能帮上忙时，他们告诉他他不能，那种事总会发生在人们身上。

外面的雨还在持续下着，他们的屋子又小又暗。他绝望中的父亲就在几步之外对他低语，抽着鼻涕，发出奇怪吓人的声音。他没有别的地方可以去。

早上，他们嚼着冷麦片和奶粉。炉子里没有生火，因为他们需要节省木柴。雨还在继续下着，和前一天一样。窗台的颜色因为被雨淋湿而变暗了。墙上很多地方都有雨滴往下流。他父亲拿着手电筒检查那些水滴，一句话都没有说，只是用手触摸墙面和天花板的交接处，抬头看着天花板，用光束慢慢照着每块板条和木材。

罗伊在读一本书，是《刽子手》系列中的一本。他特意读的这本，讲的是刽子手总会捉到的那个女人的故事，然后他竭力想象自己在和那个女人做爱。

"好了，"他父亲说，"现在该做风干架了，你可以去检查一下沉底渔线。"

罗伊先去检查了渔线。走出这间小屋、远离他父亲，这让他心理上放松了一点。雨下得还是很大。他穿着雨具，但它又潮又冷，他感觉潮湿，就好像一切都被雨水浸透了。屋外的渔线一无所获，但是在岬角的渔线尾端有一条已经死掉的发白的花斑鳟。罗伊不知道它是否还能吃。他隔着一定的距离掏出它的内脏，不想靠太近。万一它的内脏已经腐烂，会爆出来或者发生其他什么事，但它看起来还好。闻起来味道有点重，但还不算过分，鱼肉看起来也还好。它是一条公鱼，精囊里有两块长长的鱼白，没有鱼子。于是他走回小屋取回一些他已经用盐腌起来的鱼子，用纱布将它们吊在鱼钩上，把渔线放回去。然后他看了看树林，想着去自慰一下会很棒，他已经很久没有自慰了。但不知怎么的，他感觉自己没什么精神。一切又潮湿又阴冷。他穿了一百层衣服，于是他又走回了小屋。

他父亲不在家附近，于是罗伊走回铁杉林，发现他父亲在上面的雪松林里。

"嗨。"他说。

"我在寻找用来做支架的柱子，"他父亲说，"我在找至少六英尺的木材。有鱼吗？"

"有一条很小的花斑鳟,已经死了。但鱼肉看起来还好。"

"嗯,很好。但我们还需要更多。也许你可以继续去钓一些,我在这儿建好它。虽然我们真的需要木头,那是我们需要的。"

他停住了,只是站在那儿看着苔藓。"该死的,我不知道。你想劈柴吗?"

"当然。"罗伊说。他回去拿上了斧头。之前他只劈过一次柴,只是为了好玩。他感觉这次会不一样。

他先从柴火棚工程中剩下的木材开始,将它们立起来,然后落下斧子,但是它们撞向地面又弹起来,刀口也向后弹开。他差点被木材打到,然后想起来他需要一块树桩或者其他什么硬的东西垫在下面。

他四处去找树桩,直到他父亲回来问他在做什么。他父亲将一块木头竖着放,然后又将另一块放在上面时,罗伊显得有点踌躇、愤恨。斧头砸下去,木头一下就变成两半。他父亲看着罗伊,将斧头递给了他。

"好吧。"

"你必须表现出更多创造性。"

"好吧,"罗伊说,但当他父亲转身离开时,他又加了一句,"我已经在做事情了。"

他父亲看着他。"别噘嘴,"他说,"这里不是小孩子待的地方。"

然后他父亲就离开了,回到了树林里。罗伊拿起斧头开始劈柴,心里充满对父亲的憎恨。他同样憎恨这个地方,以及每天晚上都要听他父亲的哭泣。他在说什么啊?小孩子?然后他的心情变得糟糕了，因为他知道夜里的哭泣是某种别的东西，某种他害怕自己会轻视的东西。

劈好了剩下的木材，他拿着斧头走进树林，想找一些枯木。他找到一些，但木头太烂了。"应该知道这些的，"他大声对自己说，"你什么时候才能知道怎么做对事情啊？"于是他又走到岬角那里，伐倒了另一棵树，剥了树皮，将它锯成小块，拉回了小屋。

他父亲在那儿忙活那些架子。"干得好，"他父亲说，"看起来你把木柴收拾好了。"

"是啊。"

"你会掌握这一切的诀窍的，我也会。"

但那天夜里，他父亲又开始哭泣，在罗伊看来一切都行不通。他尝试忽略他父亲对他哭诉的一切，试着在脑海里和自己对话，但是他仍然不能屏蔽掉他父亲。

"在费尔班克斯的时候，我常去两个妓女那儿。其中一个皮肤柔软，没有阴毛。她就像一个小女孩，很小的小女孩，而且她从来不看我。"

罗伊用手指堵住耳朵，试着默默低哼，声音大到足够屏蔽掉他父亲，同时又不被他父亲听到。但是那告解还在持续着，他不得不听着一切。

"我不停地去看她们，所有人，即使我知道罗达知道的时候。"

罗达是罗伊的继母，他父亲的第二次婚姻，最近才结束。

"我从其中一个妓女那里感染了阴虱，然后我传染给了罗达。你还记得在加利福尼亚的时候我们本来要去滑雪、但后来没去成的事吗?"

这种场景很少见,罗伊吃了一惊。他不常被问问题。

"嗯。"他回答道。他记得自己醒来的时候已经是中午,太晚了,有些事情不对劲。他现在不想听到这一切全是因为他父亲曾经睡过一个妓女。他父亲曾经告诉他自己是在基督教青年会活动中心的更衣室的长凳上染上那些虫子的,罗伊也相信了他,还有其他的一切。

"那个时候,她难以想象地生气。她再也不给我任何解释的余地。就好像我是某种怪物一样。就好像我在利用她。你怎么看?你觉得我是怪物吗?"这个问题伴随着奇怪的啜泣和哽咽。

"不,爸爸。"

罗伊的梦境开始重复自身。在一个梦里,他在一间逼仄的浴室里叠红毛巾,但是越来越多的红毛巾不断地堆积到他面前,从四面八方压过来。在另一个梦中,他在一辆陷在沙子里的公车上,从山坡上被吹下来。另一个梦是,他被挂在钩子上,必须在立即被枪决(过程会很快,但他会被杀死)和被泡在一大桶红蚂蚁里(这个选择不会杀死他,但是会煎熬很久)——这两个选项中作出选择。

早上,他父亲的情绪总是很好,罗伊从来不能理解这一点。

"我们的方法是对的,"他父亲说,"我们可以储藏一些熏鱼,一些木柴,现在还是初夏。"

有一天,雨下得很大,罗伊从厕所回到屋里,发现他父亲掏出手枪站在屋里。他一手持着枪,瞄准着屋顶,然后开始盯着屋梁间的暗处,四处走动,看起来像在试图瞄准一只大蜘蛛或者其他什么。

"你在干吗?"

"最好离我远点。"

"什么?"

"离我远点。到另一个房间或者其他什么地方去。"

"这到底怎么了?"

但是他父亲不再回答他了,只是眯起眼睛,将手枪瞄准似乎在屋顶上走动的某个东西。

罗伊退到另一间屋子里,从门口看着他父亲。

然后他父亲开火了,枪声震耳欲聋。罗伊用手捂住耳朵,但它们已经被震到了,耳鸣一直无法停止。他父亲又朝屋顶开了一枪,用巨大的点44马格南手枪,荒谬地在他们昏暗的小屋里开火,空气中布满硫黄的味道。

"你在冲什么开枪呢?"罗伊大喊道。但是他父亲又开火了,一次,又一次。然后他把手枪扔到门口的一堆衣服上,走到雨中,说:"这里真他妈让人憋屈。"

罗伊走到门口,看着他父亲站在外面眺望着大雨,没穿雨衣和雨帽,浑身被淋得透湿,头发纠缠地伏贴在头皮上,张着猩红的嘴巴。他的眼睛忽开忽合。白色雾气从他每次的呼吸还有衬衫底下散发出来。他的双臂无力地摊在身体两侧,就好像除了这样站着、等着天空倾倒下来之外,他已无能为力。

罗伊等他父亲等了很久,最后他背对着火炉坐下,从门口向外眺望那一片灰蒙蒙的天空和海面，还有他被淋湿的、莫名其妙的父亲。最终他父亲迈开步子，罗伊站起来想看看他，但他父亲只是一直往上走，走进树林里，直到天黑也没有回来。

他父亲回来时，屋子里没有亮灯，也没有生火。罗伊在睡袋里，靠着炉子。他已经将各种盆罐拿出来，应付那些屋顶上新出现的洞口里流下来的雨滴和细流。他父亲走上前去，把他抱进隔壁的房间，一遍遍地告诉他自己有多抱歉。但是罗伊假装自己睡着了，不听他的话，心里对他只有厌恶和恐惧。

早上，罗伊醒来，他很安静。他抓起一些熏鲑鱼和饼干，走出门，坐在前廊的另一端，一句话也没说，头也不抬。他只是低头盯着自己的盘子，虽然他知道他父亲感觉很糟糕，很想说话。

他父亲站起来，靠在小屋的墙上。罗伊抬头时，他父亲闭上眼睛，感受着阳光。

罗伊吃完了早饭，等待着。

"天气不错，"他父亲最终说，"也许我们可以去远足。"

罗伊寻思着。

"好吧，你觉得怎么样？"

"好的。"

"好，那么，我们去猎头雄鹿吧？除了鲑鱼之外，我们还有别的选择，对吧？"

罗伊慢慢地拿齐自己的工具，但是他们最终还是来到小路上了，他父亲在前面。罗伊不想要任何形式的解决方法。他希望事情继续恶化，到最后他们将不得不离开这座岛。他能让他父亲很不好过，他知道，只要他一直不说话，或者不作任何回应。

他们穿过低矮的林区，向上攀登。他们在林中开出一条路，来到一块裸露的岩石上，在那儿他们可以看到两座山坡、海岸线还有他们的小屋。罗伊纳闷是否会有很多鹿到这一侧来，到离他们的小屋如此近的地方来，但是此刻他们既然在这儿，看起来他们只是要试一试。

"你觉得这个怎么样？"他父亲问。

"我觉得什么怎么样？"

"这儿的一切。这里的风景。来到这儿。和你爸爸在一起。"

"很好。"

然后，他父亲眺望着海峡，凝视着水面上方的太阳。除了刺眼的日光，那里没什么可看。罗伊四处转了几圈，又坐回到灌木丛中的石头上，无法安静下来。他没有在找雄鹿。他怀疑他父亲是否真的在寻找鹿。

他父亲放下来复枪，站了一会儿，然后走到离一处小悬崖边很近的地方，跌下去了。看起来他几乎是直接跨步走过去的。然后他猛地弹跳出去，撞向树枝。他压断了树枝，又继续往下翻滚，直到失去踪影。但是罗伊还能听得到他的声音。罗伊惊慌失措，但他的脑海里还是浮现了很多混乱的念头。

罗伊抓起自己的枪，站起来，但无能为力。他父亲已经从那些树和灌木丛中坠下去了，发出很响的碰撞声。现在一切都结束了，下面听不见任何声音。他的血冲向耳膜，他害怕自己也跌下去，就好像他父亲在下面拖住他一样。但接着，他开始喊他的父亲，放下他的枪，跑回他们刚刚经过的灌木丛中去。他试着让下山的速度快点，但灌木丛太稠密了，枝叶不停地割着他，他很害怕自己再也找不到他父亲，那样他就只能消失在那里、逐渐死去。

他一边走一边不停地尖叫，但是没有任何回应。他沿着一小块荨麻丛往下滑，手因碰到荨麻而火辣辣的，又划过一片铁杉林，直到碰到一小块平地，然后站起身，摸索着找他父亲。他原本以为在那儿能找到他，但什么也没看见。他抬头看那片悬崖，试图获得参照，可这里的林木太茂密了，他什么都看不见。他开始哀号，转了一圈，然后控制住了自己的情绪，停下来听。

只有风声和叶子的窸窣声，但随即他听到了一阵呻吟从附近传来，他拨开面前几英尺高的植被，但那儿什么也没有。他继续往前走了一点，又沿着原路返回，在四围到处寻找。他听不到呻吟，他开始怀疑那声音是不是自己一开始想象出来的。他又继续哀号，无法自控，但还是四处查找着。突然他想到一个主意，可以踏平所有他搜查过的植被，这样他就知道哪些地方已经找过了。于是他用力踩着步子，绕着越来越大的圈子，将那些矮小的植物踩得粉碎，但依然一无所获。

现在，至少半小时已经过去了，于是他往上走回去，试图找到那个悬崖的底部。那同样很难找，当他找到它时，他不确定是不是原先的地点。但他开始在它下面翻找，最终他找到了一根刚被折断的树枝。他沿着这条路往下，发现更多的被折断的树枝，然后到了一块中间被碾压过的长着荨麻野花和苔藓的平地。又往前走了几英尺，他发现了他父亲。

他父亲纹丝不动，一声不响地朝向一边蜷缩着，一条手臂摆在身后，罗伊能看到的那只眼睛是紧闭的。罗伊慢慢走上前去，跪下来朝他父亲凑过去，并不情愿地，去听呼吸或是其他什么。然后他想自己确实听到了什么，但是分不清那是不是他自己的呼吸，然后他告诉自己，那也许是因为他想找到些什么。随即他再凑近他父亲一点，将耳朵靠近他父亲的嘴巴，确实感觉听到了他父亲的呼吸。于是他说，"爸爸"，接着是大喊着这句话，试图把他父亲叫醒。他想去摇晃他父亲，但不知道是否应该这么做。于是他坐下来，试着通过说话让父亲苏醒。

"你从悬崖上跌下来了，"他说，"你掉到这里，弄伤了自己，但你会没事的。现在醒过来吧。"

他父亲的脸已经变肿发紫了，皮肉被擦伤的地方有一道道红色的伤痕。他的手被割破了，正在流血。

"哦，天哪。"罗伊说。他希望自己知道该如何处理，又或者周围至少有个人可以帮帮他。他父亲还是昏迷不醒，最后他唯一想到能做的，就是从他父亲的腋窝以下抓住他，开始拖着他往山下走，回到他们的小屋。没有明显的小路，但是他们不用翻越别的什么东西了，他记得路上也没有其他的小悬崖。所以他拖着父亲经过树下的灌木丛，避免绊倒，但无论如何也会绊倒。他也试着抓着父亲不脱手，也避免走得太快，但还是不时地会使父亲掉下去。他看着父亲的头垂向地面、又被弹起来，耷拉在松软的苔藓上。但父亲还是昏迷不醒，也没有对他说一句话，不过仍然有呼吸。然后太阳落山了，但当他们穿过最后一片铁杉林时，天还没有黑透。他拖着父亲经过草地、厕所，到了小屋前廊下面。每将父亲拉上一个台阶之后，他都要休息一下，才能将父亲拉到下一个台阶上。最终他带着父亲进屋了。

他把父亲放在主屋的一块毛毯上，在他身上又盖了一些毯子和睡袋。他将他的头用一只枕头垫高，用木柴生了火。柴火还是湿的，冒了很多烟，但最后经过重复点火，炉膛里的木柴还是变干了，然后他们至少暖和起来了。

父亲看起来非常苍白。罗伊将自己的手放在父亲的脸颊旁，看看它们的颜色差异。他仍在呼吸，但呼吸很浅。罗伊想给父亲喂点水，但不知道是否应该那么做。他也想在父亲头上放一包冰，但那儿没有冰块，他自己也不知道那主意是否正确。他什么都不知道。他只是靠墙坐着，身上盖着自己的外套，等待、观察着任何变化。外面的天色暗淡下去，小屋显得更小了。刮起了风，小屋咯吱作响，不时地发出一声低沉的咆哮。父亲还是躺在那儿，像一尊苍白的蜡像，嘴巴大张着，脸上道道红色的伤痕不像真的，就好像是别人画上去的。他的头发看起来也很不真实。然后煤油灯熄灭了，罗伊太过害怕，以至于不敢起身在黑暗中摸索着去找煤油，于是他只是坐在那儿等待着，什么也看不见，竖起耳朵听了好几个小时，直到最后他睡着了。

白天他醒来时，并没有意识到发生了什么，他不能理解父亲为何像那样躺在他面前。然后他记起来了。他往前去触摸父亲的脸，他的皮肤依然温暖，呼吸也在。

"醒醒,"罗伊说,"加油啊。我来做薄饼。还有蘑菇奶油浓汤。加油,醒过来啊。"

他父亲一动不动。罗伊重新让火堆燃起来,小屋慢慢地暖和起来。他站在门口,往外看着水面。那里一个人、一条船都没有。他走回来,关上门,重新给煤油灯添了煤油,等待着。他父亲还是纹丝不动。他怀疑一个身体在死去之后是不是依然能呼吸。这想法让人毛骨悚然,他起身去做早饭。

"煎薄饼马上就好了。"他转过头喊道,一边将凯丝松饼粉兑上水。他还加进了一点奶粉,作为某种特殊待遇。他将锅加热,抹上油,然后开始做薄饼,聚精会神地盯着它们形成的气泡,一直紧张薄饼的背面是不是煎得太过了,又担心自己在其颜色变成棕色之前就过早翻了饼面。他从容不迫地煎着每一片,等到他煎出了完美的一摞回过头,发现他父亲躺在那里睁大眼睛看着他。

罗伊大叫一声,盘子掉到地上。他父亲在慢慢挪动头部,眼睛一直看着他。"爸爸。"他说,然后冲上前去,他父亲用他几乎听不到的声音低声说着:"水。"

罗伊拿来了水,喂他喝下一些,将水杯举到他的唇边。他父亲吐掉一些,又继续喝。

"对不起。"他父亲说。然后他闭上眼睛,那天剩下的时间里他一直在睡。罗伊每时每刻都在害怕他会堕入一场再也无法醒来的睡眠。他揣测自己是否应该带着信号弹去岬角那边,试着向某个人发出信号,但是他又不敢离开父亲那么久。总之,他不知道父亲是否希望发出信号弹。他低声说了两遍:"我应该发出信号弹吗,爸爸？"但是没有回应。

当父亲再度醒来时，已经将近傍晚，罗伊几乎要睡着了，但仅仅在某一秒钟睁开眼睛时，他看到父亲在看着自己。

"你醒了，"他说，"你还好吗？"

父亲过了很久都没有回答。"好，"最后他说，"一点吃的。水。"

"吃什么？"

父亲想了一会儿。"汤。我们还有吗？"

"你不能呼吸，是吗？"罗伊说，"你不能说话。也许我应该发出信号弹，对吗？我会试着寻求一些帮助。"

"不，"父亲说，"不要。汤。"

于是罗伊将他原本为煎薄饼准备的蘑菇奶油浓汤热了一下。那是最后的几罐罐头，因为那头熊的缘故。他端去给他的父亲，用勺子慢慢地喂他。

他父亲只能喝下几口，然后他说："够了。"

"那些伤口什么的怎么办？"罗伊问，"我不知道该做什么。"

"没关系。"

罗伊又拿来了更多的水，点亮了煤油灯，生好炉子。他们一起等待着，没说一句话，直到他父亲再要了一些汤，然后又要了点水，休息了会儿，最终又睡着了。

早上，罗伊醒来的时候，他父亲将手臂从毯子底下伸出来，放到毯子上休息。只有一只手臂被割伤了，现在已经结痂了。

"我应该去发信号弹，"罗伊说，"你还是不能起床。也许你身上哪里伤得很重。"

"听着,"他父亲说,"如果我们现在离开,就不会再回来了。我还不想放弃这一切。你必须给我另一次机会。我再也不会让这么愚蠢的事情发生了。我保证。"

"我以为你要死了。"罗伊说。

"我知道。抱歉。你再也不用担心了。"

"你好像就那样走下去了。"

"我走得离悬崖边太近了。没事了。"

于是他们等待着。罗伊又给他喂了一些汤和水,然后他父亲要去厕所。

"我必须去,"他说,"我自己不能起身。抓点卫生纸,过来扶我起来。"

罗伊抓了一些卫生纸,走到他父亲身后,从他两腋之下扶他起来。他父亲的腿能动,然后他将一只手放在桌子上,这样他们就能站起来、走到门口了,他们在门口歇了一会儿。

"看来你没有骨折。"罗伊说。

"是啊,没有,"他父亲说,"我真的很幸运。"

他们靠在门上又休息了几分钟,他父亲眺望着峡谷。然后他们沿着外墙走到台阶,一阶一阶往下走。罗伊走在前面,他父亲倚靠着他。

"一切都会好的,"他父亲说,"我们会没事的。我的身体只是有点疼和僵硬而已。但这不会持续太久。"

他们在台阶下面休息了一会儿。

"去厕所也许应该容易点儿了,"他父亲说,"虽然距离更远。"

"我能试着背你过去。"罗伊说。

"我想如果你帮我的话,我能走过去。"

于是他父亲靠在他身上。他们慢慢地走向厕所,每走十步二十步都要休息下。然后窸窸窣窣下起了小雨,但他们还是决定继续往前走到厕所。罗伊帮助他父亲转过身、坐下来,然后自己走到门外等待着。

罗伊站在细雨里,感觉到一种他无法理解的情绪。巨大的恐慌已基本消散,但是他并不十分明了的某一部分自己,是希望他父亲在坠崖后死去的。这样他就能获得一种解脱,一切都会变得明朗,他也能重新回到自己的生活里去。但是他很害怕这么想,那似乎是种不祥的预兆。他有可能失去父亲这个念头让他的眼眶瞬间湿润了,以至于当他父亲在厕所里喊他、说自己结束了的时候,罗伊正在克制不让自己哭泣,试着把眼泪吞回喉咙和眼睛里。

罗伊打开门的时候,他父亲伸出一只手,"扶我起来。"他说。但是他的裤子还是褪下的,罗伊没法不注意到他父亲垂下的阳具,还有大腿上的汗毛。他觉得很尴尬,便装作没看到似的看向别处。

他父亲什么都没说。他站起来时,还是抓着罗伊的手,他用另一只手提上裤子,然后倚住门框,这样他能用两只手系上扣子。然后他们走回小屋,他父亲躺下来,吃喝了一点东西,然后这一天其余时间他都在睡觉。

接下来一周,他父亲的身体变得更强壮了。他也再度变得灵活,能够独自走去厕所了,后来还能慢慢走到屋子前面去,最后甚至可以走到岬角再折回来。不久之后,他宣布自己彻底痊愈了。

"从鬼门关回来了,"他说,"我的肺从来没有这么好过。我再也不会让那样的事情发生了。我向你保证。"

罗伊很想再问一次他父亲是不是故意跌下去的,因为当时的情形看起来就是如此,但是他没那样做。

他们去打猎,猎鹿。第一枪是从他们屋后的小路上射出去,打到另一边。父亲让罗伊开了第一枪,他自己则射中了鹿的脖颈。他本来是瞄准鹿的肩膀下方的位置的,但射偏了,但他事后显得自己就是想射中鹿的脖子的。

他们发现它躺倒在蓝莓丛里,舌头伸出来,眼睛仍然清澈。

"干得好,"他父亲说,"它的肉很好。"他解下背着的来复枪,拿出他的巴克猎刀,切开鹿的胃,掏出它的内脏,从脖子那边放了血,切下鹿的睾丸及其下的部分。然后他划开鹿的后腿,将前腿塞进后腿的洞里,把它变成类似于双肩背包的样子。

"按常理我会扛着它,"他说,"但是我的背和身体两侧还是有点疼,如果你不介意的话。"

所以他父亲拿着两杆来复枪,罗伊将被折弯的鹿后腿扛到肩膀上,鹿的屁股正对他的后脑勺,用这种方式翻过一座山。鹿角不停地撞着他的脚踝。

他们把鹿挂起来,剥掉皮毛,用拳头在肉和皮毛之间一路捶击。接着他们将大部分的鹿肉切成条状,将它们要么放在架子上风干,要么把它们烟熏起来。

"风干的效果不会很好。"他父亲说,"没有足够的阳光,苍蝇又太多。我们还是得把大部分的肉用烟熏一下。"

他们将颜色正在变深的鹿皮摊开来，用盐腌上，随后就上床睡觉了。

那天晚上他父亲并没有哭，自从跌落悬崖以来他就没有那样过了。罗伊一直在紧张地聆听等待着，无法入睡，但那哭声再也没有出现。又过了几个晚上，他已经习惯了这个，开始学着入睡。

现在，他们开始严肃地为冬天囤积物料了。当他父亲身体足够强壮、又可以干活时，他们在离小屋一百码的地方挖了一个很大的坑，就在一小丛铁杉后面。他们用铁铲挖洞，直到最后洞口到了他父亲肩膀的位置，没过了罗伊的头顶。接着他们不停地掘宽，直到每一边都超过十英尺长，他们在山腰上切出这么一大块方形的空地出来。然后他们又挖得更深，用自己做的梯子爬上爬下。碰到一块大石头，他们就从它周围和底下继续挖，直到它可以活动了，他们就用绳子将它拉出去。碰到坚硬的岩石，无处下手时他们就停下来。

这个洞将会是他们的地窖，但洞挖好时，他父亲又有了新想法。"我不知道，"他说，"我不知道如何才能让它不发霉，或者不让虫子爬进来。我也不知道如何既能不让熊爬进去，又能方便我们拿到里面的东西。这里所有的一切到时也会被雪覆盖。"

罗伊听着，低头看着他们挖了一星期的大坑。他也不知道。他原来假想他父亲比他知道得多。

他们又站了一会儿，最后他父亲说："好吧，让我们想些法子。我们可以将食物放在塑料袋里。它有可能发霉，但是不会受潮，虫子也进不去。"

"我们应该在那儿建一个盖子或者别的什么吗?"罗伊问,"还是我们只要用土把它埋起来?"

"我看到过的那些图片,它们都是用原木做的,无论是铺在地底下还是搭在空中。"

"好吧。"罗伊说。

"我们明天再解决这个问题吧。"他父亲说。

于是他们去岬角捕鱼,下起了毛毛雨,天色变暗了。他们又煮了一些鲑鱼当晚饭,然后上床睡觉了。

罗伊迟迟无法入睡,醒着躺了好一会儿。几个小时后,他听到他父亲开始哭泣。

早上,罗伊想起这些,在睡袋里多待了一会儿,直到很晚才起床。他父亲已经出去了。他走到那个坑前,他父亲正站在里边,两手抱在胸前,看着四壁。

"让我们想想法子,"他父亲说,"我们已经挖了一个坑。我们已经有了一个大坑。我们需要把我们的食物储存在里面。我们需要一个低矮的类似于小屋那样的东西,我想,还需要一个门,我们可以进去但熊不可以。门可以设在顶上,也可以在旁边,再挖一个斜向下的通道,可以通向地窖的入口。我在想也许我们应该将门设在顶上,用钉子固定,然后将它埋起来。你觉得呢?"

他父亲抬头看着他。罗伊在想的是:"你并没有变好。一切都没有变得更好。你可以决定把你自己埋在那儿或者其他什么地方。"

但他说出口的是:"我们怎么拿到食物?"

"好问题,"他父亲说,"我一直在考虑这个。我想地窖是用来在深冬储存食物的。你可以把东西放在小屋里,不离开它。你准备好了来复枪,能射死任何经过的熊。当你最终消耗完食物之后,还有东西剩下。你来到这儿挖开它,拿出全部吃的,你准备再次离开。又或者,也许你需要来两次,但不会超过两次。所以我们不需要建任何便道。食物不会变质的原因就是它被冻住了,而且还被烟熏风干用盐腌过。"

"那听起来挺有道理的。"罗伊说。

"瞧,"他父亲说着,抬起手,"我还是挺擅长一些事情的,哈?"

"也许。"

他父亲笑了。"也许,哈?我的小男孩开始有些幽默感了。开始把这地方当成家了,是吗?"

罗伊笑了。"有点,我想。"

"好吧。"

为庆祝他们想到解决的办法,他们砍下几棵树,切成柱状用来做地窖的墙面。那花了一整天。暮色降临时,他们将柱子拉到土坑的边上。

"我们明天将它们放进去,"他父亲说,"你带细绳了吗?"

"没有。"

"好吧,我们会想到办法的。我们也没有足够的钉子。但是我们能想到法子。"

那天晚上,罗伊一直醒着,等待着那哭声,他需要知道是不是每个晚上都是这样。但早上他醒来时,在想他父亲是不是没哭过,还是因为他过早睡着了。很难知道了。他父亲在对他隐瞒,而罗伊不得不假装自己不知道这一点。

他们铲了足够的泥填进坑里,可以将柱子并排埋好。它们之间并没有相互固定,只是被挨个埋起来。

"我想它们会一直保持这样,"他父亲说,"靠着内侧东西和外侧东西之间产生的压力。"

"那我们拿食物出去时怎么办?"罗伊问,"万一一头熊挖进去,将我们的食物拆开呢?"

他父亲若有所思地看着他。他的眼神比以往更直率,罗伊只好逃避他父亲的目光,看着他父亲现在长出的短须。他父亲两侧的头发更长了,因为很久没洗而贴在头皮上。他看起来一点都不像一个牙医了,甚至也不像他的父亲。他看起来像个经济拮据的人。

"你在思考问题,"他父亲说,"这很好。我们可以讨论下在做的事情。我也一直在思考同样的事情,在我看来我们似乎应该将食物埋得足够深,在顶上压上足够多的东西,这样一头熊就没法往下挖了,因为一旦它挖到那里的话,任何一种办法建的地窖都没法阻止它。"

罗伊点点头。他不知道这能否奏效,但听起来还是有用的。

"当我们最后要把食物拿出去的时候,也许在二月下旬,大地会被冻住,什么都动不了。就算我们为了给炉子生火,把木头全部拿出来,它也不会塌陷。"

罗伊笑了。"那听起来不错。"

"好的。"

他们将剩下的木柱放置好,看上去好像只有几尺高的小堡垒的城墙。他们坐下来,检视自己的成果。

"它需要一个屋顶。"罗伊说。

"还有一扇门,我们可以锯一些长木料,横在上面。然后再来研究屋顶上的门怎么弄。也许我们只要留一个大洞,上面再建一层屋顶。"

"我们还没有食物可以放进去呢。"罗伊说。

"你是对的。我们在下雪之前都不用放东西进去。在那以前,我们要保证这个洞不会塌。"

"我们应该等几个月再挖这个坑的,哈?"

"是啊。我们挖得太早了。但那也好。我们原先不知道。"

接下来的两天,他们在雨里锯木柱子,为了做成屋顶,还有更上面一层小一点的屋顶。他们锯出想要的长度,用一把斧子砍去枝条。罗伊看着他父亲工作时那张冷峻的胡子拉碴的脸,冰凉的雨水从他的鼻尖滴下来。他看起来像一座石雕那样坚固,他的意念看起来也是不可动摇的,但是罗伊无法将这个父亲和另外一个联系起来,那个在夜里流泪绝望的、没有一样事情能坚持下去的父亲。尽管罗伊记得一切,但似乎无论他当下是和哪个父亲在一起,那也只可能是那个唯一的父亲。就好像每一种父亲,在当时都会彻底毁掉其他那些个父亲。

他们最终为两层屋顶锯好了柱子,小心地将它们摆在一块儿,倒退几步检视一切。坑洞的四围已经被雨水冲到木柱周围,屋顶在塌陷。在无尽的雨水中,污泥遍地横流。

"有些柱子太软了,"他父亲说,"被水冲走了。好吧。"

"我们怎么做才能避免洞塌陷呢?"

"我不知道。我们没有足够多的油布。也许我搞砸了。也许时间太早了。我们现在应该储存食物,我猜。"

那天晚上,罗伊没等多久,就听到他父亲开始哭泣。仅仅在躺下几分钟后。他父亲不再试图掩盖它了。

"抱歉,"他父亲说,"不是地窖或者其他的原因。是别的。"

"那是什么?"

"好吧,我的头一直在痛,但也不是因为这个。"

"你的头一直痛?"

"是啊。好几年了。你不知道?"

"不。"

"好吧。"

"它为什么会痛?"

"是鼻窦炎。我本来应该治好它的,但我没有在意。不管怎样都没用,那是一次可怕的手术。但那不是问题所在。它只是让我感觉虚弱,容易流泪,让我一直觉得疲倦。最大的问题是我似乎无法一个人独处。"

他父亲又开始哭泣。"我知道我不是一个人,"他呜咽道,"我知道你在这里。但我还是太孤独了。我无法解释这一切。"

罗伊等着他说下去,但他父亲只是又继续哭了很久。罗伊不知道为什么自己身在这里,但对他父亲而言,他似乎一点都不存在。

雨势未减。坑洞被冲蚀得更严重了。他和父亲站在土坑周围,低头看着那些倒下的木柱,一言不发地思考着。直到最后,他父亲说:"好吧,让我们把所有的木头拉出来。第一场雪下过后,我们再试一次。"

罗伊不相信第一场雪到来的时候,他们还会在这里。但是他点了点头。他父亲爬下土坑,他接过父亲递给他的木料,将它们运回小屋。罗伊知道,在某种程度上,对他父亲而言这一次的失望比以往的任何一次失望都要糟糕。如果罗伊现在开口说话,他很怀疑自己的话会不会被听到。他明白他父亲这一点,有时候他经常沉浸在自己的思考里,别人无法接近他,而所有这些独自思考的时间对他都没有好处。每次他进入那样的状态总是越陷越深。

他们将木头堆好,靠在一面边墙上。弄完之后,他们又去看了那个坑洞,淤泥更厚了,洞的四壁也在塌陷。两个人都望向天空,眺望那无边无尽的灰色,然后回到屋里。

几天以后,当那架飞机飞来的时候,罗伊正在海岸几英里外的一个地方捕鱼。他想自己听到了飞机的声音,又想到这声音也许是自己想象出来的。但是他停下来侧耳听,然后又听到了那声音。他收起渔线,抓起他已经捕到的两条鲑鱼,开始奔跑。但是他离小屋的距离很远,路上又被好几个岬角阻碍着,所以他看不到飞机降落到他们那个小海湾的湾口。他在布满石头的沙滩上奔跑着,有时他必须冲上一些树林又跑下来,他越来越害怕自己会错过它。他假想他父亲在那边锯木头,但是如果出于某种原因他又跑到山里远足,没有人在小屋里怎么办?飞行员也许很久都不会再来,也许只会留下一张纸条写着:"需要任何东西的话,随时用无线电联系我。"还有一件事,是罗伊不愿意承认的。即使他父亲在那里,他会说什么呢?会不会有一种可能,他会说一切很好,然后送飞行员离开,让他不要再来了?这看起来并非不可能,罗伊必须离开这里,他需要离开。罗伊扔下鱼和鱼竿,加快速度跑起来。

离最后一个岬角还有几百码的时候,他又听到飞机的嗡嗡声,停下来,看到它冲出湾口,倾斜的机身甩掉它自身溅起的水花,从峡湾上方颤巍巍地升起。然后他站在那里,看着它最终消失的地方,大口地喘气,感觉有什么糟糕的事情已经发生了。

"他离开了,"他大声地说,"我错过他了。"

他走回去拿起鱼竿和鲑鱼,走向小屋。

他父亲已经回到柴堆那里。"汤姆刚刚路过。"当罗伊走上前时,他说。

"我听到了。"

"哦。他只停留了一小会儿,但是我预定了我们需要的补给,他下周去朱诺①的时候,会带上它们再回来。虽然实际上并不顺路,我想。"他父亲嘴角上扬,对他们身陷的孤绝境况很满意。

罗伊拿着鲑鱼去了水边,掏空它们的内脏。他迅速地刮掉鱼鳞,切下鱼头、鱼鳍和鱼尾。他想离开这里。他并不在意他父亲如何想,他只想离开。

---

① 朱诺是阿拉斯加州的首府。

"你想离开？"晚饭时，他告诉了父亲，父亲问道。

罗伊没有重复说一遍，只是吃着饭。他感觉糟糕透了，就好像他在杀死自己的父亲。

"我们过得没那么糟糕，对吧？"他父亲问。

罗伊拒绝让步。他没说一句话。

"我不理解，"他父亲说，"我们总算是有些进展了。我们正在为冬天做准备了。"

"为了什么？"罗伊心想，"只是为了我们能熬过冬天？"但是他没出声。

"听着，"他父亲说，"你必须和我讨论这件事，不然的话你就这么待着。就是那样。"

"好吧。"罗伊说。

"你为什么一定要离开？"

"我又想念朋友们了，还有我的真实生活。我不想只是试图熬过冬天。"

"说得对。但是我呢？你告诉我你会在这里待一年，我才制定了计划。我就辞职了，买下这块地方。如果你要离开的话，我该怎么做？"

"我不知道。"

"你并没有那样想过，对吗？"

"是的，"罗伊感觉很可怕，"对不起。"他说。

"没关系，"他父亲说，"如果你需要离开，那你确实需要离开。我不会阻止你。"

罗伊本来立刻就想说自己会留下,但是他说不出口。他知道如果他留下来,会有很可怕的事情降临到自己头上。他洗好盘子,然后他们就睡觉了。

"你知道,"那天晚上,当他们无眠地躺着时,他父亲说,"这里的一切有点过于失控了。你是对的。只有一个男人才能经受这些。我不该带一个小男孩来这里的。"

罗伊不敢相信他父亲会对他说这些。那天晚上他一直没睡。他想离开,离开这里。但是随着夜晚的推移,他知道自己会留下来。他不停地想象他父亲独自在这里的场景,他也知道他父亲需要他。早上的时候,他感觉非常糟糕。他做好了煎饼,然后告诉他父亲:"我又仔细想了一下,我想我不是真的要走。"

"真的?"他父亲说,然后他走上前来,用一只手拢住男孩的肩膀。"现在我们在谈话,"他说,笑容满面,"我们能战胜这些。我们将会有新鲜的补给,还能储存足够多的鱼肉。关于地窖的屋顶,我又有了一个新想法。我在想……"

他父亲兴奋地不停地说下去,但是罗伊不再听这些话了。他再也不相信那些让人兴奋的计划。他感觉他刚刚将自己关进某种监狱,现在要退出已经太晚了。

那天,他们开始采摘蓝莓。他们到这儿已经一个多月了,现在已经是七月下旬。虽然现在对于蓝莓季还算早,但这些果子做成果酱还是很好的。他们将蓝莓放进保鲜袋里。罗伊想起了凯奇坎,他的带兜帽的红雨衣,还有他们去屋后的山里远足采蓝莓的时光。他们搅动自制的浓郁丰富的冰激凌,再将蓝莓拌进去。他也记得空气中烟熏的味道，还有秋天所有的颜色。在阿拉斯加，不是只有树木会变色，所有的一切、所有的植被都会。这个过程从八月上旬就开始了。眼下在这里还太早，但是很快就要到来了。更北方的地方，在费尔班克斯，他父亲曾经住过的地方，颜色很快就要变化，甚至现在就已经开始了。到九月十五日左右，蓝莓丛里所有纤细的叶片，还有树上大部分的叶子都会掉落。秋天接近尾声，开始下雪了。这里还有一段时间，但也不会很久。有一年夏天在凯奇坎，他记得，八月里就开始下雪了。在大雪中他骑着自己的三轮车，用舌头捕捉片片雪花。

那天晚些时候，他们站在岬角捕鱼，每下几次杆就能捕到鲑鱼。鱼群终于到来了，不再是零零散散几条。他们能看到它们密密地聚集在清澈的水下，深色的身体成排地缓慢摇摆着。然后罗伊很迅速地想到另外一件事。他们曾经驾驶可住宿游艇到了一个和这里很像的小海湾。罗伊和他父亲站在船头，看着所有的鱼群聚集在他们脚下。他开始相信所有的海水都像这样，所有的水域都有如此稠密的鱼群。此刻和以往一样，皮克斯匙在它们中间闪闪发光，罗伊抓着自己的皮克斯匙在鱼的鼻子中间来回摇晃，直到有一条鱼冲上前咬住了它，然后罗伊猛地放出了钩子，鱼身泛出一道银白色的闪电。每当他抓到一条鱼，他就像他父亲那样欢呼雀跃一番。现在看起来，待在这里似乎也不赖。当他抓到五条鱼之后，罗伊掏出了它们的内脏，然后用绳子穿过鱼鳃。

"等到我们真的上手了，"他父亲说，"我们每天能带二三十条鲑鱼回到我们的屋子。我们会很忙很忙，恨不得有两只熏炉。"

一个星期后,那架飞机带着他们的补给回来了:更多的小塑料袋、胶合板、种子、罐装食品还有主食,大袋装的红糖和盐,一台新的无线电和电池,路易斯·拉摩的《西部》系列是为他父亲准备的,一只新的睡袋,还有给罗伊准备的惊喜:一桶巧克力冰激凌。飞机的到来让他们显得不那么偏远,就好像另外一个城镇,其他人就像汤姆一样都只是住在岬角附近。罗伊感觉很放松、快乐、安全,直到飞机再次发动、滑行时,他才意识到这种感觉并不会持久。看着飞机离开,他意识到自己又必须重新开始,现在又必须待上一两个月,甚至更久。他也记得,他们曾经计划在夏天快结束的时候,也就是现在,至少离开这里一周。原先的计划是这样,不管怎样计划没有实现。

但是他没有多少时间可以细想这件事。他和他父亲越来越忙着为冬天储备。他们很早就起床,经常是黄昏之后还在工作。群山正在迅速地变化,颜色转紫,后来又变黄色、红色,在将晚的光线下显得更加柔和。空气愈加冷冽、清澈,也日益稀薄。罗伊和他父亲被紧紧地包在自己的厚外套和帽子里,他们把鲑鱼拉上岸,砍下更多木柴并且堆放在夹板墙的后面。他们之间的相处变得很简单,忙碌,无暇思考,一起忙着储存过冬。罗伊能睡着了。即使他父亲哭泣,他也无从知道。至少,在某一段时间,他不是很在乎这件事了,也许因为他知道自己现在已经无处可逃。他已经作出承诺,会和他父亲留在这里,无论他父亲生病与否。

晚上,父亲开始在家给他授课,第一个星期只安排了两三个晚上。罗伊读着《白鲸》，他父亲读着路易斯·拉摩。罗伊会写下那些针对情节和主题的复杂、刁钻而又似乎无关紧要的问题的答案，而他父亲说："那才是真正的西部小说。"这样过了一周，他们意识到他们还要准备其他各种东西，没有时间自学了。于是他们放下自学的课程，转而全天候地砍柴、熏鱼、打猎。

他们现在什么都猎，任何他们碰到的、又能烟熏的东西。他们在一块平坦的沼泽地附近几英里处猎到一头母驼鹿，有条溪流在那边汇聚流向大海。这头离群的母鹿看着他们，咀嚼着什么，深色粗密的皮毛在往下淌着水珠。他们都开了枪，它迅速倒下了，好像被一只大石块击中。他父亲每次只能扛鹿的一条腰腿回去，罗伊就在那里守着剩下的鹿尸。一颗子弹在枪膛里，天色逐渐变暗，他巡视着四周，看是否有熊的红眼睛，或者他想象中让他恐惧的任何东西。

如他父亲所预言的，他们收获了很多鲑鱼，他们将它们用细长绳扎起来，拖回小屋。它们张开的嘴巴仍在喘息，这些鱼季后期的鲑鱼身体泛红，在地上瑟瑟发抖。他们尽可能地捕更多的鱼，奇努克鲑、红鲑、大马哈鲑，还有狗鲑的粉色、红色、白色的鱼肉，只要还有时间清洗切割烟熏。

他们射到了一头走到海岸上来的山羊，罗伊惊异于山羊的血一开始在白色皮毛的衬托下显得如何殷红，但后来又显得那么黢黑。这个时候已经足够冷了，当他们掏空山羊的内脏时，它的身体不断地冒出热气。第二天早上，所有的山顶上都落满了雪，就好像这白色牲畜的灵魂逃遁于其中。那一周内，雪已经蔓延到从山顶到他们小屋的半路上。整个下午，那片雪静静地覆盖在那里，平稳且明亮。

他们继续搭建地窖。它的四角已经变圆，四周的泥土已经塌陷下去。他们一铲铲地将泥土挖出来，把地窖的四边削平，继续往下挖到基石处。然后罗伊将柱子递给他父亲，这次柱子都被扎紧了，边角都用钉子钉起来。接着他们将木杆扎紧、横放在地窖顶上，用十英寸的钉子将木杆边缘钉进下面的柱子。然后他们又扎好了第二层偏小一点的顶盖，放在并不平整的洞口上。最后，他们后退几步，欣赏他们的成果。

"看起来没问题。"罗伊说。

"可以用来存放东西了。"

小屋原先空着的那间小房间，现在塞满先用保鲜袋仔细包好、然后装到大的垃圾袋里的各种风干烟熏过的鱼和肉。某天一大早他们就开始了，这样天黑之前他们就能把东西埋完，夜里就不需要在地窖旁边看守了。他父亲将所有的袋子，还有上次空运过来的罐头食品都放了进去，以防所有烟熏过的鱼和肉因某些原因而都变质。然后他钉上第二层屋顶。

"希望食物能保存得好。"他说。

"它们最好如此。"罗伊说，然后他父亲露齿一笑。

"让我们把它埋起来，忘了它。"

于是他们往上面撒了一层厚厚的冷煤灰，那是他们从炉子里积攒出来的，可以盖住食物的味道。然后又盖上一层石头，再是一层泥土。他们垛得很高，这样当他们完工时，地窖就和地面齐平了。

然后他们往顶上压了更多的石头，又加了另外一层煤灰。

"我不知道所有这一切是不是正确，"他父亲说，"但看起来它应该可行。"

他们继续抓捕鱼季最后的鲑鱼，还有一些花斑鳟和小的底栖鱼。他们本来计划要乘橡皮筏去捕捞比目鱼的，但是他父亲又决定还是省着点用那条船和汽油，以备紧急之需。他们又射到了另一头山羊。熏炉没日没夜地工作着，第一场雪降临到小屋时，小屋里面闻起来就像一间熏房，屋里到处散放着鲑鱼、花斑鳟、杜父鱼、鳕鱼、鹿肉和山羊肉的肉片，等待着冷却、装袋。闲置的小屋里已经堆满了装着食物的小塑料袋和垃圾袋。

每天晚上上床时，他们都已经精疲力竭了，他没有多少时间醒着，听他父亲的动静。于是在一些夜晚，罗伊甚至已经能忘记他父亲状况并不好这个事实了。他甚至开始假定他父亲已经恢复了，因为不管怎样他已经不考虑他父亲了。他每天的生活很简单，被劳作充满，睡觉、起床。因为他一直在他父亲身旁劳作，他假想他父亲和他的感觉也一样。如果有人问他他父亲的感觉怎样，他也许会对这个问题很恼怒，认为这个问题太无关紧要、不值得关注。

大部分的雪都很轻薄，在水边甚至小屋后面的一段山路上都没有积太久。它们并非一直覆盖着地窖。罗伊问他父亲天气是否一直会这样，因为看起来似乎如此。他父亲必须朝后仰起头才能回忆起来：

"在凯奇坎，大部分的雪都不会积太久。但是我又记得去滑雪，还有雪堆，必须铲雪，还有我开车时必须经过的烂泥。所以我猜有时候雪也会堆积起来。但是，我竟然想不起来了，这不是很有趣吗？"

他们每天都要去地窖好几趟，寻找熊或者其他动物留下的踪迹，但是什么也没出现。这种持续的检查在他们看来有点怪异，就好像他们对那一小片土地产生了某种难以解释的恐惧，于是他们决定降低检查的频率，让自己相信那里一切都很正常，尤其是因为天气转冷，白昼更短了。每天晚上，他们可以更早地停下在柴堆、熏炉那边的劳作回到屋里，又重新开始阅读，有的时候则是玩扑克牌。他们玩双人皮纳克尔牌，那在技术上其实并不可行。他父亲开始闲聊。

"还记得我告诉过你的，世界最开始是一片丰饶的原野，地球是平的故事吗？"

"是啊，"罗伊说，"你遇到妈妈之后，一切怎么就完蛋了呢？"

"哇！"他父亲说，"我其实不完全是那样说的。但是不管怎么样，我又重新开始在想那个故事。它让我思考我正在错过的东西，以及为何我虽然没有信仰但无论如何又需要它。"

"什么？"罗伊问。

"我搞砸了，基本上。我需要这个世界有生气，我需要它和我有关系。我需要知道当一座冰川移动或者一头熊放屁时，它和我有些关系。但是我也无法相信那些废话，即使我需要那样做。"

"那和妈妈有什么关系？"

"我不知道。你在让我转移话题。"

于是他们打完那盘牌，上床睡觉。但是罗伊一直在想他父亲的闲谈，这里的这个父亲对他而言是陌生的。最主要是他说话的口吻，就好像创世记只是一场大崩坏。但是罗伊没有接着想太多。他真的只想睡觉。

雪逐渐在低处堆积。他们停止了捕鱼、熏烤和砍柴。

"不管怎样我们有足够多了，"他父亲说，"是时候安顿下来，放松下了。那大概能维持两个星期，接着我就要发疯了。"

"什么？"

"我只是在开玩笑，"他父亲说，"那是个玩笑。"

他们就着煤油灯的光亮读书，炉子一直烧着。和在任何别的地方一样，罗伊无法聚精会神做功课，所以在大部分的时间里，他只是研究着木板墙上摇摆的阴影，等着下一顿饭。这是他吃到的最可口、最被期待的食物，都是熏鱼熏肉，配上米饭和罐装蔬菜。他的父亲则是读书，叹气，打长长的瞌睡。

他们仍会去远足，带着他们的来复枪。但随着雪积得更深，远足也变得困难了。于是在罗伊学习的时候，他父亲开始制作雪鞋。他使用了新鲜的枝条，还有他们用盐腌过风干的驼鹿皮条。外面刮风下雪或者偶尔下雨的时候，他弯腰做着鞋，就像他曾经还是个牙医时一样。他仔细地缝制好它们，用手指戳碰它们检查质量。"红眼，"他最后说，那是他表达"准备好了"的方式，"它们做好了。我们可以去踩雪了，儿子。"

"可是下的只是雨。"罗伊提醒他。

"是啊，那倒是。好吧，我们必须等到再下雪的时候，然后我们就可以出去了。但同时，我必须在自己瘫软成一块棉花糖之前，出去走走。"

"我也是。"罗伊说。于是他们沿着水边散了散步。天色阴沉，下着毛毛雨，波浪模糊难辨。海水流淌翻涌着。他们沿着一条之前很少走过的陡峭的海岸步行，走到对面的岬角周围，然后又沉默地走到下一个岬角。直到最后他父亲说："我想我的生活里不能没有女人。我不是说在这里和你一起生活不好，但是我时时刻刻都在想女人。我不能停止想她们。我不知道这是怎么了。当一些东西不在你身边时，你会如此彻底地感觉少了什么。看起来我们在这儿有海有山有树，但是除非我能干哪个女人，否则这些树对我而言根本不存在。"

"哈。"罗伊说。

"对不起，"他父亲说，"我刚刚只是在出声地思考。我也想到我们不能离开食物这么久。万一另一头熊来了，我们就搞砸了。"

于是他父亲往回走了，但罗伊决定再散步一会儿。虽然他想过他会好好琢磨下他父亲刚刚说的话，但他只是看着水面，注视着他靴子底下光滑的岩石，他什么都没想。

当他回去时，他父亲正在听着新的业余无线电。有一种滴答声不停地重复，然后有一个声音开始播报标准世界时以及南太平洋上的风暴预警，似乎到处都有七级以上的强风。另一个频道传出的变形的声音里，背景音深处的一个男人正在谈论自己的业余无线电设备，似乎是在无线电设备上任何一个人都会说的内容，讲得太多了。他父亲关掉无线电，开始煮米饭。

"汤姆很快就会来这儿。"他父亲说。

"是吗?"

"是的。我在想,我希望我们能在这里待久点,但我也知道听我讲类似于今天说的那些事,没什么意思。所以如果你想回到你母亲和翠西身边,你可以那样做。没关系的。"

"我们不要那样说话了,"罗伊说,"我已经说过我会留下来。"

在整个过程中,他父亲没有转身看罗伊,罗伊知道自己的忠诚正在被考验、衡量。于是他又补充道:"我不想走。我会待到明年夏天。"

"好吧。"他父亲说,还是没有转身。

汤姆又来了,告诉他们雪会下得更大。他站在浮筒上,他们站在海岸上,他们之间隔了大概十五英尺左右,就好像身在不同的世界,因海水阻隔无法抵达。"我不能随时飞进来,"汤姆说,"天气糟糕的时候,我去别的地方的路上,也不能绕过来了。所以如果你们需要任何东西,随时在无线电上呼叫我。"

"好的,"罗伊的父亲说,"没问题。"

"无线电运作正常吗?"

"是的。"

"你们还有超高频无线电对讲机。而且你们应该可以用那个喊住任何经过的人,然后他们可以给我发出信息。万一你们有更多的熊过来吃晚餐。"汤姆咧嘴笑着。他刚刚刮过胡子洗过澡,他的衣服很干净,在浮筒上待了一会儿他开始感觉冷了,罗伊意识到他的飞机上有某种暖气设备。

"好吧,"汤姆说,"好好享受。"

111

他又爬上飞机，发动了引擎，滑行转弯。他们挥手，然后他在一片轰鸣声中远去了。"现在我们在这儿，"他父亲说，"就只有我们。两个走进荒野的人知道人类不能越界，要纯净地生活。"

"你的话听起来就像《圣经》，爸爸。"

"我们应该像马一样在雪里飞奔，我们对冬天的认识会比冰霜杰克[①]还要多。地衣和高山应该会净化我们的灵魂。"

"我都不知道这些话听起来是什么。"

"这是诗歌。你父亲是一个未被发掘的二等天才。"

罗伊笑了，后来才意识到有一会儿了，于是跟着他父亲进了屋。

几天后开始下雪了，正如汤姆所预言的，于是他们尝试穿了雪鞋。虽然雪鞋和他们的靴子并不完全服帖地系着，但它们确实好用。罗伊和他父亲爬到山峰高处，罗伊感觉爬起来比以往轻松。因为地面不再坑坑洼洼，他们也不必拨开低矮的灌木丛，或者仔细寻找可以或者不可以支撑他们的地方。穿了雪鞋，他们每走一步陷进雪里都不会超过几英寸，所有的小路都很干净。天气寒冷，但他们身上都裹了好几层衣服。越往上爬，他们逐渐脱掉一些衣服。天气晴朗，阳光明媚。他们的视线能掠过邻近的岛屿，看到更远处的地平线，比他们之前任何一次望见的都要远。

"这是大部分人从来都没有看到过的景象，"他父亲说，"大部

[①] "冰霜杰克"（Jack Frost）是西方民间传说里冬天的精灵，人们认为冬季天寒地冻的天气以及鼻头和手指冻伤是由它带来的。它也是英语中"Jack Frost nipping"一词的由来。

分人从未看到过这里在冬天的景色,当然更不可能在一个晴朗的日子从他们自己的山头上眺望到这样的景色。我们真幸运。"

他们爬到了最高处,站在岩石上,依然万里无云。他们能完整地看到下方他们的岛屿,杳无人迹,只有白雪皑皑的山峰和向下绵延的黑色树林。

他父亲张开双臂,大喊了几声。

罗伊很惊讶,听着回响。

"我很高兴自己活着。"他父亲说。

既然天色还早,他们在途中继续走到山脉的另外一侧,然后又走上另一座山脉,爬到山顶。又一幅壮观的景象,一种不同的风景。

"往下那里的山谷就是我杀死那头熊的地方。"他父亲说。

"哇噢。那得走很长的路。"

"是啊。"

他们在山顶四处走动,欣赏着不同的风景。

"如果你能拥有一件你渴望的东西,"他父亲说,"那会是什么?"

"我不知道。"罗伊说。

"你还没有花足够的时间思考这个问题,我的孩子。那会是什么?你的梦想是什么?"

罗伊想了想,但说不出任何东西。在他看来,似乎他现在只是在忍受他父亲的梦想。但最后他说:"一条大船,这样我就可以航向夏威夷了,甚至是全世界。"

"呀,"他父亲说,"这个梦想很好。"

"那你呢?"

"那我呢,那我呢。有太多东西。我想应该是一场好的婚姻,还有不要搞砸之前那两次。不要当牙医。不要让国税局的人追着我。然后应该是,有一个你这样的儿子。还有一条大船。"

然后他给了罗伊一个拥抱,这让罗伊大吃一惊。他父亲最后松开他的时候,他感觉有点尴尬。他父亲要哭了,他想。

但是幸运的是,他父亲转过身走下斜坡。他们继续一言不发地走着,当他们下到小屋时,那种可怕的被禁锢的感觉已经消失了。罗伊说着:"谁在吃我的麦片粥?又是谁睡在我的床上?"

他父亲笑了。"好吧,该去检查下地窖了。"

他们脱掉鞋子回到屋里,生起炉火,他父亲说:"你知道的,我一直在想你说自己已经说过会留下来的话,你是对的。我不需要感觉那么糟糕,每说一句话之后都要道歉。我只要相信你能处理一些事情。毕竟,我永远都不会变得完美或者不存在问题,我想要能够和你交谈、想让你了解我,所以我再也不会像之前那样一直道歉了。"

"我想那很好。"罗伊说。

"我很感激。"他父亲说。

罗伊读着他的历史书,想起他从来没有和他母亲有过这样诡异的对话,然后便思念起她来。她和他妹妹现在应该在吃晚餐,听着同样的古典音乐,无论是哪首,总之就是他们之前一直在听的那些。他母亲会问翠西各种问题,翠西会回答她。但现在他父亲在这点上也做得更好了，这不算太糟糕，于是他继续读着断头台的部分，尝试着忘掉那个家。

"还有些别的，"他父亲说，"我一直在想罗达，想着也许还能和她重修于好。我现在的态度更为积极了。我想我可以像她希望的那样更专注些，兑现承诺，不对她撒谎。我想现在我能做到这些了。我的意思不是让这些事情显得像赢取奖章似的，或者像我可以逐一清点完成的小任务。但我想现在我确实能做得更好了。也许我可以在短波上呼叫接线员。"

"听起来不错。"罗伊说。他继续读着："人们像群被抓起来的罪犯一样带着恐慌跑向彼此，每个人都在怀疑谁会去告密、背叛对方，就好像每个人都在对方背后握着一把刀一样。"他能从这本书里得到的真实信息似乎很少。它本来应该是本历史书。里面难道不是应该有些事实吗？

那天晚上很晚的时候，他们又开始玩纸牌了，每一盘都是他父亲赢。

"我在转运了，"他说，"我是个从灰烬中重生的人。我有鹰一样的翅膀，我应该振翅高飞。"

"天哪。"罗伊说。

他父亲笑了。"好吧，这有点太过了。"

他们穿着雪鞋，继续探索着这座岛。一开始只有在天晴的时候出去，再后来阴天甚至下雪天他们也是如此。他们走得越来越远，然后有一天下午，他们失去了能见度，而此时离他们的小屋还有至少四五个小时的步行距离。

"哈。"他父亲说。他站在离罗伊只有几步的地方,但罗伊还是很难看清他父亲的外套兜帽,还有裹在脸上的围巾。他看起来就像一个影子,似乎在那儿,但又似乎不在。他父亲又说了些别的,但刮着风罗伊无法听清楚他父亲在说什么。他朝他父亲大喊他听不见。

"我说我搞砸了。"他父亲大喊。

"太好了。"罗伊说,但声音小到只有他自己能听到。

他父亲走近,倚靠着他。"我们可以做几样事。你能听到我说的吗?"

"好的。"

"我们可以往回走,试着找到它,争取在天黑之前回到家。但我们也有可能做不到,然后我们会很疲倦,被冻坏然后被困住。或者我们可以利用剩下的日光和体能,挖一个雪洞,然后祈祷明天的天气能好一些。那样的话我们没什么可吃的,但可能会更安全。"

"雪洞听起来很好玩。"罗伊说。

"这不是好不好玩的事。"他父亲说。

"我知道。"罗伊大声说。

"哦,抱歉。"然后他父亲转身走了,罗伊必须紧紧跟上才能不和他走散。他们走到几株雪松林旁,然后走到树丛后边的一个浅滩对面,那里的雪积得很厚。他们从雪堆一侧开始挖洞,他们已经离开风的范围,现在罗伊能听到他父亲粗重的喘气。

"如果它塌了怎么办?"罗伊问。

"让我们祈祷不要。我从来没有挖过这种东西,但是我知道人们时不时会用到它们。"

他们一直挖着,直到碰到地面。然后他们从里面将其掘宽,但是挖的角度全错了。

"现在这样我们绝对无法在里面睡下来,"他父亲说。

于是他们往旁边挪了一点,在下方更低的地方挖了一个更小的入口,他父亲趴着爬进去,从里头往外铲雪,直到洞顶塌在他身上,只有两条腿戳在外面。罗伊赶紧趴在雪堆上,拼命挖雪好救出他父亲,直到最后他父亲终于能爬出来了。他父亲站起来,说:"该死的。"

他们就那样站在那儿,大口喘气,听着风声,感觉温度正在下降。

"有主意了吗?"他父亲问。

"你不知道怎么挖雪洞?"

"所以我才问你。"

"也许我们需要更深的雪,"罗伊说,"也许凭我们手上的工具,我们没办法在这里挖出一个雪洞来。"

他父亲思考了片刻。"你知道,"最终他说,"也许你是对的。我想我们还是走回小屋。虽然那是一个蠢主意,但我想不到其他的办法了。你有其他办法吗?"

"没有。"

于是他们走上山脊,再次暴露在强风中。罗伊努力跟着,以防跟丢他父亲。他知道哪怕他父亲有一分钟从视野里消失,就再也听

117

不到他的叫喊。然后他就会走丢，再也找不到回去的路。看着他前方那团移动的暗影，他感觉似乎这是他一直以来的感觉，那就是他父亲是他面前没有实体的某样东西，如果他稍微移开视线、忘了他或者没有迅速跟上他，并且希望他在那里的话，他父亲也许就会消失，就好像是罗伊的意志将他牵系在那里一样。罗伊越来越害怕，也越来越疲倦，他感觉他再也走不动了，然后他开始为自己感到难过，告诉自己，所有的这些义务对他而言太沉重了。

当他父亲停下脚步时，罗伊撞上了他的背。

"我们现在在一座山的山脊上，我想我们得沿着它前进，然后翻过另外一座山才能回到小屋。我希望自己知道现在几点。看起来现在还是白天，但是很难判断白昼还剩下多长时间。"

他们站着休息了一会儿，然后他父亲问："你还好吧？"

"我很累，"罗伊说，"我开始发抖了。"

他父亲解下围巾，罗伊以为他要将围巾递给自己，但他只是将围巾系在罗伊的手臂上，另一端系到自己的手臂上。"那是低体温症，"他父亲说，"我们必须继续走下去。你不能向疲倦让步，你不能睡着。我们必须继续走下去。"

于是他们继续走路，罗伊的步子变得越来越软，步子之间相隔的时间似乎更长了。罗伊记得坐在他父亲那辆萨伯曼的后座上，从费尔班克斯到安克雷奇去。睡袋堆在他身旁，道路的颠簸让他不停地前后摇晃。他妹妹裹在一只睡袋里，也坐在后排。他们在一栋小木屋前停下，那里有巨大的汉堡，还有罗伊所见过的最大的煎饼。

罗伊朦胧地意识到周遭的黑暗，天色更晚了。他也模糊地感觉自己重重地撞到什么，醒过来，然后又撞到石头上。最后，当他醒来时，他已经在他们的小屋里了。四周一片黑暗，他正在睡袋里。他父亲就在他身后，他可以肯定他们都光着身子，他能感觉到身后他父亲胸肌和大腿上的毛发。他不敢动，但还是站起来找到一只手电筒，照向他父亲。他父亲朝向自己那一边蜷缩在睡袋里，他的鼻尖发暗，皮肤出了什么问题。太冷了，罗伊快速穿上几件干衣服。他往炉子里又加了一些木柴，生起火来，将睡袋推到他父亲身边，让他盖得更暖和些。然后他发现了自己的睡袋，钻进去，同时摩擦手脚掌，直到足够暖和后他才又睡着。

当他醒来时，已经是白天，炉子让小屋很暖和。他父亲坐在一把椅子里，看着他。

"你感觉怎样？"他问。

"我很渴，真的很饿。"罗伊说。

"已经两天了。"他父亲说。

"什么？"

"两天。我们第二天才回到这里。然后昨天一整晚我们都在睡觉。我在炉子上给你热了吃的。"

是汤，豆子汤。罗伊只喝了一小碗，再加上几片饼干，然后就感觉饱了，虽然他知道自己还很饿。

"你的胃口会恢复的。"他父亲说，"再等一小会儿。"

"你的脸怎么了？"

"只是有点冻伤，我猜。我的皮肤有点被灼伤了。我的鼻尖没什么感觉了。"

罗伊想了一会儿，思忖着他父亲的脸能否彻底恢复，但是没敢问。最终他说："我们差点就回不来了，对吧？"

"是的，"他父亲说，"我抄了一条近路。我差点就害我们俩都没命了。"

罗伊没再说什么，他父亲也是。那天剩下的时间，他们就在吃饭、拨旺炉火和阅读中度过。他们都早早上床睡觉了。罗伊等待入眠的时间里，他一点都没有感觉到他一直想象过的、人们历经九死一生又生还后所体验到的那种狂喜。他只是感觉非常疲惫，有一点悲伤，就好像他们将什么东西遗失在那儿了。

早上，他父亲在无线电前摆弄了超过一小时，最终才拨通了给罗达的电话，但是迎接他的只有一台答录机。

"哦，"他对着麦克风说，"我一直希望自己能够和你说上话。对着机器说这些听起来肯定会很蠢。但我在想也许我在这里已经发生变化了，也许我现在能成为一个更好的人。就是这样。我想要和你说话。我会试着在其他时间打来的。"

他关掉无线电，罗伊问："如果你和她说话，她也想要你的话，你会马上离开这里，回到她身边吗？"

他父亲摇摇头。"我不知道。我不知道自己在做什么。我只是很想她。"

他们又在小屋里度过了一整天：阅读、吃饭、取暖，很少说话。最后他们虚设一个玩家，玩红心大战纸牌①，但玩得不顺。

---

① Hearts，一种三至六人玩的纸牌游戏，其目标是出掉手中的牌、避免得分，并争取在游戏结束时得分最低。

"我一直在想罗达,"他父亲说,"有一天你也许会找到一个不是对你百分百好的女人,但她不知怎的会提醒你,你到底是个什么样的人。她就是不受愚弄。你明白吗?"

当然,罗伊一点都不明白。他还从来没有过女朋友,也许除了派格·康明斯,他喜欢了她三年。还有夏洛特,他曾经亲过她一次。但似乎他对那些色情杂志里的女孩的了解程度,要超过任何一个现实中的女孩。

那天晚上,当他们玩完纸牌后,他父亲又试了一次无线电。罗伊正在洗碗。这次他接通了。

"你在想什么呢,吉姆?"罗达说,"你离开所有人,消失了几个月,然后你觉得自己变得不同了。但是如果你回到同样的处境里,面对同样的人,又会发生什么呢?"

罗伊有点尴尬,用无线电通话毫无隐私可言。于是他擦干双手,穿上靴子。他父亲在拖延着时间,说着"我……嗯啊……"等着罗伊离开屋子。

这是四天里罗伊第一次走出小屋,每走一步靴子都会陷进雪里。他走向海岸。靠近海水的地方没有结冰也没有积雪。"那里冷得还不够厉害,"罗伊猜想,"要么就是盐水融化了一切。"他从雪里捡起一些石头,抛向溪流远处表面薄薄的冰层,看它们像汽车的窗玻璃那样碎裂开。他不知道自己需要在这儿消磨多长时间,但他想会有一会儿。他走过小溪口去低处的岬角,站在海岬边缘,摆脱了厚厚的积雪,想着峡湾里现在还有没有鱼。他猜想应该还有,因为它们无处可去,但是他又不知道它们如何存活下来。他纳闷他父亲和他在冬天能做什么。这里看起来很沉闷。

当他父亲之前问他母亲罗伊能否来这里时，他母亲没有回答，也没有让罗伊接电话。她挂上电话，告诉他他父亲的请求，让他考虑下。然后她等待了几天，在吃晚饭的时候问他愿不愿意去。罗伊记得她当时的样子，头发束在后面，还穿着围裙。他感觉那好像是某种仪式，带着他还不习惯的严肃性。连他妹妹翠西也一直沉默地注视着他们。即便是现在，他仍然很珍惜这个场景。他感觉自己正在决定自己的未来，即使他知道她希望他说"不"而他也知道自己会说"不"。

那就是那天晚上他给出的回复。

"为什么？"她问。

"我不想离开这里，离开我的朋友们。"

她继续舀着自己的汤。她轻轻点了点头，仅此而已。

"你怎么想？"他问。

"我想你也许在用你认为我会希望你如何回答的方式回答我。我希望你再考虑一下，如果答案还是'不'，那很好，你当然知道我希望你留下来，如果你离开我和翠西会想念你。但是我希望你做出最好的决定，我不认为你已经想清楚了。不管你决定如何，都要知道那是你现在能做出的最好的决定，不管未来发生什么。"

她说这些的时候并没有看着他。她说话的时候就好像知道后来的事情，好像她能看到未来。而罗伊当时能看到的未来，就是他父亲自杀了，他独自一人在费尔班克斯，而罗伊抛弃他了。

"不要走，"翠西说，"我不想你走。"然后她冲回自己的房间，直到他们的母亲进去之后她才停止了哭泣。

罗伊又想了几天。他看见自己在帮助他的父亲、让他笑起来，他们两个徒步、钓鱼，在灿烂的阳光下漫步于冰川之上。他已经开始想念他母亲、妹妹和朋友们了，但他感觉这一切之中有某种必然性，实际上他无从选择。

几天后的某天晚上，他们吃晚饭时，他母亲又问了他一遍，他说"好"，他会去那边的。

他母亲没有应声。她放下叉子，深呼吸了几下。他能看到她的手在颤抖。他妹妹又跑回自己的房间，他母亲又得跟进去。他当时觉得那场景就像有谁死掉了一样。当然，如果他当时像现在一样了解情况的话，他就不会来了。但他怨恨的是他母亲，而不是他父亲。她安排了这一切。他一开始是想说"不"的。

天上的云层又高又薄，月亮被一大圈白色的云团包围了。一片苍茫，即使在海峡上方看起来也烟雾弥漫。没有一丝风，万物俱寂，于是罗伊狠狠踩进岩石和积雪里，以听到自己的脚步。然后他开始感觉冷了，便慢慢往回走。

当他再度进屋时，他父亲坐在无线电旁的地上，尽管无线电已经关了。他只是盯着地面。

"顺利吗？"罗伊问道，随即又后悔这么问。

"她和一个叫史蒂夫的家伙在一起，"他父亲说，"他们住到一起了。"

"对不起。"

"没关系。不管怎样都是我的错。"

"怎么是你的错了？"

"我欺骗她，对她撒谎，又自私又盲目又愚蠢，对她总是想当然。我们来看看，我想一定还有别的原因，就是整体上的失望吧。但我现在被踢出局了，是我的过错。但是最主要的原因，我想，就是当她在承受她父母那件事的时候我没有陪在她身边。那件事似乎太沉重了，我猜。我想我抛下她一个人处理那些问题。我的意思，我原来想她有家人可以帮助她解决问题，你知道的。"

十个月之前，罗达失去了双亲，她母亲杀死她父亲之后又自杀了。罗达对过程所知甚少，只知道她母亲用猎枪杀掉了她父亲，然后用一把手枪解决了自己。之后罗达发现她母亲将她从遗嘱里排除出去了。罗伊不知道最后这桩事是怎么发生的，但这种事想起来就太可怕了。

"她觉得我当时抛弃了她。"他父亲说。

"也许会有转机的，"罗伊说，"只要你坚持说点什么。"

"那正是我希望的。"他父亲说。

第二天，一场大暴风雨降临了。雨水如此猛烈地冲刷屋顶和墙面，听起来它们就像一条大河泼下来，而不像是被狂风裹挟来。从他们的窗户往外看去，除了雨水、冰雹还有从不同方向不停袭来的雪花，他们什么都看不见。他们一直让炉子烧着，他父亲跑去了一会儿搬回更多的柴火。他来回跑了三次，回来时浑身冰冷，一边咒骂着，一边将柴火和食物一起堆在隔壁的房间里，然后他站到炉子旁边烘干，让自己重新暖和起来。

"这风刮得好像末日一样,"他父亲说,"好像它能将时间从日历上刮走。"

小屋偶尔会摇晃一下,墙面看起来在位移。

"它总不能把屋顶什么的刮走吧,对吧?"罗伊问。

"对。"他父亲说,"你爸爸不会买一栋屋顶能被拆开的屋子的。"

"那就好。"罗伊说。

他父亲又调试了下无线电,说:"我会长话短说。我只是有几件事要对她说。当然,你没必要出去。"

但是在暴风雨中,他搜不到任何信号,最后他放弃了。

"这只是她无法相信的几件事之一,"他说,"我想联系她,但是被暴风雨阻止了。但是在清算的时候,就是我没有接通她的电话,暴风雨并不能算数。"

"也许事情不是那样的。"罗伊说。

"你是什么意思?"

"我不知道。"

"听着,"他父亲说,"男人只是女人的附属。女人自身就是完整的,她不需要男人。但是男人需要她。所以她开始发号施令。这也是为什么规则没有任何意义,以及它们一直变化的原因。它们并不是由两方共同决定的。"

"我不知道这是不是真的。"罗伊说。

"这是因为你和你母亲、妹妹,而不是和我一起长大。你太习惯女人制定的规则了,你认为它们有意义。在某些方面这会让你好过一点,但也意味着你可能看不清楚一些东西。"

"这似乎不是我能选择的。"

"看到了吗?这就是一个例子。我正在表明某种看法,然后你扭转话题,让我感觉很糟糕,让我感觉自己没有遵守规则尽好责任,也没能做一个好父亲。"

"好吧,也许你确实没有。"罗伊现在哭了起来,但又不希望自己这样。

"看到了吗?"他父亲说,"你只知道像女人那样吵架。把你该死的眼珠子哭出来吧。"

"天哪。"罗伊说。

"没关系,"他父亲说,"我要离开这里,即使外面有他妈的暴风。我要出去走一会儿。"

当他父亲穿雨衣时,罗伊面朝墙壁,试图让自己停止哭泣,但是这一切看起来是如此的不公平,如此莫名其妙,他无法停止掉眼泪。当他父亲离开后,他还在哭,接着他开始大声说话:"去他妈的。"他说:"该死的,去你妈的。爸爸。去你妈的。"然后他哭得更厉害了,当他试图噎住眼泪时发出一阵诡异的尖叫声。"别再他妈的哭了。"他说。

最后他止住了眼泪,洗干净脸生好炉子,钻进睡袋读书。他父亲回来时,已经是几小时以后的事了。他在外面的门廊上狠狠地跺了跺鞋,然后脱下雨具,走到炉子旁边开始做饭。

罗伊听着厨房里的声响和外面呼啸的风声,狂风将雨点砸向屋墙。在他看来他们可以继续这样下去,不用说话,这样甚至更容易一点。

"这里。"他父亲说,一边将盘子放在屋子中央的小桌上。罗伊起身,然后他们吃着饭,谁也没看谁,也没有任何交谈。两人就只是嚼着里面有杜父鱼肉的金枪鱼意大利面,听着雨敲打着墙面的声音。然后他父亲说:"你可以洗下盘子。"

"好的。"

"还有就是,我不会道歉的。"他父亲说,"我道歉得太多了。"

"好的。"

暴风雨又持续了五天,那几天里他们都在等待着,很少说话,有一种被监禁起来的感觉。偶尔罗伊或者他父亲会出去一小会儿、搬回一些柴火,但是其余的时间,他们只是读书、吃饭、等待着。他父亲试图通过短波和超高频无线电联系上罗达,但一次都没有成功。

"你也会认为我至少能打通几分钟吧,"他父亲说,"如果我们不能在坏天气里用它,那这破烂东西又有什么用?难道我们应该只在天气好的时候才碰上紧急状况吗?"

罗伊本来想说"幸好我们还不必用上它",以便重新开启和他父亲的对话。但他害怕这句话被解读成对他父亲需要罗伊的一种评价,于是他保持沉默。

当他父亲最终又拨通电话时,暴风雨几乎快消歇了。罗伊走进外面的细雨中,大地被雨水浸透,就像走在海绵上。所有的树上都在滴水,大颗的水滴落在他的雨衣的兜帽和肩膀上。他很纳闷罗达究竟是个怎样的人。当然，他曾经和她住过一阵子，当她嫁给他父亲的时候。但是他的记忆只是一个孩子的记忆，比如她威胁着要把一把叉子戳进他的肘部，如果吃饭的时候他把手肘放在桌上的话；比如有一次他透过浴室门上的细缝偷窥她。还有她和他父亲的几次争吵，但都记不确切了。他们一年前才离婚，当时罗伊才十二岁，但是不知何故，现在他所有的观念都和那时不一样了，就好像十三岁的生活和十二岁时截然不同。他已经记不清自己那时是如何思考或是他的大脑如何运作的，因为那时他根本没想过他的大脑如何运作这件事。所以现在他完全不能理解那时的任何一件事，就好像他拥有的是另一个人的记忆。所以罗达可以是任何人。对他而言，她的意义仅仅在于她是他父亲必须拥有的某样东西，类似一种对色情读物的渴求，这也是一种让他父亲生病的需求。尽管罗伊知道认为罗达让他父亲生病这个想法，是错的、不正确的。他知道这一切是他父亲自己造成的。

罗伊坐在岬角周围的一大块浮木上，浮木被海水浸透，很冰凉。他看着自己呼出的气变成白雾，注视着水面。他真的看到大概在一英里之外有一条小船经过。这情形真是太罕有了。一艘小小的可住宿游艇出来捕鱼或是野营，船头的栏杆上还绑着额外的油桶。罗伊站起来挥手，但是他离得太远，看不清楚对面船上是否有回应。他能看到游艇里面阴暗的片块，那儿有一个或者是几个人，但是他无法看得更清楚了。

他猜想着他父亲和罗达之间发生的事将来是否也会发生在他身上。虽然他希望不会，但是不知为什么他事先已经明白这是有可能的。但此刻，他现在只想自己在做些什么事情，希望自己已经回到温暖的小屋。外头太冷了。真是个悲惨的地方。

当他回到小屋，他发现自己回去还是太早了，但没有再走出门去。他意识到自己出去已经够久了。

"我明白，"他父亲说，"我说的不是那个意思。顺便说下，罗伊现在回来了。他刚刚在外面。"

受无线电波的干扰，罗达的声音并不清晰。"吉姆，罗伊并不是唯一听见这些的人。任何人只要有无线电设备都可以听到所有的谈话。"

"没错，"他父亲说，"但是我不在乎。这件事太重要了。"

"什么很重要，吉姆？"

"我们交谈，解决问题。"

"问题怎么解决呢？"

"我希望我们能够复合。"

然后他们听着静电干扰，至少过了半分钟，罗达的声音才又恢复。

"对不起，我必须当着罗伊和其他所有人的面说这些，吉姆，但是我们永远没法复合了。我们已经试过很多次了。你必须听我说，我此前一直在说的。我已经找到别人了，吉姆，我会和他结婚，我希望。总之，这和他没太大关系。我们还是无法复合。有时候一切就是结束了，我们必须让它们结束。"

当他父亲弓着背坐在无线电前面时，罗伊假装自己在阅读。

"去他妈的无线电，"他父亲对罗达说，"如果我们现在能够面对面在一起，情况会不一样。"然后他关掉无线电。

罗伊抬起头。他父亲弓着身子，前臂搁在膝盖上，低着头。他开始摩挲自己的额头，就那样坐在那里坐了很久。罗伊想不到一句话可说，于是他一言不发。但是他怀疑他们究竟为什么会在这里，既然对他父亲重要的东西都在别处。罗伊完全不能理解他父亲来这儿。他开始觉得也许是他父亲那时不能找到任何别的更好的生活方式了。所以这仅仅是一个大的后备计划，而罗伊也成了他父亲无论去哪儿都难以摆脱的极度沮丧的一部分。

这之后便再也没有好时光了。他父亲沉浸在自己的世界里，罗伊觉得很孤独。天气糟透的时候，他父亲就读书。天气只是一般糟糕的时候，他父亲就独自去远足。他们的交谈也仅仅局限在说些类似于"也许我们马上应该做晚饭""你看到我的手套了吗"之类的话。罗伊一直在观察他的父亲，并不能看到他绝望的外壳有松裂的迹象。他父亲变得对什么都无动于衷。然后有一天，罗伊独自出门远足回来，看到他父亲一手举着手枪，瞄准了无线电。一切安静得很诡异，除了无线电里传来几阵低低的嗡嗡和啪嗒声。

"吉姆？"无线电里传来罗达的声音，"不要这样对我，你这个混蛋。"

他父亲关掉无线电，站着。他看着站在门口的罗伊，然后又环顾屋内，就好像他因为什么小事感到尴尬，想找些话说。但他没说一句话。他走到罗伊跟前，把手枪递给他，然后穿上外套靴子走出门去。

罗伊看着他离开、消失在树林里，然后看着手里的手枪。击锤已经被拨到后面，他能看到里面的铜弹。他把枪管朝向别的地方，将击锤拨回到前面。然后又拉开击锤，将枪管对准自己的头，开了枪。

二

吉姆在林子里听到枪声，不知道发生了什么。他怀疑了一阵子自己是否真的听到枪声，然后他确信自己听到了。罗伊正在闹脾气。他正在朝他们的小屋射击，因为他现在需要被安抚。吉姆继续往上走。他希望罗伊把无线电击碎。

外面下着小雨，近处也弥漫着雾气。树林变得阴森，整个岛看起来不适合人类居住。吉姆继续往上走，只听到自己的呼吸是这块地方唯一的节奏，唯一活动的东西。他也无法思考罗达。她现在已经变成了某种感官，变成了他自己的一部分，他无法将她与自身区分开来以便对其进行思考。她已经变成了他的一种渴望、一种悔恨，就好像是从他内部生长出来的一样。而她也真的做了，她真的要离开他。吉姆觉得自己马上就要哭了，所以他加快了往上的步子，数着自己脚步的节拍，一二三四，五六七八，如此循环着。他继续走着，直到最后因为太累才停下来。然后他转身往回走，但是他不喜欢回到小屋、又必须找件事以填满时间的感觉。每天都太漫长了。

当他走近小屋时，看到大门仍旧半开着，这让他很恼火。似乎罗伊一怒之下自己也去散步了，走的时候还没关好门，让屋里冻着。

然后他走到门口，朝下看，看到他的儿子。他儿子的身体，但确切地说不是他儿子，因为头部已经不见了。脖子已经被生硬地撕碎，殷红，边缘处还残存着乌黑光滑的头发，血溅得到处都是。他往后退了几步，因为低头往下看时他才发现自己踩在一块飞离的碎片上，一块他儿子的头骨。一块骨头。

他摇摇晃晃地站在那儿看着一切，大口喘气。他环顾屋子的四周，什么也看不见。然后他不得不坐在门口，离罗伊只有几英尺的地方。他在脑海里听到这个名字，开始颤抖，看起来他似乎在哭泣，但其实他并没有，也没有发出任何声音。"这里发生了什么？"他大声问道。

他摸了摸罗伊的外套，轻轻摇晃罗伊的肩膀。然后他看着自己手上的鲜血，又回头看了罗伊头部残余的部分，那是罗伊现在仅有的一切。然后他开始发自肺腑地号啕起来。

但是号啕无济于事，只是在满足自身，他就像一个沉浸在自身痛苦中的演员，不知道自己是谁，也不知道接下来要表演哪个角色。他诡异地在空中挥舞着双手，然后砸向自己的大腿。他挪到离罗伊更远的地方，但这仍然很虚假，像另一场表演，他还是不知道自己要做什么。没有观众在围观这场表演。虽然那里不可能是他的儿子，但是它始终又是他的儿子。

头颅里的某些东西是白色的。他一直在等它们变红，但是它们并没有。很快就有小苍蝇、昆虫还有蠓飞来，落在他儿子的头颅里面，在里面爬跳着。他挥手将它们赶跑，但是他实际上并不想触碰那只头颅，那些虫子又飞回来落到上面。他往前倾着身子，对着它们吹气,他能闻到血液的腥臭。然后他抓起罗伊的外套,将他拉到自己的膝盖上。现在他能看到残存的头颅上还有罗伊的一部分面孔。半边的下颚和脸颊,还有刚刚朝着地板被遮住的一边眼睛。当他能够直视、不再因恶心的景象蒙蔽双眼,他就目不转睛地看着他儿子,摇晃着他。他唯一能思考的就是为什么。因为这一切太没道理了。他才是那个一直恐惧自己会这么做的人。罗伊一直好好的,一直都是好好的啊。

"不。"他不停地大声说着,即便他知道这么说非常愚蠢。他努力地思考着,因为哪怕他停止思考一小会儿,他就会再次可怕地号啕。但他甚至都能意识到这一点,就好像他无法再重回那个能自如表演的世界。就好像他的每个念头、每种感觉、每一个词,还有他看到的一切都是伪造的,甚至他那个残缺的儿子也是。甚至他面前死去的儿子都没有足够的真实。

他把罗伊放回到地板上,看着他手上、外套和牛仔裤上的血。到处都是血。于是他站起来,走到水边步入水中。冰凉的海水让他不停地喘气,他的双脚已经麻木了,如同残肢。然后那个词——"残肢"——又让他周身被恐惧攫住,他开始可怕地大哭。他一遍遍地在浅滩的水里绕圈走,偶尔滑到水里、沉下去又浮上来,然后他从水里走出来,也因为寒冷不停地发抖。他走回到罗伊身边,死去的罗伊仍然躺在那里,纹丝不动。不久前他还看到罗伊活着的样子,离现在还不到一个小时,那时罗伊还是好好的。

然后吉姆感到一种无法解释的愤怒。他走到小屋里,看起来在找着什么。然后他走向无线电,举起它砸向地面,一遍遍用脚踹它。他又抓起煤油灯，朝墙上砸上去，油灯被砸得粉碎。接着他又抓起超高频无线电摔出去。他扔掉桌上的一袋敞着口的熏三文鱼，踢翻了桌子，但是接着他停住了，站在屋子的正中央，因为即便如此，时间才仅仅过去了几分钟，而所有的这些破坏行径没有任何作用。他甚至对这破坏行为没有任何兴趣。这些行为让他看起来像是活着，但现在它看起来什么也不像。

吉姆又坐到罗伊身边，注视着他。他还和之前一样，几乎还是一模一样。他抓起此前弹到几步之外的点44马格南手枪。他将枪管对准他自己的头部，但是又放下了，他开始疯狂地大笑。"你甚至都不敢自杀，"他大声对自己说，"你只会装模作样自杀。在未来五十年里，你会因此醒着，并且每一分钟都会想着这件事情。这就是你的下场。"

然后他又开始哭泣，既为了罗伊，同时也带着自怜。他知道这一点，又因此鄙视自己，但是他剥掉自己的湿衣服，换上最暖和的衣物，然后这一次又接连哭了几小时，无休无止，他唯一想知道的就是这种哭泣最终是否会停止。

当然，到了晚上眼泪还是止住了。罗伊还在地板上，吉姆不知道怎么处理。他现在意识到他必须为罗伊做些什么，不能让他就那样躺在地板上。于是他绕到屋后找到了一把铁铲。已经过了傍晚，天色逐渐变黑，但是他走到小屋后面大概一百英尺的地方，开始铲土，然后又意识到那里离厕所太近了，他不喜欢那样。于是他又往树林里走了一段，向岬角走去。然后他又继续挖土，但是那里有些树根，于是他走回去拿上斧头，砍掉它们，继续挖下去，直到他挖出了一个大概四英尺深、比罗伊的身体略长的土坑。然后想到这个，罗伊的身体，他又开始大哭。当他最终止住眼泪回到小屋时，已经是半夜了。

罗伊堵在门口那儿。他还是没有挪动半分。吉姆跪下来抬他起来，但是罗伊头部的残骸湿乎乎、冰凉地抵在他脸上。他呕吐起来，扔下罗伊，在屋外走了几圈嘴里说着"上帝啊"。

他走回屋里，又抬起罗伊，这次他很快地将他背向墓地。他试着将罗伊小心翼翼地放进去，但最终还是让他的身体掉了下去。他开始号哭，捶打着自己，还在墓地四周跳来跳去，因为他把他的儿子摔了下去。

然后他想到他不能这么做，他不能就这样把罗伊埋在这儿。他母亲会想见他。想到必须告诉他母亲这个念头又让他的心揪成一团。他又往树林深处跌跌撞撞地走，为自己感到悲哀，当他回到土坑的时候天正要亮了，即使透过树林也能感觉到。

"我搞砸了。"他说。他蹲在土坑旁，上身前后晃荡。"这次我真的搞砸了。"然后他又想起罗伊的母亲，伊丽莎白。他将不得不告诉她。他必须告诉她还有其他所有人，但是他无法告诉他们事情的全部，他知道。他不会讲自己把枪递给罗伊。然后他又失控地呜咽起来，就好像其他的什么力量撕裂了他的身体，他既希望又不希望它停下来，因为它至少能填补时间。但是过了一会儿，外面的天完全亮了，突然间呜咽终止了，然后他又再次被留在土坑旁边，向下看着罗伊，揣测着可以做什么。罗伊的母亲必须见到他。他不能只是这样把他埋在这儿。她会想要举行一个葬礼，而且她必须知道发生了什么。他必须告诉她。还有翠西。

"哦,天哪。"他说。他不得不告诉翠西,她的哥哥已经死了。她也一定想要见到他。他思忖了一会儿能不能将罗伊的脸稍微修补一下,然后他迅速发现这想法太疯狂了。

他下到坑里,把罗伊拖出去,然后又将他抬起来,背回小屋。他的身体很沉,冰凉、僵硬,因为待在土坑里的缘故而古怪地蜷缩着。他身上都是泥污,头部那里也有污泥。吉姆不想看到它,但眼光还是不停地扫过,他心里很担心。一切看起来都不妙。

吉姆又将他的儿子放回小屋的主屋里,然后背靠着墙远远地坐下,看着他。他不知道该做什么。他知道自己得马上做点什么,但是他没有想法。

"好吧。"他最终说,"我必须告诉他们。我必须让他的母亲知道。"然后他走到无线电前面,却发现他已经把无线电砸碎了,然后他想起自己也弄坏了超高频无线电。"该死的。"他声嘶力竭地吼道,然后又用脚踢无线电。然后吼叫中间他又哭了起来。现在他随时都可以哭泣,就好像哭泣本身有它自己的意志,但这并没有让他好受一点,这本来是哭泣应该有的效果。它是那种极度可怕的哭泣,只会让你痛彻心扉,让一切显得越来越难以忍受。即使哭泣似乎还能用来填补时间,但他每次哭泣看起来就像永远不会停止一样。他要避免这样,于是当眼睛能清楚看到一切后,他到外面去找他的船。他们原先将橡皮艇放在小屋后面,然后他回到屋里拿充气泵、尾挂马达,还有救生衣、信号弹、船桨、号角,以及污水泵、备用的汽油桶,所有的东西。他把它们拿到海滩上,把橡皮艇也拿过去，在那儿充好气，安好马达，把所有东西都放进去。然后他回去找罗伊。

罗伊还是古怪地倚着墙壁，身体仍然僵硬。他剩下的那半张脸看着吉姆，皮肤已经发黄，像肿胀的死鱼那样发青。吉姆又吐了，他不得不走出去，希望自己永远不要再走进那间屋子，嘴里说着："我儿子在那里面。"

他回去时又看了看罗伊，然后把视线移开了，考虑自己该怎么搬运他。他不能就那样把他直接丢在船舱里。他想起了垃圾袋，又哭喊起来："他不是该死的垃圾。"于是他平静下来，铺开一只睡袋，然后把罗伊放到里面，拉上拉链，束紧顶部的细绳。他将罗伊举过肩头，扛到船上。

"好吧。"他说，"这样会行得通的。我们会找到什么人，他们会帮助我们的。"他回到小屋又拿了些食物和水。但当他走到那里时，他又忘了自己回去的目的是什么。于是他只是关上门，回到船上。

他之前给橡皮艇充好气的地方离海水太远，于是他把罗伊、油桶从船上搬下来，然后将小艇拖到水边，然后重新将油桶和罗伊搬回船上。当他最终离开岸边时，已经是下午了。他现在意识到这不是特别明智，但他还是拉下了发动绳，然后在引擎噗嗤噗嗤发动时，把节气阀推进去。接着他挂上挡，他们就这样出海了。峡湾里的海水很平静，天空灰蒙蒙的，空气沉闷潮湿。他本来想让小艇在水面上滑行起来，但是他们的负重太多了，于是当他们通过岬角时，他将速度减到每小时五六海里。吉姆被风吹得有点发抖，他儿子被包在睡袋里。

过了岬角他们就遇上了峡湾升起的一股冰冷的劲风。被风吹起的浪花星星点点溅到他们的船舱里。

"这样实在不太好,"吉姆对他儿子说,"我们现在做的事不是最明智的。"但是他仍然继续前进,接着开始寻思自己要去哪儿。"我不知道,"他大声说,"也许不管怎样都要去那些房子在的地方。但那儿离这里还有二十多英里。不算近。得有别的船发现我们。"

然后他又想起了罗伊的母亲,想到她听到这一切,还有其他一些事情之后的表情。比如,当他告诉她自己在和歌莉娅上床时,她的表情。在他们搬家、试着解决这些事情,在一个月里他努力成为她希望的那个人,整整三十天他充满体贴和柔情,努力不去想别的女人。然后她微笑着愉快地来到床前,而他唯一渴望的就是她永远不再碰他。他告诉她过去的一个月自己一直在演戏,那不是真实的他时,她的表情。还有当他们告诉孩子们他们要离婚时,她的表情。还有当他告诉她现在这一切时……这件事甚至无法和其他的事情相提并论。"这不是一件事。"他大声说,呜咽着,因为视野模糊而无法掌舵,他们在峡湾里不停地绕弯。船身倾斜着,不停地在进水,直到最后他再度控制住自己。

还有翠西。她会恨他。一辈子。还有她的母亲。所有人。他们是对的。还有罗达会说什么呢?她肯定会知道这一切是谁的过错。

小艇的航行状况非常糟糕,海浪不停地拍打船体,让他们偏离航道。吉姆又试着让船滑行起来,但是船头只是高高地朝向空中,再也无法落下，于是他又放慢速度。一切都灰蒙蒙的，寒冷，无比空旷。没有其他的船经过，没有房屋，哪儿都没有。当他航行到从峡湾到另一座岛的中途时，已经是傍晚了。他不由自主地在发抖，担心汽油耗尽，也担心最终到达那里时罗伊会变成什么样，他还不知道必须交谈的第一个人会是谁。

他把船停下来两次，抽出船体里的水，然后继续朝着岸边驶去。最终他只想着完成这件事，也不再担心他们今天是否能走得更远。他冷到麻木了，没法思考。当他想着"我在想多远"时，他的大脑就会休克一会儿，然后他又会继续想着海岸还有多远。然后他意识到这是体温过低的症状，如果他上不了岸，让自己暖和起来，他就会有麻烦。然后他又纳闷自己为什么没有带上足够的衣服、睡袋还有食物。他感觉饿了。

他抵岸时已经接近日落时分了。罗伊被浸湿了。他们还是没有看到一个人。吉姆去找柴火，罗伊待在船上。吉姆想生一堆火，他把找到的一些木柴堆起来，但发现这些木材都是湿的。而他又没有一根火柴，于是他哭了。然后他走回船上，对罗伊说了声对不起，将他从睡袋里倒到海滩上，自己钻进湿湿的睡袋试图取暖。但在黑暗里他又醒了过来，还是很冷，但好歹还算活着。"我真走运。"他想到，但随即他又想到罗伊，于是爬出睡袋去找他，他现在很担心罗伊被叼食或者被什么东西拖走。但当他在附近找到罗伊时，他看起来还是和之前差不多，但他没有手电筒，罗伊也只有半个头，因而他很难确定。那听起来很滑稽，吉姆笑了一小会儿，然后又开始哭泣。"哦，罗伊，"他说，"我们应该怎么办？"

吉姆又睡着了。早上的时候，罗伊确实被啄食了。海鸥们还在附近逡巡，吉姆拿着石头追着它们跑，他沿着海岸线赶了它们好远。当他回去时，另外的海鸥又在啄食罗伊，一小片一小片地偷走他的身体。

吉姆把他重新放回睡袋，系紧束绳，扛到船上去。"这次，"吉姆说，"这次我们会找到什么人的。"

航行中，他又饿又冷，而且昏昏欲睡。他没有看到房子或者任何一种船，但是他还是不停地乘浪前进，不停地环顾四周，试着不去思考，但他还是想着他准备要说的话。"我不知道他为什么这么做，"他想象自己对伊丽莎白说，"有天下午我散步回来，他就在那儿。没有任何迹象、预兆。我从没想过他会做出这样的事情。"但是他又迷失了，因为确实没有任何预兆，他也从来没有想过罗伊会这么做。罗伊的情绪一直很稳定，当然他们确实也有一些争论，但事情没有那么糟，他这么做完全没有理由。"去他妈的，"他大声地说，"这一切他妈的根本说不通。"

绕过另一处岬角时，他看到远处有一条船朝着另一个峡湾驶去。他停下发动机，摸索着找出一枚信号弹，最终他找到一枚，然后将它高高举过头顶。燃烧的过程中它冒着橘黄色的烟，散发出硫黄的臭味。但那是条很大的船，某种巨型游艇，有上百个该死的乘客，其中有一个人肯定在往他们这边看，但是游艇还是驶过去了，消失在另一条海岸线后面。

于是吉姆继续沿着这座岛前进，航行速度大概只有每小时五海里，又是逆浪而行。他寻思着自己对这片海的了解有多少。他怀疑如果他只是这样沿着这座岛还有其他的岛前进，到最后汽油耗尽了，他是不是还是没法找到一个人。看起来这是有可能的。不是所有人都住在这里。快到傍晚时，他把备用油桶的汽油加进油箱，心里很确定他很快就会用光汽油，到时候不得不永远漂浮下去。他看到有一条可住宿游艇正从岛的另一侧，横渡到他和罗伊之前生活、刚离开的那座小岛去。他们本可以在那座岛上招呼那条船的。吉姆拿出另外一枚信号弹，他敲了敲带壳的底端，但是没有任何动静，于是他又敲了几下，抬头看到那条船以很快的速度从他们面前经过了。他拿出了最后一枚信号弹，敲了敲，它燃烧起来，于是他将它高高举起。那条船微微转向他们，他很确定它一定是看到他了。但接着那条船又调头了，看起来只是避开水里的浮木还是别的什么。信号弹也燃尽了，那条船就消退成阴霾中的一个小点。

吉姆哭喊起来，一遍遍地，对着海岸线、海水、空气和天空还有一切咆哮，然后他把燃尽的火炬抛出去，就只是坐在那里，看着裹着罗伊的睡袋，又看着搁在膝盖上的双手。小艇摇摇晃晃地漂浮着，冰凉的海水不停地拍打着他的腰部和座椅。

吉姆继续往前开，绕着一个小的岬角航行，碰巧及时发现了一间隐没在树林里的小屋。他掉转船头往回开，看到它实际上比看到的要大，看起来是一个家，一栋夏季别墅。于是他将小艇停放在小屋门前一小块布满沙砾的沙滩上，把罗伊留在船上自己上岸去勘察了。

屋子隐藏在一小片云杉林后面，他能看到它实在是太幸运了，虽然它离岸边也不远。有条小路通向它，当他走近时才发现它是一座小木屋，但大小足够让别人住了。它有几间房间，所有的窗户上都钉着防风板。因为是冬季，小屋上锁了。

"哈喽。"他说着。然后他走上门廊，地上满是暴风雨留下的残骸，他知道这附近不会有人在。"嗨，"他大声喊道，"我碰巧带着我死去的儿子。也许我们可以进屋聊上几句，一起吃晚饭消夜，你觉得怎样？"

没有人回答。他走回小艇和罗伊身边，试着不去思考。白日将尽，他还没有碰到别的任何东西。他已经在用储备汽油了，那不能顶多久。他还在发抖，饥肠辘辘头晕眼花，也许他们留了一些东西在屋子里，他可以吃点。也许还有一台无线电。他们一定也有某种毛毯，还有壁炉和木柴。他已经看到烟囱了。昨天夜里他能取暖已经是很幸运了。之前他不确定自己在一只潮湿的睡袋里还能暖和起来，但第二次也许就不会那么管用了，因为现在他的身体更加虚弱。他知道，他必须要把罗伊送回去，但事实是，无论如何那孩子看起来都不好了。吉姆笑得有点瘆人，"你是个怪物，"他大声说，"你是个该死的父亲，你还是个笑料。"

"在这里等着。"他对罗伊说，然后他又走到小屋前，这次他又绕着屋子走了圈。他在找进屋的办法。所有的窗户上都被安了防风板，而且很有可能里头也锁上了。前门上有一把大挂锁，随后他又发现后门也上了锁。他到处看了看，但没有一样东西是开着的，甚至没有一块玻璃可以砸碎。

"好吧。"他说。四处很安静，只有树上不时滴落的水滴。太阳就要下山了。他没有手电筒，没有食物。他又走了一会儿，发现了柴火棚。棚子也被上锁了,但看起来并不牢固。于是他寻到一块大小合适的石头,朝门上砸下去,石头发出哐当一声,但又反弹回来。他不得不弹跳避开。"该死的。"他说。他走到门前,用自己的身体撞向它,然后被撞倒,然后又爬起来继续撞。现在他重重地喘着气。他用靴子踹着门板的中央,每踢一次都能感觉到它在变形,但是它还是不屈服,于是他又走回小艇。

他看到装着罗伊的睡袋支在那里,才意识到有几分钟他已经完全忘记了罗伊。他竟然能忘记罗伊的这个念头太悲伤了,但是他没有就此停下,纵容自己沉浸其中。在天黑之前他必须干活。他把发动机从基座上卸下来,慢慢地扛到小屋那里,放在门廊上。那东西至少有五十磅重,是全金属的。

古姆去柴火棚那里拿上了那块石头,又走回小屋。他本来希望在柴火棚里找到一把斧子或者锯子或者别的什么,但现在他决定直接从小屋下手。他用手中的石头敲打着每一扇门还有每一块防风板,直到他发现厨房的一块防风板有略微松动的痕迹。那是因为那扇窗户太大了,他想。于是他拿上尾挂马达,用双手抓住马达的外壳,然后将推进器的末端撞进防风板里,但是防风板只是轻微地蹭了一下推进器,还让他自己失去平衡,差点抱着马达摔到地上。

他无心诅咒叫骂。他只感到一种冷酷残忍的敌意,想把这间小屋摧毁。他又拿起马达。这次他先抓住更轻更细的轴端,然后举起更重的那一端像一个扔铅球的人一样慢慢转身。他像那样转了几圈,然后将马达扔向防风板,自己再往回跳开。

撞击声非常刺耳。然后发动机落回到门廊上,外壳被撞碎了。

"当然啦,"他说,"外壳只是塑料的。"他拔掉它的插栓,又旋扭又挤压地向上拔起外壳,现在马达的钢铁部件和发动机的顶部都裸露出来。他又抱着马达转了几圈,将它扔出去,一边尖叫着。马达又被弹回来,几乎快伤到他。但这次它撞碎了部分防风板。他又抬起马达,抛出去两次,直到他的发动机被撞坏,而那块防风板和背后的玻璃也都被砸成碎片。他终于可以进屋了。

屋里面很黑,没有电,也没有可以开的灯。他在厨房摸黑找了一会儿,最终找到了火柴还有煤油灯。他一个一个房间搜寻,油灯投射出诡异的阴影。他在厨房里找到一只木柴炉,然后又在起居室里发现一只取暖的火炉。在那只火炉旁边甚至还有一堆干柴。离柴堆不远处有一间卧房,里头空空如也,床垫上光秃秃的,没有毛毯。整个屋子都是空荡荡的,迎接着冬天。但是他找遍了每个衣橱、架子、抽屉,还有床底下沙发底下,最终在五斗柜的抽屉里他找到两条床单还有一条毯子。

"好吧,"他说,"现在,食物在哪儿呢?你每次不会带上所有的东西来这儿。你一定会留些东西在这儿。罐头食品还是其他什么?在哪儿呢?"

他在厨房里搜寻,惊讶地发现它几乎是光光的。虽然他在碗柜里找到一些汤罐头,另外一只柜子里还有一些蔬菜罐头。

"不够,"他说,"还是不够。我还有一个正在发育的男孩,一个高大强壮的小伙子。你一定还有一个地窖。在这么一个迷人的小屋里,你自己的小小的室内地窖。"他满厨房跺着脚,找着地窖的门闩。他又到起居室里去找,拉开小片的地毯。卧室也被搜寻过。然后他放弃了。走回厨房的路上，他身后跟着煤油灯照出的影子，像自己灵敏的分身。他在从起居室到厨房的通道里发现了一只门闩。

"芝麻开门。"他说着，拉起了门闩，然后发现了地窖。那里有上百只罐头以及其他的瓶瓶罐罐，还有冻干的阿尔卑斯蔬菜通心粉汤和香草冰激凌。在一只大包里，甚至还有很多包真空包装的熏鲑鱼。"很好。"他说。

罗伊还在睡袋里。他将罗伊扛到肩上，从厨房的窗户里推进屋里。他试着不让窗台上的玻璃碴扎破睡袋，但睡袋还是部分被扎坏了。然后他自己爬了进去。

"是时间干活了，"他说，"我们要把这个地方布置得像家一样。"他把罗伊拉到卧室，在那儿他会保持冷却状态，也不会挡道。然后他在厨房的炉子里生了一堆火，为了节省木柴，他决定先不在起居室的火炉里生火。接下来他就睡在厨房里。这样也有助于罗伊保持低温。

他打开一罐意大利饺子，直接把罐子放在火炉上，然后决定不这么偷懒，又将它倒进一只小锅里。他用另外一口锅热了罐头牛奶，给自己做了一点热巧克力。"一顿大餐。"他说道。他在厨房里就着煤油灯吃了饭，环顾四周想找到一点能让人集中注意力的、可以读的东西。他不停地想着罗伊还有罗伊的母亲，他不想这样，于是他在屋子里四处找能看的东西，但是一无所获，最终他在卧室里找到一些家庭照片。他把它们拿回厨房，边吃边盯着它们看。

这一家人长得并不好看。他们有一个脸长得像鹦鹉的女儿，他们的儿子长着大耳朵，两只眼睛凑得太近，嘴巴奇怪地歪着。父母的相貌也不佳，男人看起来很结实，是个书呆子，而他的妻子在镜头前装着很吃惊的样子。很明显，他们曾经到处去度假。骆驼、热带鱼还有大本钟。吉姆不太喜欢他们，所以对吃着他们的食物感觉很不错。"去你妈的。"他一边大口吃着他们的意大利饺子一边对着照片说。但是这只持续了那么一会儿，然后他就着煤油灯坐在桌子旁，精力无法集中于任何东西。"时间到了。"他说。

尽管现在已经天黑，气温很低，他还是回到船上，把所有的用品都拿到门廊上去。然后将小艇拖到屋后，留在那儿，接着将他的东西从窗户扔进屋里。他把所有这些拿到罗伊在的里间。罗伊还在睡袋里，什么也没做，也没有参与，就像一个初中生。"很好。"他对罗伊说。然后他回到厨房，在地上铺好床褥。

那天夜里他不停地醒来，疑心有什么可怕的事情发生了。然后他想到了罗伊，又哭了起来。但因为他太疲劳了，随后他又接着入睡了。他没有做梦，也没看到任何东西。每次他都会因为恐惧醒来，呼吸急促，血直冲上脑门，有一种天空压下来的感觉。到了早上，天已经亮了好几个小时，他才从地上爬起来，那种感觉还未完全消退。

他生好炉子，想烧开水煮点"美多麦"麦片，但是水龙头放不出水来。"好吧，你们这些狗娘养的，"他说，"你们这些鹦鹉，水压开关在哪儿？"他检查了下厨房还有地窖，然后走到屋后寻找水龙头，但什么都没找着。他走到柴火棚门口，还是没发现，于是他花了两三个小时一步步搜遍了小屋后面的山坡，终于找到一根部分被埋在泥里、用树皮盖住的水管。他循着管线手脚并用地摸索水龙头，直到找到了开关。他扭开开关，回到屋里，看到水掺杂着空气正从水龙头喷溅出来。

"好吧，"他说，"给我稳定的水流。"一切好像遵从着他的口头意愿，龙头不再喷水了，一股清澈冰凉的水流持续地流出来。

他煮了麦片，放了点红糖，然后坐下来喝麦片，他还是需要找个什么东西来看，但他什么都没有。于是他走到里面，把罗伊拉出来。罗伊还在睡袋里，他试着把罗伊靠在厨房里的另一把椅子上，但罗伊始终无法保持正确的弧度。原本蓝色的睡袋现在脏得吓人，仍旧潮湿，睡袋顶部的一圈颜色变深了。

"好吧，"他说，"如果你不打算坐好。"他去抽屉里找到绳子和剪子，然后将罗伊捆起来，将绳子分别系到一根房梁、一只桌腿，还有墙上的一只原本用来悬挂铁锅或者什么东西的钩子上。于是罗伊就那样站在他的睡袋里，吉姆坐下来开始吃饭。

"你父亲正在变得相当古怪，"他告诉罗伊，"你不是没有责任。可是，事实是，你想知道事实是什么吗？好啊，在某种程度上，我现在感觉好点了。我不知道那是为什么。"

然后吉姆专注地吃着饭，吃饱后他洗好了盘子。然后他在牛仔裤上擦了手，转向罗伊。"好吧，大男孩，"他说，"该回去凉快凉快啦。"他解开罗伊身上的绳子，把他背回卧室，但突然间他感觉如此迷失，然后就躺在卧室光溜溜的地板上，那天剩下的时间他就一直在那儿呻吟着，脑袋里不知道自己要做什么以及那么做的原因。房间又暗又冷，似乎会永远延伸下去，而他就是迷失在中央的一粒微尘。

晚餐时间，天已经黑了，吉姆一个人吃饭。"我不喜欢有人陪伴。"他大声地说。然后他去树林里散步。

"吉姆，吉姆，吉姆。"他大声说着，"你必须做点什么。你不能让你的儿子就那样被捆在睡袋里，在卧室里冻干。罗伊需要一场葬礼。他需要被埋葬。他的母亲和妹妹需要看到他。"

他又走了一会儿，懒得躲闪，所以很多地方被小枝条擦伤，一只手也因为碰到荨麻而火辣辣的。天上没有月亮或者星星，他看不到任何该死的东西。

自言自语的同时，他又想象自己在一个大房间里，正在进行一场审判，别人在对他说着那些话。他坐在一张厚重的桌子后面，聆听着，无法开口。

"他是怎么被捆起来的？"有人在问。"你为什么要把你的儿子绑在桌子旁边？那样做有任何意义吗？还有睡袋是怎么回事？那也是你的主意吗？你计划这么做是有一段时间了吗？这整场旅行的目的就是为了那个吗？当然，这有可能是自杀，但同样也可能是一场谋杀。"

这个念头让他停下了脚步。他就那样站在林子里，呼吸困难，听不见任何声响，心想人们可能这么想。他怎么能证明他本人没有朝他儿子开枪？现在他又逃跑了，闯进别人的地方，带着尸体躲起来。他又如何可能解释这些呢？

吉姆现在为自己感到害怕，转身想走回小木屋，但他不确定走哪条路才对。他走了似乎超过一个小时，他很确定现在走的路比来时的路要远很多，还是无法看到小屋和任何熟悉的东西，甚至什么都看不见。他一头扎进黑暗里走着，根本没想自己在往哪里走。

山路崎岖，偶尔他会被路上的枯枝和灌木丛绊倒，也不时地被两边和头顶的植物刮伤。他张开双臂转过头去，开始横着走，希望不管怎样都能找到回去的路。他侧耳听着，但只听到他自己的气息，然后开始对树林感到深深的恐惧，就好像所有他之前做错的事情现在全汇到一块儿，一起来找他。他知道这念头没有任何意义，但还是让他更加恐惧，因为不管怎样它感觉如此真实。他看起来令人难以置信地渺小，即将崩溃。

他不时地停下来，试着站稳，保持安静侧耳聆听。他想通过听来找到正确的路，或者因为这根本就是无稽之谈，也许是在听着在身后跟着他的那个东西。过了很久，等夜空晴朗一些之后，他能透过头顶的树枝看到一些黯淡的星星。他冷得发抖，他的心还在跳，而那种恐惧的加深让他觉得自己在劫难逃了，他永远找不到脱险的路，他的速度没有快到能让他逃开。森林里的声音大得可怕，甚至盖过了他的脉搏。有树枝折断的声音，还有小枝丫和树叶被风吹拂的声音，有什么东西在灌木丛里四处跑动，在灌木丛上方还有响声更大的哗哗声，他不确定这些是不是仅仅是自己想象出来的。森林的空气有自己的体积和重量，亦是这黑暗的一部分，就好像一切都是同一种东西，从四面八方向他袭来。

"我这辈子都像这样害怕，"他想，"这就是我。"但接着他又告诉自己闭嘴。"你想到这些只是因为你在这儿迷路了。"他说。

他需要走这么久才能回到小屋,这件事几乎不可能。他这一辈子还没在森林里迷路,而且他总是往森林里跑,打猎捕鱼。"但是一旦你走错第一步……"他自言自语道,因为他知道从那之后你就很难再找到自己的路,既然你不知道自己从哪里来,你就很难建立确定的方向感。这个也可以合理解释他生活中更多的部分,尤其是女人的问题。他和女人们的关系是如此扭曲,已经很难知道什么是正确的,尤其是现在,罗伊也死了,他彻底没有了活下去的理由。如果他就此放弃,倒在地上受冻,如果他今晚就死在这片森林里也没有什么大不了。

但无论如何他还是继续往下走了,直到天最终亮了,黎明降临。他一直往山下走,然后他发现了海岸线,这不是小屋门前的那条海岸线,他也不知道该从哪个方向沿着它走,但是它毕竟是条海岸,他选择了一个似乎是正确的方向,沿着海岸走着,等着小屋出现在视野里。

天气晴朗,寒冷无云,这是很久以来他们遇到的第一个晴天。他又饿又累,浑身酸痛,但是他还是为有太阳心怀感激。走了几小时还没看到小屋,于是他掉头返回,这样看起来没有什么大问题。肯定是到了中午,太阳高悬在他头顶,他回到了出发时的岬角,然后他又走了一个小时左右,才到达小屋门前的沙滩。他停下来,站在那儿呆呆看了一会儿,才进屋去。

一切和他走时没什么不同,罗伊还在里间。吉姆直接就着没加热的罐头盒喝了一罐汤,然后裹着毯子在地板上睡过去。

醒来时,他感觉非常冷,已经是夜里。他找到了油灯,然后在炉子里生好了火。"我现在要更加小心了,"他一边往火炉里添木柴一边对自己说,"我还要处理好很多事。我要在这座岛上找到别的什么人。我要让罗伊的母亲知道这件事,给罗伊办一场体面的葬礼。我今天就要出发。"

他又喝了一罐汤,吃了一些速食土豆泥,回去睡了几个小时,早晨醒来。"好吧,"他一睁开眼就说,"我要走了。"

他又给炉子点上火做点早餐。当他吃饭的时候,他意识到自己必须留下一张便条。如果有人来到这里,发现这一切,看到被闯入的小屋还有里屋的罗伊,当他们看到他曾经在这里住过,也许他们会往错误的方向想。他也必须关上厨房的窗户,这样就没有东西闯进来吃掉他的食物还有罗伊了。

吉姆找遍了抽屉,然后发现了一支钢笔还有只信封,他可以在上面写字。"我去寻求帮助了,"他写道,"我儿子自杀了,他就在里面的房间。我没有办法可以联系到任何人。我开船也走不了很远。我现在要在岛上四处走下,试着找个人来帮忙,我会回来的。"他又通读了几遍,找不到更好的说法了,于是他签上自己的名字,收拾了一些食物,将毯子放进一只垃圾袋,以防他要在户外过夜。

窗户是个问题。他没有锤子钉子甚至一块好一点的木板。于是他把被砸坏的马达搬到柴火棚那里,用它砸开柴棚的门,就像他之前砸开厨房窗户时那样。把柴房门砸开后,他歇了一会儿,直到自己的呼吸平复下来,然后他离开那堆碎木块,回去拿上了煤油灯到柴棚里搜寻。

所有的工具都在那里:斧头、铁铲、锯子、锤子、铁钉,甚至还有磨砂机、电动链锯、铁链、棘轮，以及螺丝刀和扳手，所有的东西都静静地在那儿生着锈。吉姆用斧头从柴棚的门上砍下一大块木头，拿到厨房窗户那里，将它钉起来。不过，在他完成这一切之前，他走到屋里向罗伊告别，让他知道自己在做的事情。"我现在要处理一些事情，"他站在卧室门口说，"我很抱歉事情到现在变得这么糟糕，我现在要解决它。"然后他把收好的一包食物和毛毯还有便条拿到外面，把木板钉好，然后用钉子将便条固定在上面，开始出发。

已经快近晌午了。他应该更早些出发的。"但至少我现在已出发了。"他告诉自己。他沿着海岸线往上，经过他昨天经过的地方。他一直快步走着，一边留心着有没有其他的船、小屋，或者别人可能踩过的小路的痕迹。能见度很好，也许他能向一条船发信号。天气也不算太冷，只有些稀薄的云团高悬在天上。

海岸线上的带状岩石、倒下的树木还有深色的沙子在吉姆的眼里都有种古老、史前的感觉。当他默默沿着海岸走了几个小时之后，他只听到自己的脚步声，间或还有一声鸟叫，此外就是风声，还有细浪爬上沙滩的声音。仿佛他就是唯一的人类，出来看看这个世界有些什么。他沉思着这个，步态变得越来越像猫，从这块石头跳到那块上。他很渴望这样的简单无邪。他不想是自己已经所是的那个人，也不想去找任何人。如果他找到别人，他必须讲自己的故事，而他自己现在也承认，那个故事听起来只会非常可怕。

他绕过一个又一个岬角，于是想象自己正沿着这座岛的弧度前进，虽然他开始也不确定，直到后来他发现太阳比原先所在的位置略微下沉了一点。很显然这是一座狭长的岛，事先也没有办法知道是否有人住，也不知道哪儿可能有人住。可能他待过的小屋是这里唯一的屋子。

夕阳仍在天空中喷涂着红色，他脚下的岩石逐渐模糊难辨。红色上面的天空原先是黛绿的，随后又逐渐变成蓝色。他继续往前走，直到赶路不再安全，他差点迎头撞上一块深色的突起物，他完全没有看见。然后他走进树林，把自己裹在毯子里，切开一包熏鲑鱼当作晚饭。鲑鱼的烟熏味很重，很可口，里面放了辛香料而不是简单的盐和红糖。他坐在那里咀嚼着，看着水面微弱的光线，聆听着四周的树林。森林似乎比平时更为安静，除了微微的风还有鸟儿偶尔落下的声音，他无法辨别出任何活物的动静。

罗伊并不想来这里，吉姆现在意识到。罗伊到这儿来是为了拯救他，他来这里是因为他担心他父亲会自杀。但是罗伊对这儿、对在这儿开辟家园毫无兴趣。吉姆曾经幻想一个男孩子应该会很想和他父亲在阿拉斯加定居的——当然，他们在技术上并不完全算是开辟家园，因为他买下了那块地，那儿已有间小屋——但是他没有真正考虑过罗伊，或者花上一秒钟想过罗伊真正要什么。他们登陆之后，情况也是如此。吉姆一直把他儿子的存在视为理所当然，但现在他的儿子走了。真是件奇怪的事。

如果罗伊现在还活着，吉姆有可能带他去别的地方了，他会带罗伊航遍世界。那是罗伊真正渴望的东西。他自己这么说过。而这也是吉姆原本像到这边定居一样，能够轻松安排好的事情。他的钱足够买条船，他懂得航海，他有时间。但要那种可能得以实现，他就应该注意听罗伊说了什么。他应该在罗伊还活着的时候多关注他的。原本能轻松做到的事情现在也不可能了。吉姆当时一直在想罗达还有别的女人。

然后吉姆努力睡着，他裹着毛毯睡在青苔上，把食物贴着肚子放着。他不关心会不会有熊来；他不会放弃自己的食物的。

但是他睡不着。他凝望星星，即使一颗都看不见，他一直盯着天空，即使看不见光，什么都看不见。他想象着在南太平洋上航海会是什么样子。他曾经看到过波拉波拉岛的图片。暗绿色的丛林，还有黑色的岩石，淡蓝色的海水，白色的沙滩。那会永远温暖舒适。他们可以去浮潜。他们甚至可以学习潜水。为什么要在一个寒冷的地方消磨一段生命呢？这对他没有任何意义。

吉姆不觉得累，也不能想象自己入眠，于是他又爬起来，把毯子放进装着食物的包里，小心翼翼地走下海岸线。

到处黑黢黢的，没有星星和月亮。他什么都看不见，虽然此前的几个小时他的眼睛已经在适应了。每次他走出一小步，都要试探周围的情况，然后才真正踩下去。他就这样沿着海岸线一步步地缓慢走着，直到他离水边太近，被海藻滑倒，狠狠地摔到潮湿的岩石上。他着急起身，但又跌倒了，因为手肘和臀部的疼痛而发出呻吟。他找到自己的包，手脚并用地爬到干燥的岩石上，直到他可以安全地站起来。他继续往前走，回到树林，受伤的那条腿一直发抖。他躺下来盖好毯子，休息了片刻，早上他醒来时才发现自己睡着了。

第二天进展不错，虽然他因为前一天的跌跤而浑身酸疼。他的手肘很疼，骨头好像挫伤了，他的腿感觉接错了，但他不在意这些。他一直留意着船只、小屋，一边走一边不停地向自己保证他一定能找到什么人的。然后他又在揣测这是不是威尔士大公岛，那座很大的岛。这里离他原先的地方不远，看起来就像原先那座岛周围的地方。它几乎比苏宽岛还要深入内陆，因为它实在太大了。它长长的海岸线边都没有人居住。然后他猜想在一座大岛上遇到熊的几率也会大很多。在他绕岛一周之前，他几乎没有任何办法确定这座岛实际是不是更小些。但是他还在沿着这条海岸线往前走，夕阳在他的左手边。

中午的时候，他休息了片刻，吃了东西。他坐在树荫下，虽然因为雾霾的原因阳光很微弱。他看不到船只。在每一个岬角他都没有看到任何船。这座岛太远了，这让他感觉不正常。他来到了一个无名之地，他原本想过在某种程度上那会是件好事。最开始他看到海图的时候，他觉得自己的小屋离威尔士大公岛以及它西南海岸的几个小镇太近了。但是现在他希望还能记住这些小镇，还有邻近岛屿上散布的其余几块小飞地。事实上，那些只是聚居地，只有两三栋屋子，几乎没有可以走的路。他之前一直把这样的地方过度浪漫化了。他认识一些住在那些地方的家庭，也曾经拜访过他们亲手建造的只有单间的小屋，里面有他们亲手打造的碗柜，一条悬挂的毯子就辟出了卧室。地上和墙上是熊皮地毯。那些地方有什么魔力？未开发的僻壤到底有什么，让他觉得其他地方的生活根本不算真实的生活？这说不通，因为他喜欢舒适的生活，也无法忍受孤独。现在的每一天的每一分钟，他都想见到一个人。他想要一个女人，随便一个什么样的女人。风景对他没有任何意义,假如他只能一个人欣赏这些。

他把东西打好包,继续往前走。接下来的一个小时,发现海岸线遽然退向右边,他才很确定这不是那座很大的岛。夕阳降临时,他能看到在他东边,天空中的云朵透出粉红色,而西边的风景被森林挡住了。

"还是没有人,"他说着,"我有可能要在这里度过一整个冬天了。"

接下来的每天,夜间越来越冷。过去的一周,他很幸运地拥有了温暖的时光,但现在雨雪马上又要来了,他知道。他只有防寒服,还有唯一的一条毛毯。到现在为止这些还算管用,但是他知道自己要么得找到旁人,要么得在气温变得太低之前,赶回他把罗伊丢下的小屋。

那天晚上有好几次,他都发抖着醒来,他远远不够暖和。他梦到自己不停地绕圈走着,有个东西一直在身后跟着他。到早上,树枝上落了一些雪,但中午的细雨又融化了它们。他穿着防雨外套,但还是感觉被淋湿,浑身发冷。他坐在水边的一块木头上吃了午饭,思考着。如果这座岛上没有别人,他就必须待在这儿等待。到明年的晚春以前,这里几乎都不会有船经过,也许是到五月吧,甚至有可能要到六月,而他住的那间小屋的主人也许要到七八月才会回来。他已经砸坏了尾挂马达和无线电。所以他必须在这里待上很长时间。他思忖着自己的食物是不是够。看起来不会。他也没有带上来复枪或者渔具。他也没有办法回去,去取他和罗伊储藏起来的食物。

他们储存了那么多食物，简直有点疯狂。足以供一个小聚居地的人过冬了。但对他而言那就变成了旅行的全部。他没有放松、了解他的儿子，相反他唯一焦虑的就是存活下来。到了终于可以不用再储存食物的时候，他的状态又变得非常可怕；他不知道如何打发时光，怎么度过一个冬天。于是他开始用无线电给罗达打电话。撑不到一个月，他就会离开的，他很确定。他无法再待在那儿了。但是罗伊相信他们会继续待在那里。

吉姆又哭起来。罗伊本来想走的，但他没有让他走。他让罗伊陷入困境。但是吉姆还是止住了哭泣，直起身来。他一直走到薄暮时分，然后意识到过去的几个小时里他都没有查看四周，只是一刻不停地走着，没有去留意船只和屋子。他不相信这里还有别人。

夜里冷到他无法入睡，他只好试着给自己搭一个躲雨的地方。四野又是漆黑一片，没有任何灯光，他只能在黑暗中摸索到足够的树枝、蕨草，这样他好搭出一个可以睡觉的地方。他把它堆到和他身体一样的长度，小心翼翼地钻进去，试着不破坏结构。这样暖和多了，但是在他入睡之前，他不停地想着柴堆里所有的虫子和其他东西此刻正努力要钻进他的衣服。

接下来的每一天都像这样，相互之间变得难以区分。这座岛长得可怕。如果他能确定自己能找到原来那间小屋，他会直接横穿岛屿回去，因为现在他已经知道没有其他人住在这里，但是他不知道这座岛有多宽，他不确定自己会认出另一边的海岸，即使他之前看过。于是他继续往前走，在不长的白天里不停地赶路，然后在每个晚上等待着，大部分时间都是醒着。

　　这些夜里他在想着罗伊，记起他幼年时，在凯奇坎驾驶着玩具绿色拖拉机，三岁的时候他戴着大厨的帽子，站在凳子上去够那只搅拌盆。他记得罗伊穿着红色外套去摘蓝莓，把冰柱砸下来，以及发现他扔在篱笆后面的鹿角。吉姆把它们扔掉是因为它们太小了，但是罗伊发现了它们，如获至宝，就好像它们是别人的手工艺品。它们在他眼里是如此的神奇美妙。吉姆不知道这些日子如何就变成了和罗伊最后度过的几年，他不能理解任何改变和回忆。吉姆意识到自己在罗伊的生活里已经消失了好多年，即使当他们还一起生活在凯奇坎的时候，因为吉姆当时正在想着别的女人，他耍弄心机，开始学会了欺骗。他陷入和别的女人的地下关系，不再去认识别人和一切。离婚之后，他还是没有醒悟过来，仍然追逐着女人。所以到最后他无法说出罗伊曾是个怎样的人，他错过了太多罗伊后来的时光。

　　现在吉姆想着所有一切的时候更为平静了，就好像这几天夜里当他仅仅努力让自己暖和、活下去的时候，他无法承担哭泣的代价。现在不是放松的时候。如果他要活到明年春天，那他就要保存体力。

　　在白天，他试着走路，但是他的步伐变得越来越慢。之前一周他的粮食已经吃光了，现在他只能吃海藻、蘑菇还有他在低潮时间捕到的小螃蟹。他可以从偶尔发现的小溪里喝点水，但接连几天他都会时不时地感觉很渴。

　　事实上那些螃蟹很好吃，他很期待捕到它们。它们只有三四英寸宽，但是他像处理大螃蟹那样处理它们，从后面蟹壳底下抓住蜷曲的蟹脚，然后把蟹壳砸向一块尖锐的岩石，直到上端的蟹壳掉下来。然后他把螃蟹掰成两半，在空中甩了一下把内脏甩出去。他把螃蟹放进海水里洗了洗，然后咂出柔软干净的蟹肉。他一整天都是这样吃，每次要吃四到五只螃蟹。事实上，唯一困难的是有几天他无法找到足够多的淡水。他的嘴巴开始浮肿，喉咙也开始疼了。但是每天早上吮吸着云杉树的松针又能让他减轻一些痛苦，这里还经常下雨。很幸运的是没有雪。在天气这点上他非常幸运。

在白日梦里，他开始梦到南太平洋，用奇怪的、巨大的叶子喝水，吃着遍地都是的水果，芒果、番石榴、椰子和他从未见过的野生水果。他想象这些新奇的水果是紫色的，非常甜美。从早到晚阳光都充足，他会在瀑布下面洗澡。

有天晚上，他看到夕阳的余晖挂在西天上，意识到自己已经绕到了岛的最南端。他正在回家的路上了。他继续走到岬角，坐在树林里眺望着夕阳纤细的光线逐渐隐没在淡灰色云层里。然后他搜罗了足够多的材料堆成高高的铺盖，钻进去睡觉了。

他又走了五天才回到小屋，早上很早的时候他终于到达了。前天晚上他睡的地方离这里不到一英里。"狗屎，"他说，"它就在这里。"他在海滩上站了一会儿，透过树林盯着它看了片刻。

然后他走上前去，走上门廊，他能确定没有人来过。一切和他走的时候一模一样。便条上有一道道污痕，因为被雨淋湿而褪色了，但这是唯一的变化：他走到屋后去拿锤子。泄气的橡皮艇还在那儿，被撞碎的柴棚大门，没有任何变化。

吉姆把钉子从他安在厨房窗户上的木板上拔走，在第一块木板被卸下之前，他就闻到罗伊的味道了。当他走进屋子，那股恶臭仿佛是有重量和分量的东西。他当场就吐到了厨房的地板上，把胃里不多的宝贵的蟹肉蘑菇还有昨天吸到的露水全都吐了出来。这似乎是种可怕的浪费，即使他知道他现在有更好的食物和水了。

他在水槽旁清洗了自己，漱了口。那股味道盖过了一切。他能看清楚厨房里的东西，但是里屋那里肯定会很黑。于是他点上煤油灯，像顶着一阵强风那样倒着走进那股气味中。

罗伊不像之前那么僵硬了。睡袋现在跑到地上去了，湿哒哒的，甚至连外侧都长着白色的细毛。吉姆试图抓住睡袋的尾部，但是他做不到，后退了两步。"对不起，罗伊。"他说着，哭了起来，隔了一段时间以来的第一次。他知道他现在必须把罗伊埋了。他试过去寻找别的人，也试过想办法带罗伊去见他的母亲和妹妹，为他举行一场葬礼。但是现在他得接受必须在这座岛上把罗伊埋了。没有别的选择。他没法闻着这股味道生活，他也没法让他的儿子就这样在这儿腐烂着。

首先他必须走到外面呼吸空气。他也一直等到自己止住哭泣，才快步走进屋里，抓起黏湿的睡袋，把它拖到窗户旁边。当他托起睡袋通过窗户时，里面的东西糊成一团，罗伊的部分身体从睡袋的缝隙里渗漏出来。吉姆感到恶心，嘴巴里发着声音。他不敢相信自己必须这样做。

他抓起一把铁铲，把罗伊拖到树林深处。他不想将他埋在小屋附近，不想让罗伊的坟墓太靠近屋子，万一别人想把他的墓迁走。

于是他在林子里走了足够远，他相信这样罗伊就不会被发现了，然后他停下来开始挖坑。最上面一英尺的泥土很坚硬；往下变得松软，但至多再挖了一英尺，他就开始碰到岩石、树根和沙子了。这个地方很难掘土。一整天他都在为坟墓劳作，不停地戳进树根又砍断它们，在岩石附近不停地挖掘，用铁铲尖一点点辟出空间来。

他必须时不时停下来休息，每次他都会从土坑旁，还有他正在腐烂的儿子的可怕的味道中走开。他会坐在几百英尺之外的树林里，想着自己该如何告诉别人这些。他不确定这样的故事是否说得通。每件事情都让下一件成为必然，但是这些事情本身看起来并不可信。虽然他不愿意彻底承认，但是某部分的他还是希望自己永远不被别人发现。如果永远没有人来到这个小屋，或者发现他们不在自己的小屋里，那样他就没有必要向每个人解释了。他觉得只要不必面对任何人的话，自己现在可以带着已经发生过的一切继续活下去。他的儿子自杀了，这是吉姆的责任，现在他在埋葬他儿子。他自己能够相信这个。但是他不想别的任何人知道。

他一直干到傍晚，白日将尽，然后决定已经挖得够深了，因为他无法在黑暗中继续挖下去。于是他把罗伊连同睡袋一起拖到坑里，没想过要试着把罗伊从睡袋里拿出来。然后他站在那儿思考在填上泥土回到小屋之前，他能否在几分钟里完成一场类似葬礼的仪式。

"我本不想这么匆忙的，"他告诉他儿子，"我知道这是你的葬礼。它本来应该特别点，你母亲也应该在这里，但是对那我真的无能为力。我只是……"他在这里停住了，不知道说些什么。他满脑子想的都是"我爱你,你是我的儿子",但这让他心碎得说不出话来。于是他流着泪把土铲到坑里,压紧了表面。然后他几乎摸黑回到了小屋,不再担心自己是不是会迷路。

那天晚上以及第二天,罗伊的味道还飘荡在屋子里,然后接下来一周多还时有时无。在那之后,吉姆还是觉得自己能闻到那股味道,但是最终那味道还是微弱到让他分不清是想象还是真实。在冷天,那股味道似乎褪去了,吉姆会在屋子里走来走去试图回忆它。在外面也一样,有时候在森林里远足时,他还能闻到它,然后就停下来想起他的儿子。他告诉自己这些变成了他唯一会想起儿子的时机,就好像只有这种回忆才足够顽固,但这当然是谎言。他一直在以这样那样的方式回忆起罗伊。他很少有别的事情可以做。他已经在此安居下来准备过冬,他现在做的只是等待。

在吉姆看来,他并没有很好地理解罗伊。罗伊似乎比吉姆以为的要危险很多。就好像那些年他都已经准备好要自杀了,只是在等待一个合适的时机。这想法似乎不是完全准确,但吉姆还是想了一会儿。如果罗伊的天性中一直有自杀的念头呢?那又会怎么样呢?至少它会在极度有限的程度上,改变究竟由谁来为这件事情承担责任。那些自杀的人都是基于什么理由呢?是什么让吉姆如此确定他自己也会那么做?他现在很难理解这个。很难让这个想法显得合理。吉姆不相信自己曾经真的想要自杀过,即使当他决定走下悬崖的时候。即使当他除了自怨自艾之外什么都感觉不到。

这个想法让吉姆踌躇了起来。他有一段时间没有想过悬崖的事故了。他想知道罗伊心里会如何想,他也想知道罗伊会不会已经知道自己是故意那样做的。他从来没有对罗伊承认过自己是故意的。如果他承认了，要罗伊留下来会更难。但是罗伊肯定察觉出一些诡异的东西了。

为了摆脱这些想法，吉姆开始想着别的事情。他发明了转移注意力的方法。他试着想象谁通过什么办法会发现他，而他们又会说些什么。那对自在的夫妇走上屋前的小路，身后跟着他们的孩子。他们也许会停下来盯着他看，把他当作是一个危险的人。他们也许会逃跑。在他看到他们之前，他们也许就已经来过又走了，直到之后政府人员到来，他才能发觉。但是他相信他们会愤怒地径直走上前来。他们是这儿的主人，但却受所有人的忽视，他很确定，所以他们的反应会很激烈。他们会把他拖出屋外，用鹦鹉一样的鼻子和歪眼睛攻击他，对他又啄又咬，直到他们从他身上叼走小块的肉。于是他又想起了罗伊被放在海滩上时，海鸥们是如何啄食他的。就这样，表面上他是想要打发时间存活下来，但实际上他日日夜夜都用这种方式折磨自己。

天气好的时候，他偶尔还会留意船只。他看到的不多的几条都离得太远了。他没有信号弹。他突然想到，他可以试着在岛的末端生起一场森林大火，这样至少可以吸引侦察机过来了，但是他不知道他们要多久才能到达这里，还有他有没有可能把自己烧死。如果他在岛上点燃这场森林大火，他自己的死似乎是有可能的。最后他会掉进水里，尝试呼吸点空气。而且他也不喜欢消防员会在罗伊躺着的那块土地上挖来挖去。

然后他又想到他可以在别的岛上生一堆火，如果他能在附近找到一个无人居住的小岛。他可以划船去那边,用他还剩下的最后一点汽油点着火,然后再划船回来或者就待在水面上,那样他们就能看到他了。

"这主意不坏,"他告诉自己,"能行得通。"

但是他没有这样做。在这样的峡湾里划船不是一件容易的事,而且他还没有做好面对任何人的准备。于是他在屋子里等待着,计划着,看见四处的火焰,幻想着自己被人救起来。他试着记起罗伊在把自己的头崩掉一半之前他的样子。罗伊最后留给吉姆的这个形象太可怕了。吉姆记不起罗伊之前的脸庞,他儿子的模样。似乎他儿子生下来就是这样支离破碎的。

至少别人没看到罗伊的那副模样。已经过去足够久了,没有任何旁人可以看到那个场景。这让他有点如释重负。他无法解释为何那种场景让人难堪。但是它确实会。他现在想做的是想到一些讲述这件事情的办法,让它显得悲伤却似乎又无法避免。故事的经过里某些部分会很艰难,但是吉姆还是没有完全意识到那段日子对罗伊来说有多艰难,因为罗伊从来没有说过什么。要是吉姆知道的话,他们会立即离开的,但是他没办法知道这些。

但接着这些想法又让他感觉厌恶。他对自己内心的想法没有耐心。

已经是一月中旬了,还是没有一个人来。事实上这是不正常的。似乎整个世界已经忘了他们,但实际上他们离他们应该待的地方不到十英里。吉姆假想已经有人发现了他们的小屋地板上都是血,无线电被砸碎了,他们的船也不见了。治安官或者其他什么人之后应该会搜查那个地方,但是他没有听到有直升机或者飞机的声音,他有几星期没有看到一条船了,也从没有一条船足够靠近过。

吉姆的食物正在减少,为节省食物他的体重已经下降。现在他每天只吃一顿,其他时间就吃点零食。他知道按照这样的速度下去他的食物至多还能撑一两个月,到时候他只能吃海藻了,要么就只能饿肚子。

现在他整晚都可以睡着了,甚至白天某些时候他也会睡会儿。这是最容易做到的事情。不需要吃东西也不用生火。他从已经泄气的橡皮艇上切了几大块下来,盖在他的床单还有毯子上面。他穿着来的时候穿的衣服,又加上他找到的一件毛衣。他几乎有三个月没有洗澡了,就他所知,他目前闻起来已经没有臭味了。

在这段时间他试着不去思考。当他开始思考时,他就会看看某样东西,屋顶上的一块木板或者仅仅凝视黑暗,试着让自己迷失在其中,不让自己的思绪向前,虽然他不是每次都能避免。它们会不停地重复、坚持不懈。罗伊说他自己想走。他的眼前一遍遍地浮现这个场景,挥之不去。另一个不断重复的场景是他在凯奇坎的邻居,凯瑟琳,那是他第一个想要出轨的女人。他不停地看着阴郁的午后,当他站在他们屋子侧面的门廊上和她聊天,问她是否愿意进屋时——因为伊丽莎白不在家——她脸上有种厌恶的表情。她完全知道他的意思。伊丽莎白正在医院里,怀着翠西。他现在明白那不是最好的时机。他也想到了食物。尤其是奶昔。这是他现在最渴望的。还有烤肋排。他想得最多的是罗伊。当天气稳定他感觉心神不宁时，他就会去看罗伊。

因为雨水的原因，坟冢陷进去了。罗伊的坟墓现在变成了一块长满蘑菇和蕨类的浅洼地。最开始他拔光了那儿的蘑菇，觉得它们亵渎了罗伊。但是它们不断地长回来，最后他就放任它们不管了。灰白色的圆球，更尖也更小些的像圆锥帐篷一样的球果。他寻思着一只尼龙睡袋腐烂要多久，然后他想象那一定要花上很长的时间。

"你还活着，"有一天他对罗伊说，"我一直在想这个。你不会再体验任何东西了；当你死去时你的生命也就终止了。但正因为如此，事情会一直发生在我身上，那会让你以某种方式继续活着。也因为还没有别人知道、你母亲还不知道，所以你还没有彻底死去。在她听到消息的时候，你会再死一遍，而那之后的很长时间，她都会继续让你活着。即使我们都死了，也会有人挖出你的睡袋重新发现你。虽然我认为他们会在那之前就挖到你。他们也许会想确认这是你。在这一切之后，他们不会相信我的任何话。"

他喜欢大声和罗伊这样说话，所以他把它变成了一种习惯。除非天气非常糟糕的时候，每天下午他都会出来说上一会儿。他聊到自己获救的事情，也说说天气，他还时不时地坦白一些事情。"我没有耐心，"他告诉罗伊，"我知道。我应该放松一点儿。我只是想负责任。"他会和罗伊讲困扰自己的那些小事情。"那天我撞见你，"他说，"你当时在自慰。我对这件事情还是很难过。我不认为我处理得很好。我应该说点什么的，但是我不知道该说些什么。"

三月初的时候，他摸索着在水边抓螃蟹。它们冬天的时候也待在那里，但是现在似乎爬得更快了。每次他伸手去捞，它们都会掉头躲到一个缝隙里，再也找不到了。他过了很久才明白不是螃蟹们变得更快，而是他自己变慢了。他已经有快一周都没有好好吃过一顿饭了。他吃得最多的是海藻和水。而在此之前的几个月，他一直在节食。他现在明白那是一个错误。他让自己太虚弱了。他回到小屋，想办法怎么智胜那些螃蟹。

第二天，他开始寻找幼蟹。他掀开岩石，果然，如他所希望的，偶尔他会发现一群太小而逃不过他的幼蟹。他一把将它们捞起来，不知道如何用他之前的法子清洗它们，于是他整个地吞下它们，连壳带内脏将它们一起嚼下去。

"我会拉出一串贝壳项链的，"他对着幼蟹说，"那一定会很好看。"他细细嚼着，这样它们被排出体外时不会太大块。

在罗伊的坟前，他花了很长时间来讲述罗伊的母亲，他们是怎么遇到的，以及后来的问题。"事实上，她只是我的第二个认真交往的女朋友，"他告诉罗伊，"我兄弟认为那是一个错误，和第二个女朋友就安顿下来，我想他可能是对的。最重要的是，第一个女朋友把我甩了。我想和你母亲约会的时候是我最恐惧的时候。和她在一起的时候总有一些事情不对。比如，她的父母。他们不喜欢我，嫌我太土气，因为他们很有钱。你的外祖父我尤其相处不来。这个男人是个混蛋。你母亲不想批评他，但是他一直打他老婆，还一直做出那些可怕的事情。所以我们没法讨论那些事。后来，她总是希望我说得更多，让她更开心一点。我们结婚一年之后，她和我说她想要的只是我最终会讲些好玩的事情。这听起来其实会让人不舒服。总之，我想她有时候不太在意自己说了什么。"

就在吉姆在外面和罗伊说话的时候，他听到了船只靠近、减速的声音。他站起来，尽可能快地跑向沙滩，但接着又停下了脚步。他能听到船就在那儿，速度很慢，也许正在检查小屋，但是他无法下定决心是否该飞快地跑完剩下的路，然后打信号让他们停下来。这个特殊的一天对他而言内容太多了。他觉得自己还没有准备好。于是他躲在树林里，不确定地等待着，然后他听到引擎又继续转动，那条船离开了。

吉姆回到墓地。"哦天呐，"他说，"我不敢相信自己这么做了。哪里有点不对。我还没有做好准备和别人谈起你。"

那天晚上，他把所有能盖的东西盖在身上，揣测着下一步会发生什么。他不能只是这样待在这里饿着肚子。虽然这是他今天下午的选择。他不可能永远把罗伊藏起来。罗伊的母亲和妹妹必须知道。吉姆觉得很迷茫，然后几个星期以来他第一次哭了。"我真的不知道。"他不停地对着屋顶说。

第二天，他一直待在床上，没有去墓地。他也没有去抓螃蟹，一口东西都没吃。他一直想要起来，但是天气太冷了，他闭着眼睛，完全沉浸在自己不断延伸开去的白日梦里。直到黑夜再度降临，他还在床上。

他想到拉克波特，想到他的高中，以及他是如何在西夫韦超市工作那么长时间的。他痛恨那份工作，知道那完全是浪费生命，他耗在那里的时间没有任何意义，既然他最后还是会做别的工作。还有在春天杀灭蚊子。他记得他们在池面上浇上油，喷洒杀虫剂不让蚊子上来的场景。大罐大罐的化学药剂。他现在怀疑那里面有些什么。肯定不是什么好东西。

他的鼻窦问题又发作了。持续的感染，加上头痛。头痛现在又复发了。仅仅是头痛，就曾经让他几乎想自杀。这种疼痛无从摆脱，让人无法睡着。大概有二十年了，大部分时间他都有失眠的毛病。他本该做个手术的，但他不喜欢做手术。他在牙医诊所里处理过太多病人。他知道手术是多么残酷，风险会有多高。

另一个更早年间的回忆，是他们停在湖上的一条船，改装过的1920年代的海军游艇。他们把船重新铺上木板，然后在温暖的夏夜里开出去，在水面上唱着歌。他现在意识到，这就是他现在渴望的以及他有几十年没有拥有过的：一群有联结的人，一个特别的地方，还有一种归属感。后来发生了什么？

第二天，他爬了起来，到外面捕蟹。正是低潮，他有足够多的选择。他发现一处池塘里躲着某种岩鱼，最终用棍子解决了它。这条鱼的刺很多，但他掏出随身携带的折刀，就在岩石上把鱼清理干净，生吞了下去。然后他就坐在微弱的阳光下，咂着嘴巴。"味道真他妈好，"他说，"现在那算是一顿饭了。"

他又吃了点海藻，回到小屋喝了点水，然后出门去看罗伊。"没有太多想你，"他对罗伊说，"一直在想我像你这么大的时候，我如何在屋子的正门口打野鸭。每到夜里，提着灯，码头上就有斑点鲈、蓝腮鱼还有鲇鱼。我也一直在想那些。对我来说，人的一生其实有很多种人生，它们加起来就变成某种漫长得不可思议的东西。我当时的人生和现在的截然不同。我变成了另一个人。但是让我悲伤的，我猜，以及我为什么要提起这个，是因为你不会再有别的人生了。你最多只有两三种。幼年时在凯奇坎，我们离婚后你和你母亲在加州。已经有两种了。也许和我来到这儿算是第三种人生的开始。但是你知道的，你杀死了自己，我没有杀死你，那就是你的结果。"

那天下午剩下的时间里，他都待在柴棚里，在那些生锈的工具和奇怪的物品里翻找。他现在有了更多的活力，主要是因为天气暖和得不正常。一般情况下，他不会在户外待这么久。但是实际上，阿拉斯加东南部的冬天也没有那么难熬。之前他被地窖和所有的东西搞得快崩溃了。要在这里生存下来没有那么难。

然后吉姆度过了一段看似没有任何思考和回忆的时光。他躺在床上，盯着天花板。当他出门时，他就盯着树林或者海浪。海水平静，没有白沫。偶尔会有一阵大浪，海水发灰然后变得晦暗、厚重。有时候他会坐在罗伊的坟前，但是他无话可说了。他已经做好准备回到自己的生活、面对别人了。

但是他还是留在这里。一场暴风雨肆虐了一周多，他没有任何可吃的。他也不想走出屋子。在暴雨的倾轧下小屋看起来要坍塌了。冰雹砸上窗户，雨，雪，狂暴的风，永远暗无天日。他想要洗个热水澡。

暴风雨最终消歇的时候，他是如此绝望、饥饿，于是他决定放火。所有的东西都被雨水浸泡透了，但是他带着一桶备用汽油、一盒火柴走进林中，一路上歇脚了几次。他走到一处有很多枯木、木材都被撂到一块儿的地方，然后他尽可能地将汽油淋到更多的木材上，然后将点燃的火柴塞进去，火焰升起的时候他往后退了几步。在火焰开始吞噬枯木和小树的枝干时，他一直在兴奋地大喊大叫。那种热量真美好，夏天结束以来这是他第一次这么暖和，吉姆离火堆靠得尽可能近，近到他能感觉到自己脸颊的温度过高、都有可能被烧着了。浓烟盖住了树木的顶端和夜空，大火的声音湮没了其余一切。吉姆在火堆的边缘起舞，告诉它去毁灭一切。"大点，"他大喊道，"大点。"

火势确实迅速变大了。它扫过罗伊被埋葬的那整块地方，一直蔓延到水边，然后一直沿着海岸线向小屋逼近。吉姆希望火势也能扑向别的方向。但是风正往这个方向吹，所以大火的主要线路就是去那儿，向着小屋。他思考过片刻自己本应该在另一边点火的，这样小屋就会处在上风向了，但接着他又不在乎了。"烧光一切吧，"他心想，"让他们来找我。我不能就这样在这里过完一辈子。"

大火又持续了一小时，直到傍晚，当它抵达小屋时碰巧下雨了，吉姆对着天空发泄自己的愤怒，威胁要惩罚这场大雨，但是它还是不停地下着。大火烧掉了部分屋顶，还有一面墙，然后被雨浇灭，冒着浓烟，到最后只有那气味了。已是午夜时分。他走到卧室，大火没有毁坏那里，空气里只有一股浓烟的味道，不再是罗伊的味道，然后他睡了。

听到厨房的屋顶因为不堪雨水的重负而坍塌，他才醒过来。坠毁的声音高到吓人，但是他知道那里发生了什么，并没有爬起来。他又继续睡，直到中午才起床，浑身湿透了，不停地发抖。虽然他头顶上的那部分屋顶依旧完好，雨水还是从旁侧吹进屋里，把他淋得湿透。

"你们最好找到我,"他说,"你们最好现在找到我。"

那天晚些时候,他穿过被烧焦的树林去罗伊的坟墓。雨已经停了。他并不确定自己所在的位置是对的,但那片洼地还在那里,被烧焦的树干大致还在原来的位置,于是他坐在潮湿的黑色灰烬中颤抖着逗留了片刻。

"我不知道,"他这么回答罗伊,"可能他们看到了,也可能他们看到了但是不在意。毕竟火没有继续烧了。现在没有火灾了。"

他走到森林没有被火灾蔓延到的那部分,正当他剥下树皮准备吃时,他听到直升机从头顶经过,又折回来在小屋附近的海岸边盘旋着。他尽可能快地冲出去和它会合,但是他走得很慢,好几次必须停下来休息。但是,当他穿过树林挥舞双臂时,直升机还在那里。

"嗨,"他大喊道,"你看上去真美。"他不停地挥手。"来吧!"他大喊。

他们没办法在任何地方降落,他在心里假想,因为他们只是在空中盘旋。那是治安官的直升机,但是它没有浮筒。他能看到他们的脸,两个人戴着耳机帽子和眼镜。他挥动和搓揉手臂,清楚表示自己很冷,然后他们也挥了挥手。他们的机器对于吉姆来说就像一个现代的奇迹。他们在那边盘旋了大概有五分钟,然后他们打开了喇叭。

"我们已经用无线电叫了一艘水上飞机过来,"他们告诉他,"一两个小时之内他们就会来接你。如果你是詹姆斯·埃德温·费恩,请抬起你的右臂确认。"

吉姆举起右臂。然后他们升空、调转机头飞走了。吉姆很兴奋,他已经准备好再次建立一种正常的生活。

大概一两个小时后,他已经回到小屋,挖出炉灶生了一堆火让自己暖和起来,他现在害怕自己染上低体温症。一架水上飞机飞进峡湾,机身倾斜着,在沙滩附近的一小块水域艰难地降落。吉姆挥手,在沙滩边上等候着。飞机继续滑行,直到浮筒撞上砾石,他们才关掉引擎。两个穿制服的男人走到浮筒上,飞行员还在机舱里。

"您好。"领头的人说。

吉姆挥挥手,"我很高兴你们来了,"他说,"我原本和我儿子住在苏宽岛上。"

"我们发现了,"那个男人说,"我们一直在找你和你的儿子。我是库斯警长。"

他们握了手。

"我们一直在担心你们。两个月前就已经把你们列入失踪人口档案了。"

"好吧,我就在这里。听着,我儿子死了。他自杀了。所以我出去找寻帮助,但是我没找到任何人。最后我来到这里,对付冬季。我把这些人的地方搞得很可怕,但是我会赔偿的;我必须那么做才能活下来。我把我儿子埋在那边的树林里。"

"咳!"库斯说着,"慢点说。你儿子杀了他自己?"

"是的。"

"好吧,"库斯说,"让勒罗伊给你做下笔录。他必须把这些记下来。"

于是吉姆等了一会儿，给出了一个更缓慢的、更完整的版本，尽管那还不是完整的故事。他们说等回到城里他们要做一份更完整的笔录。但是现在，他们记录下基本的经过，然后想去看看他埋葬罗伊的地方。

那两个男人紧跟在他身后。吉姆试着走快一点，但是他做不到。然后他迷惑了，找不到罗伊。"等一下，"他说，"就在这儿附近。因为大火烧过，现在很难找到了。今天早些时候我还来过这儿和他说了会儿话，但是我现在找不到了。"

他们只是站在近旁，没说话。他知道这看上去很糟糕，看起来是他在试着不想找到罗伊。这让他有点恐慌，让寻找更难了。每片被烧焦的森林都变得差不多了。"我做不到，"他说，"我很抱歉，我今天就是找不到他。"

他转向库斯警长。吉姆想着他可能会通情达理一点。"我有太长时间没有看到一个人了。"他说。

"很抱歉你遇到这么多麻烦，"库斯说，"我们今天会带你回家。但是你必须找到你的儿子。"

于是吉姆继续去找，直到他站在某个位置往下看，发现自己站在一块小洼地里，他能看到自己早些时候留下的足印，然后他意识到这就是罗伊的墓地了。他不禁哭了起来，告诉他们："就是这里。"

吉姆从坟前跑开，坐在地上，那两个男人开始检查洼地，勒罗伊拍了照片，然后他们走回飞机去拿铁铲。

"我很抱歉,"警长说,"但是我们不能把尸体留在这儿。你理解的。"

"当然。"吉姆说。他侧着躺下来,看着他们。贴近地面的浓烟味道太重了,让人呼不过气来,但是他觉得这样躺着更安全,他不想起来。他就这样看着,很快就会看到罗伊被体面地埋着。如果他们要起诉他的话,他会聘一位好律师脱罪。他没有做错任何事情。他的儿子杀死了自己,虽然那之后吉姆做了很多违法的事,但那也是生存所必需的。吉姆对自己产生了极大的怜悯,开始毫无缘由地憎恨警长和勒罗伊。他们只是在做自己的工作,他们甚至还没有指责过他一句。

他们很仔细。然后他们开始拍照片。最终他们挖到了睡袋,他们又对着它拍了很多张,从被发现的第一眼,到最后完全暴露出来。勒罗伊打开睡袋,然后就吐了。

库斯上前接手,打开睡袋,然后他们把里面的东西拍了一些快照,没有把里面的东西倒出来。他们又将睡袋拉上,勒罗伊回到飞机那儿拿来一只干净的大塑料袋。他们把睡袋还有罗伊放进去,用布基胶带封了口。

"我要逮捕你。"库斯告诉吉姆。然后他宣读了吉姆的权利。

"什么?"吉姆问道。但是他们没有回答。他们把他拉起来,勒罗伊抓住他的手,他们踩着灰烬、岩石和海滩,走回到水边。

他们将罗伊放在机舱后面,然后让吉姆坐在机舱尾部的一个座位上。飞行员让飞机开始滑行,然后拉动引擎,飞机就自由地升空了。在整个飞行过程中,吉姆感觉头昏眼花,然后就睡着了,直到他们再次降落在水上时才醒来。

走出机舱时,吉姆惊讶地发现他们到了凯奇坎。他曾经和伊丽莎白还有罗伊生活在这里,而就在一切都崩溃之前,翠西在这里出生了。

"我们已经给男孩的母亲打了电话,"库斯说,"我们要带你去医院,他们会给你做个检查。"

"谢谢。"吉姆说。

"没关系。但我得告诉你,如果你杀了你儿子,我想你那么做了,我会把你送进监狱,哪怕你再从监狱出来,我也会亲手杀了你。"

"天哪。"吉姆说。

医生快速给他做了检查,然后说他最需要的就是大量的食物、水和休息。他看了吉姆的鼻尖,说那儿被冻掉一块儿,而对此他无能为力。然后吉姆就被带到警长的办公室去做一份更长的笔录。那天剩下的时间里,他们对他一遍遍地做着笔录。他们一直回到为什么他儿子会杀了自己这个问题上。

"我想要自杀,而且差点这么做了。当时我在无线电上对罗达这么说了,我是故意那么做的。有一段时间,罗伊被迫听了很多那样的话。不单是在无线电上,当他必须听着我哭泣之类的时候,我还和他说了很多。"

吉姆晃了晃头。他说不下去了,呼吸困难。他的肺部似乎被黏住了。"所以我把枪对着我的头,准备好了。我就那样保持了一会儿,但还是没有真正的勇气扣下扳机。我一直在想,假如我做错了会怎样。但是这个时候罗伊走进来看到我这样。他看我的眼神让我不知如何是好。于是我关掉无线电，把手枪递给他，然后走出门去。我那样做没有任何意思。我不知道他会干吗。"

"告诉我接下来发生了什么，吉姆。"

"啊，我在外面散步，然后我听到了枪声，但就在那时我还是没意识到发生了什么，于是我继续像个傻子那样走了更久，然后我回到家，发现了他。"

"当你发现他时，你看到了什么？"

"天哪。你们还想知道多少？他就躺在那儿。他把自己的头崩掉了一半。你知道那看起来是什么样儿的。"

"不，我不知道。"

"你不知道？好吧，他只有半边脸，他的碎片到处都是，我无论怎样都没法把他拼凑回去。"

"你后来对尸体做了什么？"

"我把他埋了起来。但是然后我想到他应该有一场葬礼，他母亲和妹妹应该参加，于是我又把他挖出来，然后我猜自己出去想找条船或者一间房子或者是有无线电的什么人。"

"你自己的无线电设备怎么了？"

"我把它们砸了。"

"什么时候？"

"就在他自杀之后。我不知道我为什么要那么做。"

"就在你儿子死后，你砸掉了无线电。这么做是为了不让人联系到你吗？你隐瞒了什么吗？"

"住嘴。"吉姆说,"别犯傻了。我把它们砸了,然后出门去寻找,但是找不到一个人,所以在我等待的时候,为了活下去我才必须闯进那间小屋。你们花了这么久才找到我,那也只是因为我把半个岛都烧了。不然的话我还待在那儿慢慢腐烂。"

"谁在腐烂?"

"闭嘴,你个狗娘养的。"

"费恩先生,让我来提醒你一下。我们会对你提起多项指控,不单单是谋杀。你要和我们合作,回答我们的问题。"

"我是名牙医。这太离谱了。我没有杀害我的儿子。"

"也许。"

这只是众多会话的开始。他们让他一遍遍地讲述整个故事,包括所有的细节,然后试图找到其中不吻合的部分。为什么罗伊会在睡袋里?手枪去哪儿了?这个问题是吉姆真的无法回答的。他把手枪放到哪儿去了?他不记得自己把它放到哪里了。他记得最后一次看到它是在地板上,但是他们在那儿没有找到任何东西。于是很显然他对那把枪还做了别的什么。

砸掉无线电是另一个他们不停盘问的问题。还有他踏空跌下小悬崖的那次。以及把手枪递给罗伊。所有的这些一遍遍地被重复,到后来吉姆无法确定自己记得的一切是否真实发生过。这开始变得像是另外一个人的回忆。

他们把他关了几天,不让他打任何电话。除了医生没有人知道他在那儿,最后他们给他派了一个律师。但是这个男人不怎么开口。他在吉姆的牢房前来回踱步,然后说:"你想要你的私人律师,对吗?这是你现在向我要求的吗?"

"当然。"吉姆说。

"好吧,"男人说,"我会电话某人,他今天就会到这儿。"

然后那个男人就离开了。那天很晚了,一个穿着西服系着领带的男人来了。

"我叫诺曼,"那个男人说,"请到我你应该高兴。听起来你有麻烦了。但是首先我得知道你付不付得起我的费用。"

"我需要离开这儿,"吉姆说,"保释还是其他什么。就是那样。我不在乎这要花多少钱。"

"好的,"诺曼说,"我能做到。"

几乎一周过后,他们才进行了提审,吉姆可以离开了。他想飞到加利福尼亚去看望伊丽莎白、翠西还有罗达,向她们解释。但是他的保释条款规定他不能离开凯奇坎,于是他打了一辆出租车到城里的酒店,一个叫"皇家行政套房"的蹩脚的小地方。他八年前住在凯奇坎的时候,和酒店的老板成了朋友,当时那个年轻人刚刚下船。他准备搬来这里。虽然他是个摩门教徒而吉姆不是,吉姆还是带他出去捕鱼,让他住在自己的房子里,还帮着他找工作。那个男人叫科克,他现在没有时间来见吉姆,但是他让吉姆用两倍的价格订了一间房。

吉姆待在自己开着暖气的房间里,开始打电话。他打给罗伊的母亲,但是那边只有答录机。在哔哔声响过之后,他站在那里,手里拿着听筒，不知道说些什么。最终他只是说了声"对不起"，然后就挂上了电话。然后他想到给罗达打电话，但是他觉得自己还没有准备好。他还没有准备好和任何人说话，于是他放弃了打电话这个念头。

那天剩下的时间，他一直坐在窗边的椅子上，看着外面的水面，思维断断续续。在白日梦里，他梦到罗伊被人用枪击中了，然后他又把那些凶手杀了，在小屋四周用来复枪把他们一个一个干掉了。然后他把罗伊扛上充气船，划向临近的岛屿。在那儿他发现了一艘渔船，他们让罗伊上了船。他们把他和红鲑们一起放在甲板上。吉姆不停地按着罗伊的胸口不让他死去。最后一架直升机飞来，带着罗伊离开。吉姆试着停在这张最后的画面上，罗伊躺在担架上，在他头顶慢慢地旋转，被托举到安全的地方。他能感觉到自己心里对罗伊强烈的爱，心里因为拯救了自己的儿子而涌起巨大的哀伤。

但是他无法让白日梦永远持续下去。不久他就只是单纯地坐在窗户边的椅子上，又是沮丧的、有暖气的一天。他低头看着穿着袜子的脚踩在整洁的米色地毯上，又看了看奶白色的墙面和抹了墙粉的屋顶，又回头看着那张拙劣的水彩画，上头是一条刺网渔船正在拉起渔网。他想要和他的兄弟或者罗达说话，但是他也无法想象自己打那个电话。当他饿到无法继续坐在那里时，他裹上衣服，准备面对凯奇坎的好人们。

吉姆穿过大厅，没有看任何人。然后他穿过街道走进一家卖鱼和薯条的餐馆。他坐到角落的位置上，低头看着自己攥紧的拳头。

最终服务员过来时似乎没有认出他，虽然他数年前在这里见过她。他似乎还没有因为外岛上发生的事情而出名。他本来想象整桩事件会引起更多的关注。

他在红色的富美家台面上敲着手指，一边等待一边小口喝水，他在纳闷自己是如何落得没有朋友的下场的。没有人飞来看他，也没人帮他熬过这件事。住在威廉姆斯的约翰·兰普森，还有住在洛厄莱克的汤姆·卡斯贝克；他还没有给他们打电话，所以他们不可能知道，但即使他打了，他也很确定他们不会来。当然，这也和女人有关。这些年因为他对罗达的迷恋，导致他和加州的朋友们失去了联系，在费尔班克斯他也没有交到新朋友。他忙着工作、购物、打电话、去见妓女们，有时候和其他牙医或者牙齿矫正医师以及他们的太太吃饭，仅此而已。他现在毫不奇怪自己为何沦落至此。他切断了自己和每个人的联系，然后滋生出一种他以为是爱，但其实只是渴望、也是他心中某种病态的东西，那和罗达无关。而只有经历了这些他自己才能摆脱、看清这些。他的儿子必须杀死自己，这样吉姆才能重生。但即便如此似乎也不奏效，因为他儿子不只是因为这个才自杀的。

吉姆止住自己的啜泣，他也害怕有人也许会注意到，让他看起来会像是一个有罪的人，虽然他们不大可能知道他实际上犯下的罪。不是诸如谋杀那样明显的罪行，但是是在最重要的那些事上。

女服务员最终将食物摆在他面前，他吃了起来，虽然食之无味。他满脑子想的只有罗伊。

那天晚上，很晚了，他又走出门去，沿着水边散步。他经过自己曾经行医的城区，走到旧的红灯区，那儿被当成纪念馆保存了下来，被改造成很多小的旅行用品商店。很多小木制建筑并不牢靠地悬在狭窄的河岸上。他站在桥上凝视了它们一会儿，试着想象在他出生之前那里的生活。但将自己投注进别人的生活，这是他从来没法做到的。

早上，他听到敲门声，他打开门，是伊丽莎白和他的女儿翠西。

"哇，"他说，"我没想到是你们。"

"哦，吉姆。"伊丽莎白说，这么多年来她第一次伸出手抱住了他。那种感觉令人难以置信的美妙。然后他蹲下来，抱住了翠西。她之前一直在哭，看上去筋疲力尽，他不知道说什么。

"进来吧。"他说，她们跟着他进屋，坐在长沙发上。

翠西开始哭了。伊丽莎白抱住她，吻了吻她的头顶，然后看着吉姆，问道："那里发生了什么，吉姆？"

"我不知道，"吉姆说，"我真的不知道。"

"再努力想下呢？"但接着她就开始哭了，翠西也在哭，然后她们就离开了，伊丽莎白答应她们当天晚点会回来。

于是吉姆等待着，脸朝着房间门坐在椅子里，无法相信她们就在城里。他已经离开太久了，还是很难理解他们会一起出现在凯奇坎，当然除了罗伊之外，然后他的思绪再度停止。要理解这一切太难了。他非常害怕，甚至不知道是什么让他尤为恐惧。

伊丽莎白和翠西回来的时候，已经过了晚饭时间了。但是他们不饿，于是他们就沉默地坐在房间里，吉姆希望能再恢复他的家庭和这样的生活，然后他一直幻想罗伊会推开门走进来。

"你杀了他吗？"伊丽莎白问道，然后她又再度陷入尖锐可怕丑陋的呜咽，那又让翠西跟着开始哭。吉姆没有哭，他在盘算着，心里在谋划着让她们回到他身边的办法，但是他想不出来。

"对不起，"他说，"恐怕我一直都想着自杀。他一直在照顾我。然后他给了我一个意外，结果他杀死了自己。"

"发生了什么，吉姆？"

"我走出门的时候把手枪递给了他。我并不是想让他用它。"

"你把手枪递给他？"

吉姆现在意识到把这件事告诉她是错误的。"我并没有任何用意。"他说。

"你把手枪递给他？"然后伊丽莎白站起来穿过房间，开始用力地打他。他看着翠西，她的脸上挂着这种可怕冷酷的表情，她只是看着眼前的场景。然后她们走了，那天夜里他一直在等她们回来，但到早上她们还是没有出现。于是他开始在城里四处找寻，最终找到了她们的酒店，但是她们已经退房了。他一直找到晚上，然后才意识到他可以打电话给航空公司，但是他只能接通录音机。于是他只能等到早上，然后他发现她们已经带着罗伊的遗体，飞回加利福尼亚了。

吉姆打了电话，此后一直给伊丽莎白打电话，最终有一天她接了。他试着要为自己作出解释，但是她不肯听。

"我不能理解这个，吉姆，"她说，"我永远都不会理解。我的儿子怎么会做出这样的事？你对他做了什么让他变成那样？"然后她挂上电话，很多天都没再接。后来她换了号码，新号码没有登记在册。而他不能离开凯奇坎，也找不到任何会告诉他她的新号码的人。每个人，甚至他自己的兄弟和朋友们，都反对他。他唯一没有打电话的人，是罗达。他不能打给她，因为在某种程度上，她也杀死了罗伊。

吉姆试着想每天如何打发时间。他必须在某个时刻重新回到自己的生活。接下来的五十年，他没办法只是这样心碎地坐在这里。但事实是，他现在很害怕。他不知道自己怎么能证明他并没有杀害儿子。

某天凌晨两点过后，吉姆意识到自己已经快一年没有碰过女人了。于是他裹上衣服，出门去找妓女。

街道湿漉漉的，浓雾弥漫。海岸边和路上传来各种诡异的声音：渔船的响铃、船上的雾钟声，海鸥的叫声，还有轮胎划过沥青路面的嘶嘶声。他往市中心走，去他的旧诊所。

建筑物的前面被重新修过了。看起来更为现代，是某种暗绿色。窗户上用金色字体写着牙医的名字，他们两个的名字。

"我可以留在这里的，"他说，"如果我没有出轨、把一切都搞砸的话。如果我能够忍受得了我的妻子的话。如果鲑鱼像小鸟那样从街上飞过来的话。"

他不知道对这个诊所能做什么。最终，他转身离开了，穿过街道沿着街道的另一边走去罐头厂。

罐头厂在夏天挤满了大学生，但是现在，在春天，它们被遗弃了。他经过一位坐在罐头厂前长凳上的老人，彼此都忽略了对方。他穿过所有的罐头厂区，但是没看到一个妓女。纯粹为了消遣，他走到河边的老红灯区那块，心里明知在那边找不到妓女，而他确实也没有。他站在木头栏杆边，俯瞰着墨绿色的河水湍急地流向大海，于是他放弃了。

但是他并没有走回旅馆，而是沿着相反的方向走。经过罐头厂，沿着交通干线。他在浓雾和细雨里走着，路上只有他一个人。这样走路让他愉悦，他很享受外面只有他一个人。他没法在那个旅馆里多待一分钟了。

道路两旁的树林在浓雾中微微显现出来。他现在明白，自己留在外岛上反而更好。他当时还是相信自己能够获救，也能够去和罗伊说话。但现在罗伊身在一千五百英里之外了。

一辆墨绿色的小卡车飞快地穿过浓雾，为避开吉姆转了一下弯。它在离他大概一百英尺的地方停下来，有两个男人从后车窗盯着他。他们看了好长时间。吉姆站在原地，回瞪过去，最后他们才开走了。但是他还是很害怕，担心他们会带其他人回来。留在这里是很愚蠢的。这太冒险了。然后他又意识到这只是他的妄想，这里不可能有人知道他是谁。

但吉姆还是着急往回走了，他沿着路边前行，一听到有车驶过来他就躲到树丛里。回城的路很远。他没有意识到自己已经走了这么久。绕过一个又一个弯，有两次海岸线从浓雾中冒出来，被云层遮蔽的月亮，照着平静的灰色水面。

最终他回到了罐头厂，碰到汽车也不再躲起来。他经过老的红灯区还有游客景点，回到市中心。然后又绕过岬角回到自己的酒店。他几乎是摸黑抓起自己有的几样东西：一只塑料袋里的一身换洗衣服，他的剃须刀和香波，他的钱包，靴子。他把所有的东西扔进包里，给科克留了一张便条，上面写着："谢谢你宰我。"然后他扎进夜色，朝渡口走去，他可以在那里摆渡去机场。

渡轮码头在三公里之外，要经过杰克逊大街，坐落在城市的尽头。到达那里时，他又困又饿，又找不到可以吃饭的地方。他看了下时刻表，才发现这不是可以横渡去机场的那个码头。这个码头可以搭乘大型阿拉斯加高速海运渡轮，会直接航向海恩斯，然后开往华盛顿州。

他决定自己没有必要搭乘飞机。他只是需要离开这里。早上有一班渡轮会开往海恩斯。他可以睡在某条长凳上。

在渡轮上，他点了一份热狗、小份比萨还有冻酸奶。地板下持续的震颤和引擎的声音让他感觉很舒服。他想到如果他的一生都耗在路上，也许自己会更开心一点。这些渡轮沉重而坚固，他几乎感觉不到任何摇晃或震动。但是当他坐下来吃东西时，他还是感觉到有点不一样。然后他又继续想着航海去南太平洋。如果他能顺利熬过这段时间，他也许可以尝试一下。他很想对某个人说这个念头，很想和某人聊聊这个，好知道这点子听来如何。

吉姆环顾四周，但每个人都扎堆坐着。他继续嚼完剩下的食物，然后走到上面的甲板上去，想找到孤独站在栏杆旁的某个人。但这条船，至少在甲板上，就像诺亚方舟，每个人都是成双结对。

虽然他不喝酒,但他还是去了酒吧那里,似乎那是一个可能的地方,尽管现在还是早上。然后他确实发现一个女人孤单地坐在一张桌子旁。深色的头发,看起来不是很开心,或者也只是因为无聊。她看起来比他小几岁。看起来也不像是在等什么人。

"介意我坐在这里吗?"他问。

"没关系,我想。"她说。但这回答听起来如此糟糕,如此无聊,他犹豫了一下。她只是看着他。

"好吧。"他说,然后坐下来。

"你又不是在帮我的忙。"她说。

吉姆站起来走开了。他站在船尾,凝视着尾流。他本想告诉那个女人罗伊的事情。他只需要有一个人可以听他讲出整个故事,解决这个问题。因为当把这件事情抛在一旁时,越来越像是他杀死了罗伊。

他无法很好地思考这件事情。他盯着尾流。虽然它逐渐减弱、蔓延终至于消失,但在他看来它毫无变化。它永远无法跟上这艘船,但同时它也永远不会消失。这似乎意味着什么,但接着吉姆心里想的只是他现在的生活到底是什么,他不知道。事情一件接一件发生,但是在他看来,事情照着它们本身的进程而发展这一点,似乎是随机而诡异的。

吉姆能闻到这儿排放的柴油味。这让他有点怀念那条叫"鱼鹰"的渔船。虽然他最后还是失败了,不得不卖掉那条船,但是实际上它不算是个失败。当时他所有的时间都在和他的兄弟加里捕捞青花鱼和比目鱼。他也认识了捕鱼舰队,全部都是挪威人,虽然他也没有和他们真正聊过天。他在无线电上听到他们的声音,每天早晚的签到,他们汇报捕鱼情况,还有他们的夜间娱乐。他们会轮流唱着老歌,吹着口琴甚至拉手风琴。这真的是一段惊奇的时光,虽然他和他的兄弟被排除在外。"小锡罐"——那些人这样称呼他的船,因为船身是铝制的。而他们中大多数人的船则是更老的木船。有些船身则是玻璃纤维做的。他会听到他们偶尔提起他,但是从来没有邀请他上线加入对话。他怀念那种生活。他希望当时能支撑下去,这样夏天时罗伊就可以上船和他们一起工作了。

一天夜里,挪威人少了一条船。他们早上在无线电里签到,没有人知道那条船去哪儿了。大部分的对话都是挪威语,但是吉姆和加里通过他们用英语表达的那部分,就已经知道发生了什么。当他们自己的船用降落伞失灵时,他们的锚就松脱过一回。海水深得可怕,铁锚都无法触底,于是整个捕鱼舰队都把船用降落伞放下船头,用那种方式将彼此锚在一起。但是那天晚上,他们的船用降落伞崩坏了,早上吉姆和加里醒来的时候他们已经远离了捕鱼舰队,周围没有任何渔船,就这样漂在航道上。所以他们猜想,那艘挪威的船也许是同样的结果,他们再也没有听到过那条船的消息。

在海恩斯,吉姆打电话给他的兄弟加里。"嗨,"他说,"是我。"然后电话那边沉默着。他等待着。

"好吧,"加里说,"有些人正在找你。"

"找我?"

"你弃保潜逃了,对吧?"

"没有。"

又是停顿。"大概你们双方的看法不同吧,"加里说,"总之你得想个办法试着补救,因为我更相信警长的意见。"

"我们为什么要讨论这些?"吉姆说,"我打电话给你是想谈些别的事情。我一直在想'鱼鹰'上的事情。我在想我们没有一直支撑下去太遗憾了。我希望我们还在做着这件事。我还想着如果罗伊夏天能在船上工作一定会很棒。"

"你在哪儿,吉姆?"

"我在海恩斯。"

"听着,你必须自首。你不能逃跑,你只会让你在陪审团面前很难看。"

"你在听我说吗?"吉姆问道,"我想谈些别的事情。你还想着'鱼鹰'或者在海上的生活吗?"

然后吉姆又等了一会儿。他能听见他兄弟的呼吸声。

"是的,我想到过,"最后加里说,"我思考过那段时光。虽然我们过得很艰苦,但我很高兴我们去做了。它是一场冒险。尽管我不想再试一次了。"

"不?"

"不。"

"那太糟糕了,"吉姆说,"你知道,自打我回来后我一直很孤独。我没有任何人可以说话。没有人来看我、帮助我。"

"现在没有人能够这样做,"加里说,"不然他们就会是同谋还是什么。庇护一个落跑的人。我不知道他们的叫法是什么,但他们对此确实有个叫法。"

"我没有任何机会打赢这场官司了,是吗?"吉姆说。他顿住了,加里一言不发,最终吉姆意识到这是真的。他只是在四处等待着自己的失败。他还意识到没有必要告诉他的兄弟更多了。"我得走了。"他说。

"好吧,"加里说,"我希望我可以帮到你。我真的希望。当你还在凯奇坎的时候,我应该过来看你的。"

"没关系。"

吉姆径直走到城里去找他的银行。他们应该在这里有一个分行。他看到其他几家银行,然后都快走到这个小城的边缘了,他开始感觉有点恐慌,不过最终还是看到它了。他手里拿着支票簿和身份证件走进去,排队等着,然后被领到旁边的一张桌子,因为他要将账户里所有的十一万五千美元全都以现金形式提走。他本来想把这个储蓄账户彻底清空,虽然也可能警长已经把它冻结了。库斯知道这个账户是因为为了保释和其他费用他支取了二十万美元,然后又取出几千块用作在凯奇坎的生活开销。

那个协助他的财务人员并不是真的想协助他。"这是一笔巨大的、不寻常的提款,"她说,"尤其全部是现金,我得告知您我们必须汇报。我们必须汇报这样大额的存入或者支取。"

"没关系。"吉姆说。

"我能问取现是作何用途吗?"

"买一套房子。"吉姆说。

"我们有专门的现金支票。"

"不，必须是现金。"

"现金支票也是现金。"

"现金的那种现金。"

那个女人皱了皱眉。

"听着，"吉姆说，"这到底是不是我的钱？"

"是的，当然，"那女人说，"但我不确定我们手头有没有那么多现金。事实上，我确定我们没有。"

"你们有多少现金呢？"

"什么？"

"我要把你们有的都提出来。"

吉姆带着两万七千五百美元离开了。他知道自己被骗了，他们的现金不止这些，但这些足够了。他不需要自己买条船。他只需要找到一条刚刚结束3月初捕鱼期的、还停在附近等待的渔船。他们会需要钱。

吉姆开始走向那条最大的船。周围很难找到一个人影。虽然他也问了人，拿到了家庭和酒吧的电话还有地址。然后他看到一个男人在清洗其中一条小一点的刺网渔船。

"您好。"吉姆说。但是那个男人只是看了他一眼，又继续工作了。他正是那种人们看了会觉得很可笑的人。大胡子配上一顶很旧的帽子，一个可怜的酒鬼。

"我想搭船沿着海岸去墨西哥，我出一万五，有兴趣吗？"

然后那个男人又看向他。"刚杀了人？"他问。

"只是杀了我自己。"他说。

"我们只要到警长办公室去,四处打听下,然后我们再谈。"

"这是你的船吗?"

"不是,但是我认识船长。"

"我们为什么不跳过警长办公室那一步,价格变成两万块呢?"

那男人摘下帽子,挠了挠头皮。"我们也要跳过海岸警卫队吗?然后给你联系一个墨西哥那边缺人的船队?"

"那也算在交易里面。"

"好吧,让我去问问查克。很明显我们没有太多其他的活儿要干。"

那个男人走进船舱,很久没有出来。吉姆什么也听不到。这条船就是废铜烂铁,几乎被锈坏了,船身用铁丝固定。但是它会载着他沿着海岸下行。如果要沿着海岸上行的话会很受罪,但是下行足够容易。

那男人和查克一起回来了。查克有六十多了,看起来像是船长和船主。他一个极度丑陋的男人,秃头上布满了老年斑,周围还围了一圈油腻腻的深色鬈毛。他充满敌意地看着吉姆,吉姆迅速意识到不能信任他,但是他还有别的选择吗?他已经一无所有。他需要离开,而这里只有这两个男人。

"你遇到什么样的麻烦了?"查克问。

吉姆没有回答,只是等着。最后查克说:"好吧。我猜你想马上离开。"

"是的。"

"我们得先补充供给,搞点柴油还有备用的过滤器。发动机也有些问题。路上速度不会很快,也不会很舒服。但是价格要两万五千块。"

"我没有两万五千块。我不是要砍价或者省钱。我真的没有这么多。"

"好吧,"查克说,"我们需要三四个小时,先预付一万。我也想先看到另外一万,只是想确定你有这笔钱。"

于是吉姆登上船,先递给他们一万块,又把另外一万展示给他们看。当他们出去补充存粮时,他就待在船上。他可不想他们不带上他就溜走。九个小时之后,在夜里,他们上路了。

起风了,刺骨的寒冷,水面上碎浪迭起,在船头溅起一片水雾。但是能见度倒是不错。吉姆站在船尾,能看到海恩斯的灯火,还有远处海岸线上散落的灯光。渔船们聚集在海上,等待捕捞。更远处是大陆上蔓延的荒地和河流,它们之间的边界暗淡不清,而且一直在变幻。他知道,夜间在一个奇怪的地方航行,你会相信任何东西,任何方向,任何深度,这种与生俱来的恐惧如此确定,会让你不相信罗盘和测探仪,直到你撞上岩石。他希望查克和内德能胜任这趟航行。

那天晚上他们一直驶向朱诺,从漆黑的天空下几乎难以察觉的颜色暗沉的陆地旁悄悄行过。他感觉自己是个陌生人。他在这个地方度过了大半生,但在彼时这个地方并没有亲切感,也没有变得熟悉,它和他初次到来时一样充满敌意。他感觉如果他任自己睡着,他就会毁了。查克会在方向盘前醉倒,海浪会把他们托起来,让他们偏向一旁,直到最后海底的水撞上船身,他们的船就会倾翻,灌满海水然后沉没。这是事实:危险一直在一旁伺机而动。远离陆地之后,他们会更安全一些。他把这些想法当作思考罗伊的一种办法。罗伊一直也对他充满敌意。他们从没有认识对方,关系也从未缓和。他从没有足够为罗伊考虑周到。他迷失在自己的问题里了,没有看到罗伊会对他造成威胁。他让自己睡着了。

第二天缓慢地降临。开始是一条细细的灰线,又或者比黑色较亮些的深蓝色,然后山峰的轮廓被照亮,就好像它们自己在发光。接着峰峦上方迅速亮起,直到其轮廓像着火似的蜿蜒扭曲,然后一瞬间到处都变亮了,橘红色的太阳从两座顶峰之间沿着一条条分段的细线跳脱出来,逐渐变大、变黄,融入这世界,这过程太过炙热让人无法直视。强光让肉眼看不到一切。海水、山峦还有天空都发出同样耀眼的光芒。吉姆无法分辨船只、海浪和陆地,几乎有半个小时他什么都看不见,直到天大亮了,陆地又再度成为陆地,海浪之间也有了间隔,他也能看到四周还有近处的渔船。海水表面仍然模糊不清,泛着灰白色,像覆着一层厚实的膜。船以每小时八九海里的速度缓慢颠簸前进,现在海恩斯已在远处,或者消失了,远得无法看见。

早上八点,内德去接查克的班,他在一只大盒子里挖着果酱甜甜圈。吉姆开始以为他们经过了朱诺市,但后来发现那只是布里奇角州立公园,他在海图上看到过,它有一条小干道通向朱诺。

"如果你懂得怎么读海图,你可以和我们轮流掌舵。"内德说。

"有道理,"吉姆说,"下一个就是我。"

很快，沿着费沃里特海峡下行时，吉姆有了观赏朱诺的绝佳机会。然后，不一会儿他们就下行到萨吉诺海峡，但实际上他什么都没看到。他们距离并不太近，它看上去没什么。到中午的时候，吉姆已经在轮盘前精疲力竭，他们在哥温顿岛附近了，正向西驶出冰峡。

抵达冰峡时，他咧嘴笑了，因为那儿确实突然就冷了很多。这就像某种玩笑。即使在驾驶舱里，你从那些小的缝隙和通风口就能知道这点。

海峡简直巨大——至少有五英里宽——但来往船只很多。有些可住宿汽艇，还有两条帆船，但其他很多则是捕鲑鱼和比目鱼的商用渔船，他们身后远远地跟着一些拖船。他必须超过那些满载的拖船。他还不习惯这么慢的航行。他没有打开超高频无线电对讲机，因为他不想引起别人注意。

下午三点左右他们经过了快乐岛，然后又过了古斯塔乌斯岬角。来自冰河湾的风咆哮着一路沿着斯塔卡德海峡往下，袭向北方。

稍后当他们经过下一个小海湾丹达斯湾时，他看到一艘海岸警卫队的大型巡逻舰，正从另一侧驶向艾尼安岛。他感觉有点恐慌。如果他们到他的船上来，按常规检查安全设备或者毒品，他会被抓起来。他不相信查克或者内德会站在他这边。他甚至都害怕睡觉，虽然这个时候他都快睁不开眼睛了。但是那条巡逻艇从另一侧经过最北边的一座小岛，驶入了下一个海湾。吉姆尽可能地绕道走偏僻的远路，经过泰勒湾时他进去稍微躲避了下。布拉迪冰川看起来壮观极了，仿佛来自另一时代的东西，规模之大简直让当下的事物骤然不复存在,就好像吉姆不可能是吉姆,因为他的念头太微小了,如闪电般转瞬即逝。在冰川面前,山峰显得像侏儒。

阵阵疾风从冰川间席卷而下,将他们的船吹得摇摇晃晃,但这也是好事,可以让他保持清醒。

然后他驶出海湾。晚上八点,他经过斯宾塞角,驶向大海,摆脱了海岸、岛屿和阿拉斯加东南部。海图显示,不到半小时他就会离开美国海域了。因为航线绘制的原因,他还会再次经过美国的海域,但也只是短暂掠过。再过一天一夜,他就会离海岸足够远,没有人会想要或者在意追捕他。他会进入另一种人生。

他又想到了罗伊。他似乎无法不想到罗伊。他会一直想下去,不指望有转念的时候。然后他会看到那把手枪,把它递给罗伊;或者是他后来进屋,看到罗伊躺在地上;又或者是罗伊残留的身体。于是他又想到那只睡袋,不知道它后来被如何处理的。他们把它连带罗伊的尸体一起放进一只干净的塑料袋里带走了,他们都没想过试着把罗伊从里面倒出来。想到罗伊在那样的场景里让他几乎难以承受,但在当时他们还能怎么做呢?他们在埋葬他之前,肯定在某个时刻那样做了。但是谁来完成的?是谁把罗伊倒出来的?伊丽莎白又看到了什么?他女儿翠西呢?也许再也见不到她,他也失去了她。

阿拉斯加湾彻骨的寒冷。风猛烈地刮着,海浪更加汹涌狂乱。狂风呼啸着越来越强劲。海浪在他周围碎裂开来,漫过了前甲板,偶尔还从侧面扑上来。凌晨四点,查克来接他的班。"去睡会儿。"他说。

"我们已经走了多远?"吉姆问,"我希望能一路往下至少走一百英里。"

"我们能做到的,"查克说,"虽然我们得在什么地方停靠加下油。俄勒冈,也许。"

吉姆走下甲板,走到一个狭小铺位上睡觉,那上面散发着查克日经月久的汗臭和酒精的可怕味道。他很饿,但他太累了,所以他只想睡着。

一艘在行驶中的船是非常嘈杂的。他事先知道这点。但这条船舱壁发出的嘎吱声还有爆裂声,不是什么好迹象。而且它的柴油机泵也尤其不稳定,转速极慢但又会突然加速,这不仅仅是海里的浪涌和气蚀的原因。吉姆蜷缩躺着,心中充满恐惧,又精疲力竭。他等着那噪声消失,自己能够睡着,但还是那样担惊受怕等待着,脑海里想着太多事情。他想到了国税局,警长,海岸警卫队,他的兄弟,伊丽莎白,翠西,罗达,罗伊。他想象和罗达进行了一番长谈,试着让她相信自己并没有杀死罗伊。他指出罗伊已经十三岁了,有了自己的意识,可以基于自己的选择行动。

"他自己的选择?"罗达问道。

"不是我干的,"吉姆说,"他自杀可从来不是我的主意。"

"不是你的主意,吉姆?"

"不。"他告诉罗达。但是他又坦白了另一个细节。他讲了朝房顶开枪那次。

"那是做什么?"

"我不知道。我只是开枪。"

"只是开枪?"

"闭嘴。"在黑暗中吉姆大声说着,但是他几乎听不到自己的声音,外面的噪音太他妈大了。然后他开始担心他们现在的航线。如果这条船掉头,如果查克决定回去他怎么会知道呢?那些岛呢?在海上,他总能感受到这股原始的、非理性的恐惧。他一直担心船会撞上海图上没有标出来的岛屿,即使他身在大海的正中央。

他没法让他的头保持不动。这就是他没有睡着的原因。虽然他把头塞进一堆衬衫和铺位挡布之间,但当船身摇晃时他没法不让他的头跟着晃动。他也没法放松脖子。每次他的头摆动时,脸颊周围的胡须都会剐蹭到那些衬衫。罗伊还没有到长胡子的年纪。他开始长出那些细软的绒毛。那天他们讨论到了刮胡子的问题,罗伊担心会割到自己,没有意识到刀头会转动。吉姆咧嘴笑了。然后他又哭了起来,痛恨自己如此软弱。他看到自己在墨西哥,又或者哪天在南太平洋,那儿每天都是好天气,气候温暖,有着美丽的湛蓝海水和青翠山峦,他也看到自己仍然还是一个人。罗伊永远都不会追上他了。他很想知道罗伊的坟墓是什么样子。他现在意识到自己永远都不会有机会看到它了。

吉姆朝船舱另一侧看去,想看看内德是不是还醒着。但显然他已经睡着了。

吉姆顶着铺位挡布躺着,闭上眼睛,但什么都看不到。他体内似乎只有大风吹拂,一片空虚。他不在乎任何东西,如果他当时就杀了自己情况也许会好些,但是罗伊已经那么做了,所以他现在无法做这件事。罗伊代替他杀死了自己,这是一个明白无误的交易，所以这也是为什么吉姆要为杀死罗伊负责。这不是事情本来应该的样子，但是因为吉姆太懦弱了，因为他没有勇气在罗伊回家之前杀死自己，他已经错过了那个时机，那个他能让事情走上正轨的时机。他也永远丧失了那个机会，他把枪递给罗伊，让他用自己的方式来解决这些问题，即使这不是正确的方式。

而罗伊却那么做了。罗伊并不懦弱，他没有退缩，他拉起枪管扣动扳机，轰掉了自己的半个头，而吉姆听到枪声的时候并没有意识到发生了什么。当这场牺牲发生时，他并没有充分认识到它。

即使在他看到罗伊的身体躺在门口，他的血浆、大脑和骨头炸得到处都是之后，他也没法相信发生的一切。他没法相信或者目睹这些，即使证据就躺在他眼前。而现在他正在逃亡，想着自己能够逃跑、规避法律和惩罚，而他会在某处拥有完美的生活，像鲁宾逊·克鲁索那样吃着芒果和椰子，就好像什么都没有发生，就好像他儿子什么也没做，他自己跟那件事全然无关。但他现在明白，那不是事情应该的样子。他明白自己必须做的事情。

吉姆钻出铺位挡布，走到驾驶舱。查克斜靠在船长椅上，看着一本色情杂志。他暂时从纸页间抬起眼睛，说道："你想要干什么？"

"我们必须回去，"吉姆说，"我不能就这样逃跑。我要自首。"

查克直勾勾地看着他，吉姆不知道他在想什么。"你要自首。"查克最终说。

"是的。"

"那我们怎么办？我们帮助你离开那儿，记得吗？"

吉姆不确定该怎么做。"好吧,你是对的,"他说,"你们会拿到全部的报酬,我会再等几天,直到你们都离开了我再采取下一步行动。"

查克又继续看他的色情杂志了。"好的,"他说,"就这样做吧,在你回去睡觉之前把内德叫醒,让他来换班。"

吉姆叫醒了内德,他抱怨着现在还太早。吉姆又继续躺下来,努力入睡。在他迷迷糊糊睡去时,他还在排练着自己的供词。"我,吉姆·费恩,谋杀了我的儿子,罗伊·费恩,在去年秋天,大概九个月之前。我用我的鲁格点44马格南手枪近距离朝他的头部开了枪,那把枪后来应该被警长找到了,我想。我当时想自杀,正在无线电上和我的前妻罗达谈话,她说不想和我复合,还要和另外一个男人结婚。我再也无法忍受这些了,我太懦弱,不敢自杀,于是我杀了我的儿子。"

那听起来并不完全合理。他又回头整理他的动机,因为他知道他们肯定会问到这个。他一遍遍地检查每个归罪的细节,那把手枪,无线电,无所不用。他太疲惫了,无法连贯地整理思路。他的思维已经停滞了,觉得自己的身体变得渺小,就好像自己是个婴儿。他像是个在自己体内萎缩的娇小的金色的婴儿,通过细绳和那个更大的身体的每部分相连,从里头牵动着。他正在消失。

吉姆惊醒时,一条绳子正套住了他的脖子,把他从铺位上拉下来。他试图尖叫但发不出声音来。他站在地板上,撞到了舱壁,挣扎着,然后他看到内德拿着一根木球棒敲向他的腿部。他倒下去,被他们拖着走,然后他瞥到绳子另一头的查克,他明白自己应该预料到这些的。这再明显不过。然后他失去了意识。

当他撞到海水时，刺骨的寒冷让他醒过来，他希望他们能找到他，救他上船。他想要查克和内德来救他。他挣扎着解开脖子上的绳子，很轻易地就脱身了，但他还穿着衣服，它们开始吸水变沉，他没有救生衣。他对自己产生了巨大的怜悯。开阔的大海真是壮观。到处都在诞生着浪尖，颠簸着又消失着，海浪的斜面也从他身旁翻腾着经过。他很难相信这只是海水，他也很难想象它们在他脚下无休无止地延伸。他挣扎着，感觉永无止境，但时间也许只过了十分钟，然后他开始感觉麻木疲倦，开始吞咽海水。他想到罗伊，罗伊再也没有机会感受到这种恐怖了，他的死亡在瞬间就结束了。他开始本能地吐出海水，然后又从口鼻呛进一些，就像罗伊生命终结时一样：冰冷，艰难，毫无必要。然后他明白罗伊爱着他，而那本该就足够了。他只是没有及时地理解任何事情。

凯奇坎

三十岁时，我搭乘阿拉斯加渡轮经过不列颠哥伦比亚省海岸线，经过白雪皑皑的岛屿、蔓延至天际的森林、海鸥和秃鹰、海豚、鲸，它们全都近在咫尺，亦经过日落时分的开阔海面、灯塔和小渔村，最终进入阿拉斯加海域，那里的山峰从峡湾里陡峭拔起。我们继续航行，最终抵达了我童年时曾生活过的小城。它沿着海岸狭长地延展开，终日雾气弥漫。在我心里这是幽灵之城。这是我父亲第一次走上歧路，也是这个父亲和他的自杀、他的出轨、他的谎言还有我对他的同情最终都归于尘土的地方：凯奇坎。

到达第一天，我花了一整天找到一个落脚的地方。那儿的房子都很狭小，小小的街道蜿蜒迂回，永远不会笔直往下。长长的木质阶梯，它们暗灰色的木头浸染在薄雾中，如石头那样破旧，蜿蜒向下经过大麻草、苔藓还有大树莓，通向码头和大海。在那儿，渔船像幽灵般停歇，它们撒下的渔网中黄色的小浮标里，有上千只眼睛，不断地在累积着，等待着。在抵达的第一夜，我曾经站在它们面前，毫无睡意，猜想着渔网如何彻底变形、延伸开去，那些孔雀眼和扇形渔网是如何悄无声息地铺开半英里的海面，浮动着，表面看起来它们和水母一样炫目、出乎意外,但是更加恐怖,就它们的单一目的来说也更算计狡猾。这种联想过于敏感了,但是似乎又和这次旅行本身的放纵,还有我刻意重归童年的夸张相吻合。在那短暂片刻,世界变得生动起来,而我也短暂地成为并不自知的观察者。

我走在围网渔船、拖网渔船、刺网船和拖船中间,走到布满鱼鳞闪闪发光的浮板上,向亮着灯的船舱里三两个渔民挥手打招呼。他们听到或者觉察到了我,从他们的闲暇时间里,从他们奇怪的、孤独的生活中抬起头来,朝我点点头,然后又把头埋下去。大部分人的猎枪就摆在手边,我记得。大部分人根本不会觉得自己的生活奇怪或者孤独,他们感受到的只是烦扰、困顿、被束缚,以及被欺骗。渔民作为一个群体,都会愁苦地抱怨,不管表面上怎样。这一切都带着一种崭新的熟悉感回归,就好像是来自另一种人生的礼物。虽然我是个侵入者,但这是我在短暂的成年岁月里,感觉最接近归属感的一刻。

但是我继续走着,仍是一个侵入者,一个永远的旅行者,我希望可以再找到出发之前交谈过的、在西雅图港外一条拖船上工作的那个女人。她说到一条七百磅的大比目鱼,长度甚至宽度都超过九英尺。那次对话发生在她的拖船等待期间,当时有一组拖船必须要在那里等上三天,等待北方航道上的一场暴风雨过去。当时正轮到她的船员去捕鱼,他们要把一千二百磅的比目鱼拖上船,好喂饱整个拖船队的人。他们将那条鱼拖到水面,用绞盘将它从水里拉到甲板上前,他们先用一把点45口径的手枪向它的头部开了六枪。即使子弹射穿它的头部，而且因为离开海水它正在窒息，它那被打穿的小小的头，还有巨大的、像神话一样的肺部已经爆裂了，但比目鱼还是粗壮得令他们无法靠近。那些小点的比目鱼尾部被钉子穿在一块长木板上，很快被剥皮切成鱼片，船员们将那条大比目鱼单独扔在刷白过的混凝土甲板上，远远地看着。

这个女人，凯特，抽签抽到去清洗这条鱼，然后切片。等了一个小时，她拿起一把长刀从鱼的一边——夹杂着斑驳的暗绿色和褐色的背部——开始，将它切成厚厚的鱼块。从鱼背伸展出的脊椎和薄薄的鱼骨在她面前一览无余，接着她转向鱼头，切下它的腮帮子，那里的肉非常肥美，又有嚼头，是种美味。一边的腮帮子已经被子弹射穿，只能挖下部分；从另外一边则取下了一整块巨大的鱼排，像块白色的大理石静静地躺在她手中，她走向水管，把它清洗干净，扔进一只塑料桶。但是，在她走动时，那块鱼鳃剧烈地抽搐着，跃出四英尺高，在空中划出一道弧线，到达某条线上方，再落回到甲板上，发出砰的一声，而不只是轻轻的啪嗒声。虽然它不过是躺在她面前的巨大尸体上的一小块余肉。"就连神生来也没有它那么强壮。"她告诉我，侧过身来，笑着。

"深深的而又绝对清冽的黑暗\是可耐受的元素，对非人类\对鱼和海豹……"[①] 我对着水面，同时也对着在人造光下如彩虹斑斓的油污，还有在水下摆动的水星，轻声念伊丽莎白·毕肖普的诗句。我一直想象这些诗歌设定的场景是在这里，在凯奇坎，而非

---

① 此处引用韦白所译《在渔舍》(*At the Fishhouses*)译文。

在大西洋。

在峡湾外面，灯光聚集之处，有二三十条渔船聚拢在一起，等着暴风雨经过，然后他们就可以离开浅滩，重回开阔的大海。他们的排列方式让人困惑却也赏心悦目：高高的明亮的探照灯、小小的船舱里的灯火、到处横挂在船尾的用来照亮巨大渔网的球形灯泡，抛过光的铝材，还有橘色红色的浮标，一切都融化、倒映在如镜面般宁寂的水面上，水面和天空之间、倒影和光线之间并没有明显的分界。而小铃发出的唯一的响声，也像是从遥远得多的地方传来。那些小铃被高高挂在拖网线上，它们是捕到鱼的信号。悄无人语。

我走到码头尽头，对着一艘小皮划艇研究了好长一会儿。一个少有的平静夜晚，在这个遥远的角落看不到什么渔民，也没有任何人能看到我，这条船的船头和船尾只靠两根磨旧的绳子绑住。这是条老木船，绿色的喷漆已经起泡，布满裂纹，露出下面修补过的苍白船面。船尾用黑色字体标着这条船的名字"J女士"，字迹也已斑驳。我踏进船舱，还没有决定把它划出去，但心里已经开始幻想和远洋邮轮的邂逅，幻想着那些身穿燕尾服、衣服上饰有亮片的客人，他们的声音如婴儿般亲密，近在耳畔，瘦瘦的面孔，尖如鸟喙。一阵温暖的强风吹动着一切，但丝毫没有搅动水面，没有半点涟漪。但此外的一切都被劲风攫住了，远近难辨。在没人察觉的情况下，我在桅杆和声呐、船铃和聚光灯下划动着船，划着，我幻想在同一处自然环境里，有着水母那样的推动力，经过那些锯齿般的岩石，抵达一片充满乡愁的、晦暗不清的海面。海浪舒缓地涌动着，仿佛要溢出般，直到世界的边缘不可避免地升起、滑落。而我正在一艘小船中，被雾气沾湿，浑身发着抖，我听到船桨拍打水面的声音，还有水闸发出的嘎吱嘎吱声。高潮时刻已经过去，眼前的事物就是残留的情景。于是我唱起歌来，唱了一首曼菲斯·思林的歌曲，那首歌低吟着一个恋爱中的傻子重回码头的故事。我的声音似乎有点高，有点让人昏昏欲睡，但显然别人几乎听不到。我返回时，其他的船在滑动时发出抽吸声，三体滑行艇下封住的海水，还有减震器撞上木头的摩擦声。

我父亲对阿拉斯加有种癖好。虽然那地方让他受挫，但是他有很多朋友过上了他想象中的那种生活。其中有个男人叫希利，住在离帕克斯公路几百英里的、位于安克雷奇和费尔班克斯中间的某个岬角上，而那个地方与公路毫无连接。视野所及，没有一处人烟。所以在一个凉爽的夏日夜晚，远处山脉的积雪在午夜时变成紫色，仿佛从冻原上漂浮起来，漂向大海。四合之内的大地都像失去了坚固与特性。希利就遁入我父亲体内，成了他，然后他就明白了自由。

接着夜晚会转冷，光线几乎都褪去了，我父亲就会走进屋里，欣赏希利自己打造的橱柜、他的小屋的四壁，还有悬在他和妻子的床铺和两个孩子的床铺中间的毯子。在一张长沙发上，希利盖上了黑熊、棕熊、山羊、鹿、驯鹿的皮毛。我父亲会一手插在兜里，一手触摸这些皮毛。在这个时刻，他将无法言语，因为太过心碎而无法表达溢美之词。我也抚摸着这些皮毛，尽管被父亲遗忘，但我一直看着他，感受到一个孩子的遗憾、欲望、渴求以及我父亲的渴求。要是一个人的生命能被折弯塑造成别人生命的样子，他的动力就会减弱。我们在深夜开了很长的一段路回家，在路上我睡着了，而我父亲又会早早起来，把钻头钻进牙齿上蛀坏的细小神经，补上牙洞，制造齿模，指导别人，眯着眼睛查看口腔，然后看着他的整个人生被缩小为极其逼仄渺小之物。

在我清洗木桶停下休息的间歇，我和一位停下来观看的老人聊起鱼苗养殖和繁衍周期，在他等待回家的时间里，我们也聊起了这个地方和他的家。"那里有点麻烦。"他暗示道，但我并未发问。这个男人的背心和手上都沾着油污，有着厚厚的黄褐色指甲。他的棒球帽上印着"阿拉斯加州州鸟——蚊子"[1]字样，眼睛也布满了血丝。

虽然我们彼此并未介绍自己，但我知道这男人是谁；我在凯奇坎已经三周了，一直在找机会碰到他，因为他妻子曾经是我父亲的前台，和我父亲睡过。我想，那是我们所有人生活中的一个转折点。她的名字叫歌莉娅·希尔斯，虽然她当时已经和这个男人结婚，还用了他的姓；他的名字叫比尔·道格拉斯。我准备邀请他们两个一起吃晚饭，和她交谈，也许会告诉她我是谁。

"我原本从事木业，"比尔说着，"但那不再是一个好生意。"很明显他是那种一喝醉就会把所有事情告诉别人的酒鬼。比尔甚至还没有正式告诉我他的名字，他已经告诉我他正在找工作，自从他退

---

[1] 这是一个广为流传的玩笑，以揶揄当地蚊子之多。阿拉斯加州州鸟实际为柳雷鸟。

休之后他一直在做各种零工，他在过去的八年里工作的汽车修理厂已经关门了。安利公司也没有像之前允诺的给他带来钻石戒指。相反的，因为在那些他根本卖不出去的产品上过度投资，以及在别的工作上浪费了太多时间，现在他必须卖掉自己的房子，和他的妻子生活在拖车里。他没有凯迪拉克，甚至连一辆皮卡都没有。虽然他有一辆旧的雪佛兰蒙扎，但都生锈了，需要更换一些组件。而他妻子也比他先前想得更加愁苦了。

"她是个奇迹，好吧，"他说，咯咯笑起来，"我以前不知道她有那种东西。"

我也和他一起笑了。荒谬是让不幸变得可以忍受的唯一办法。

"那你每年放出多少条？"比尔问道。然后他指了指旁边池塘里的小鱼。

"五到六万条，"我告诉他，"大部分年份我们每年会回收二百五十条，也有可能是三百条。但是我刚到这儿。这是我的第一个鱼季。"洄游的鲑鱼会放在离河水不远的水泥池里，它们就是从那儿游上浅滩，深色的鱼脊暴露在鹅卵石和涟漪之上。那些小的粉鲑和红鲑，会和体型比它们大三倍的帝王鲑待在一块儿。它们在水中留下蛇行般的踪迹，滑过一道窄窄的斜槽，然后逆流——人工模拟瀑布——跃过四道矮水泥墙，挤在最后一个池子窄窄的边缘，很多鲑鱼会从这个池子掉落，然后它们又会重新往上跳。它们很顽强，也很急切，一心一意，纯粹的肌肉虽在不断衰退，但在运动中又流露出优雅。

"比尔·道格拉斯是我的名字。"比尔说，他伸出手来，我们握了握手。

"罗伊·费恩。我的爸爸吉姆·费恩,过去曾住在这里的镇上。他是个牙医。你认识他吗?"

"那是什么时候?"

"直到1972年,我想。"

"听起来有点熟悉,好像,"比尔说,"他也许曾经在第三街上的县大楼里,和伊文森医生还有其他的牙医一道。对吗?"

"就是他。我祖父曾经捕到一条很大的比目鱼——二百五六十斤重。曾经有张我们三个人的照片登在报纸的头版,祖孙三代站在一条大鱼旁边。"

比尔咯咯笑了。

"那听起来也很耳熟吗?"我问。

"有可能吧,"比尔用手帕擦擦嘴角,"有可能。"

"好吧。"我说,我并不满足。这个小镇上没人真正记得我们这个事实,让我感觉有点无家可归。

"介意我靠近看吗?"比尔问。

"不会,尽管看。"

我们朝最近的池子走去,看着小帝王鲑跳进两英尺长的水槽中。即使它们现在在身长两三英寸,但看起来和成熟的鱼没有什么两样,是完美的微缩版本。我忍不住幻想这些大鱼以足以睥睨重力的速度、在空中跃到四五十英尺高。它们落到水中并无半刻停留,瞬间就消失了。有时候我晚归,回来打开聚光灯,照亮它们银蓝色的鱼脊和眼睛,它们还在不停地跳跃。

比尔把他的手伸进池子,小鱼们原先形成的圆圈少了一块。"很难想象这些是帝王鲑。"他说。

他把手拿开,那个圆圈又恢复了。"我二十二岁时来到这里,那是1946年。我搭一辆红色的福特皮卡坐渡轮来到这里。那辆车连轮毂盖都是红的。"比尔摇摇头,"我当时还是蛮有趣的人,还穿着牛仔靴呢。"

"或许这就是我需要的,"我说,"牛仔靴还有红色的毂盖,然后我就都准备好了。"

比尔在牛仔裤上擦了擦手。"很不幸,它们也带来了其他东西。你得变成一个酒鬼,一个子儿都没有,娶一个你在这儿遇到的女人,主要是因为你被吓坏了。"

"吓坏了?"我问道。

"对啊。"比尔拉上夹克拉链,绕着池子走了一圈,弯下腰看水泵和软管,而后看着小鱼们跳跃。"有没有发现它们跳错地方?"

"恐怕还没有。"我笑着说,虽然到现在我已经被问过好几遍这个问题了。我想知道他妻子更多的情况。"哪天你愿意过来吃饭吗,你和你的太太?"我问他。

"什么?"

"抱歉,那听起来有点唐突,我猜。我得回去忙我的工作了,但是我在想邀请你和太太过来吃晚饭,如果你愿意的话。"

"很不错的提议,"比尔说,"我会把我的电话给你,你可以和我妻子打电话。"

我父亲长期失眠。他曾经和我分享过一个实验，一个大水槽里的几千只蚊子在反常的时间里被强光的闪光照射。对于很多蚊子来说，一个糟糕的夜晚足以让它们剩下的短暂一生失去平衡。之后当它们沿着水槽的玻璃壁嗡嗡飞行时，也许它们看起来有点漫不经心，身体摇晃着，或者以奇怪的角度挂在玻璃壁上，而且毫无疑问，它们从此无法正常入睡了。虽然有谁会认为蚊子也会睡觉？我父亲讲这个故事，似乎这个故事也可以用来解释他。一个糟糕的夜晚，或者他是在宣称自己是个预言家。又或者他只是感觉有点奇怪。当然，唯一真实的答案，是他觉得这个小故事很有趣，就像他讲过的其他故事一样。我父亲留给我的一切都烟消云散了。我看着那些遗骸，看着它们变幻着光线，直到不透明变得半透明，我只看到远处某块不特定的地面在延展，有着注定但却毫无意义的混乱。

有时候我会走上山，拜访我小时候住过的那间房子。那小屋坐落在两山之间的一处斜坡上，两侧曾经为森林环抱，但现在在周围十几座两三层高、有着变色玻璃和露台的深色木屋衬托下，显得有些矮小。远处峡湾和山脉的景色被廉价住宅区遮住了。自从我离开后，二十五年来这房子都没有被刷过，栅栏也失修很久。我父母和我刷上去的绿漆已经褪掉，露出下面的粉色，再往下一层是白色，最后就是裸露的木头了。屋顶的沥青纸暴露在外，装着金属滤网的门和临街的邮箱以不同的角度歪斜着，车道的小路已经坑坑洼洼，原本有篱笆的地方也光秃秃的。现在的住户还记得我们一家，邀请我进屋，但是这里已经没有任何回忆了，只有陌生的烟渍、宠物、食物还有孩子，罐头，以及地上四处乱扔的衣物。屋后的樱桃树，在我的印象中非常高，因为我曾经爬上去躲在里面，也从上面摔下过，大概只有十或者十二英尺高，枯瘦又毫不起眼。高高的围栏也只到我的腰部。我发现，回忆要比它们原初的样子丰饶太多：去追溯过往只会让人和回忆本身变得疏离。而往往，一个生命或者自我都是建立在回忆的基础上，重回家园只会移走那基础。

在给歌莉娅打电话时，我没有说自己的姓，我不确定她是否会知道，但是不管怎样她没有流露出知道的迹象。我们的交谈既真诚又短暂，但实际上没有向我提供任何信息，除了她的口音听起来像是来自波士顿，不是那种大嗓门儿的波士顿口音，而是更古典的、上流社会的腔调，但这还是说明不了什么。我第一百遍怀疑自己为什么要这么做，为什么我会出现在凯奇坎。在最初的回归和短暂的归属感之后，我感觉自己和这里格格不入，似乎父母的离异和我父亲的自杀发生在另外一个世界。

那天晚上，我一直在查看我的房子四周，我想自己有点疯狂，我研究着那些木头，甚至是油地毡上的裂缝。部分的山坡已经被开垦成住宅区，岩石被炸开。木头发旧了，也许从来没有彻底干燥过，但我可以肯定它们会永远存留下去。还有墙上的污渍，颜色鲜艳的绿油地毡，茶壶内部沉淀的白色、红色和其他颜色的矿物质，以及那些让风景变形的窗户——所有这一切都会抵挡住时间的磨损，只要这栋房子仍能被称为一座房子，这一切都会保留下来，甚至更久。

深夜，我继续四处游荡。在孵化场的大门口，我扭开门锁，溜了进去。我用网抓了几百条小鱼，又往口袋里倒了一把。我沿着公路上面的峭壁走着，光秃秃的石头上有很多凹槽，然后把小鱼一条条放在张开的手掌上。每条小鲑鱼都自发地跳脱出去，鱼尾在夜色中闪烁，发出银白色的光芒，下坠的六十英尺，它们一直在扭动，直到最后无声地拍向下方的路面。然后，等待着。等待着水，等待着新规则，新的可能性。它们可以让道路不再是道路，空气也不再是空气，坠落也不成为坠落。

我让每条鱼都这么做，耐心地等待每一条往下跳，整个过程中我一直在嘟囔着猥琐的句子："走上跳板吧，伙计。和其他鱼一起睡觉的时间到了。"

我看着最后一条鱼消失，想听到那细微的拍打声，但什么都没听到。路灯将夜雾照成橘黄色。天气很冷。我脱下外套、衬衫，折好放在一根树桩上。然后又脱下鞋子、裤子、内裤，摘下手表，又重新穿上鞋子。我系了两遍鞋带。我会跑步穿过整个森林，直到自己精疲力竭能够睡着；又或者，甚至在我闯进蕨草丛抑或踩上在虚假的第二层雨林路面之下不可见的腐木时，我能够获得某种洞见。于是我开始跑起来。但很快，我只感觉到疲惫，于是停下脚步，转身慢慢往回走。我意识到自己对那种事情再也没有任何信念了。那在我高中时还有效，大学时也起效过几次，但现在看起来毫无效果。于是我又穿上衣服，经过碎石和电线、水泥地、灌木丛，然后我站在遍洒在地上的小鱼身上，用脚后跟轻轻碾着它们。

第二天上班的时候，我的老板，一个年轻的生物学家，眼睛不

213

太对称（也正因此，我从来都没法确定他有没有看见我），让我写一封信给《凯奇坎每日新闻》，并且张贴传单让人们提供破案线索。我提议作为奖励，可以给提供线索的人奖励"渔夫洞穴"的双人晚餐，但我的老板不认为这个提议很好玩。

"我想你不明白，"他说，挠了挠一边的鬓角，"如果那个混蛋继续这样干，我们捉不到他的话，你和我都要走人。"

"好吧，"我说，"我是你的人。我会照办的。今天下班之前我会将信和传单都准备好。"

于是我写了一篇短短的新闻稿，提到盗贼作案的时间也许是在夜里，要求人们提高警惕，指出我们所有人都面临这类不断扩散的盗窃犯罪。然后我将新闻稿发给报社。我在传单上印上了小鱼鱼群的特写照片，小鱼一圈圈排成环状就像孔雀开屏。虽然难以辨认，却也触目惊心。在照片下方，我用黑体字印上了"寻物启事"几个字，然后又在下面详细地写上了罪状和联系电话。我写道，那些小鱼是在夜里被渔网捞走，罪犯目的不详。我问道："你了解你的街坊邻居吗？"

比尔和歌莉娅开着蒙扎车到了，我打开摇摇晃晃的大门。尽管歌莉娅是和我父亲有过婚外情的女人，我还是尽可能地将室内布置得舒适一些。我烤了甘薯，点燃蜡烛，将收音机调到唯一能搜到的两个频道中相对轻柔的那道，啤酒炖新鲜比目鱼肉。我决心要度过一段快乐的时光，也想让比尔和歌莉娅感觉快乐。

歌莉娅个头比比尔要高。也更年轻——也许才五十岁刚出头。

她的头发大体上还是金黄的。"你好,"她说,"很高兴见到你。"

我咕哝了一些空洞的废话,然后转到我真正想了解的事上去。"你不是本地人,对吗?你来自东海岸,对吧,新英格兰地区的什么地方?"

"波士顿。"她说。

"波士顿。"我重复道。"好吧,"我说,"我准备了些食物。你们要喝点什么吗?"

"您好。"比尔说道,和我握了手。在他妻子身旁,他更加笨拙。

"来瓶啤酒?"

"好啊。"

我无法想象这就是我父亲曾与之偷情过的前台。我一直想象她大张着涂着红色唇膏的嘴巴笑着,有着刺耳的讨厌的嗓音,而且非常愚蠢。当然,这只是一个孩子的设想,更多建立在对我母亲攻击我父亲时的感觉,而非具体内容上。但这种印象一直保持着,即使和她通过电话也无法抵消这种印象。我觉得有点尴尬。

"外面更冷了,"比尔坐在长沙发上说,"今年的冬天似乎会来得很早。"

"是啊,"我说,"我听到他们在收音机里讨论这个了。我只听到他们谈到这个,还有今年游客的减少。"

"那是真的,你知道的,"歌莉娅说,"各处的旅行社都在煎熬。在图书馆,我们已经必须缩短工时,裁员,减少甚至取消很多服务。例如,你们不能再给我们打电话咨询参考书目的问题。明年会删减更多服务。"

"你在图书馆工作?"我问,一个双重无意义的问题,因为在我第一次来到凯奇坎时,通过追踪她,我已经知道答案了。

"是的。"她说。

"在加州的莱克县,我祖母现在还住在那里,"我说,试图掩饰自己,"他们现在甚至没有一座公共图书馆。整个县也没有一个分馆,全都关闭了。还有几所小学也是如此。"

我和歌莉娅、比尔一起到了厨房外面小小的起居(用餐)室。这间屋子里的桌子靠一面墙放着,沙发靠着另一面墙。我坐在一把椅子上,椅背顶着餐桌。

"我不知道,"比尔说,"我认为我们不需要给每个人发传单,我知道我太太不喜欢这个观点,但是我必须说,如果有人要在这个国家做这样的事情,他们就会做到,就是这样。"

歌莉娅快步走到坐在沙发上的丈夫身边,抓住他的手。"亲爱的,今晚我不愿意谈安利的事情,如果可以的话。我想听听罗伊在做什么。"

"哦,"我说,听着她的声音心里很苦涩,"没关系。我没做过什么正经事。"我不知道该拿比尔的谈话禁区怎么办。我知道现在必须说点什么愚蠢的话来缓解氛围。"我叔叔过去卖过安利。"我说。

"这组织真的没那么坏,真的。"比尔说。

"是啊,"我说,"过去我和他去莫多克县打鹅的时候,我常常听着那些磁带。我叔叔,还有他那个叫大艾尔的朋友。他们让车窗大开着,大喊大叫——我叔叔来自内布拉斯加州——每隔一会儿,大艾尔都会朝我转过头来，伸出他的手指，然后……你知道，也许我不该继续讲这个了。很抱歉。"

"不，不。"歌莉娅说。

"我想应该下次再讲这个。"我说。

"不要紧。"比尔说。

我低头看着油地毡。"嗯，"我说，"我们何不到桌边用餐。我去把比目鱼和甘薯拿来。"

"甘薯？"歌莉娅问道，"听起来很棒。"

"是啊，"我说，"我从商店里买的。"

我讨厌自己听起来像个笨蛋。但是我现在因为某种缘故而发抖，没法好好思考。我把装有比目鱼的托盘从烤箱里拿出来，之前我一直将它放在那儿保温，用钳子把鱼块装到盘子里，然后开始准备甘薯。我还在上面放了一些棉花糖，不是因为我认为那是经典的风格，它也不是，而是我之前感觉如此温暖快乐，我想延迟这种少有的简单感觉。我小时候，我母亲就是这样做这道菜的。现在看起来显得有点奇怪。

"很抱歉有这些棉花糖，"我边端上盘子边说，"今天早些时候我有点想家。"

"我喜欢棉花糖。"比尔说。

"我们家的烤箱里上周还有棉花糖，"歌莉娅说，"虽然我们还拉下百叶窗，不让别人看到。"

我笑了，"那太好了。"我说，但是我感觉不舒服。没有一样东西和我预想的一样。歌莉娅丝毫不受困扰。这种念头让我怀疑自己是不是一直在寻求某种方式的复仇。"那是什么让你来到了阿拉斯加，歌莉娅？"

收音机里正放着迈尔斯·戴维斯的歌，这样的片刻在凯奇坎真是少有。没什么东西是稳固可靠的。我感觉自己身处他方。

"比目鱼味道真好，罗伊。"歌莉娅说道。

"是啊，非常棒。"比尔接着说。

"谢谢。"我说。

"回答你的问题，我大二那年的暑假来这里的一个罐头厂工作，然后通过一个同行的朋友认识了比尔。"

"哇噢，"我说，"所以你本来只是来过一个暑假的，结果你现在还在这儿。"

"是的。"歌莉娅说。

我让她停下片刻继续进餐。我拨开甘薯上的棉花糖，留待最后享用。当我抬眼瞥她时，歌莉娅正直盯盯地看着我。她知道我是谁，我很确定。

"当我还小时，我一直想当一个鱼类学家，"我说，只是觉得要说点什么，"然后现在我却在一个孵化场清洗着过滤器，没有学习任何东西。即使我有大学学位，但那对我想做的任何事情没有帮助。"我像个拳手一样抡起拳头。"我本来可以成为拳击选手的。"我大吼道。我总是在一筹莫展的时候就变得很搞笑。歌莉娅笑了。比尔也是，虽然他看起来有点困惑。

"永远不会太迟。"歌莉娅说。

"你能把比目鱼递给我吗，歌莉娅？"比尔问道。

我看到那些小鱼从空中翻滚落下，它们圆滚滚的银色眼珠里面镶嵌着蓝色，巨大且无畏。"天哪。"我说。

"怎么了？"歌莉娅问道，"出什么事了？"

"抱歉，我可能是看到了窗外的什么。你知道这些窗户都是真的玻璃吗，会让所有东西看起来都变形？"

"真的吗？"歌莉娅问道。她和比尔都站起来瞧着。

"外面很黑，"比尔说，"你是怎么看到东西的？"

"到外面去，"我说，"我就在起居室里走动，你们可以看着我。"

"好吧，"比尔说，"可别恶作剧。"

歌莉娅笑了。

"没问题。"

于是门嘭地关上了，我像是第一次这样跨步走过地板。我都不记得自己平时是怎么走路的了。我意识到自己的步子太小，油地毡也发出噼啪的响声。这里的光线太亮了，墙上没有任何装饰。为了制造效果，我轻轻挥舞着手臂，鼓起腮帮子；又朝着天花板前后摆动头部；我怀疑这一切能有什么意义。我也在寻思着什么时候结束这顿晚餐，不再表现得无礼。

比尔和歌莉娅进门的时候正大声笑着。

"确实不是恶作剧。"歌莉娅说。

"真是精彩的表演，"比尔说，"就好像看着哈哈镜里的自己，只是那个人不是我而已。"

"比尔，"歌莉娅说，"你说得可真有诗意。"

"我没有在夸大任何东西,"比尔说,"我也没有粉饰窗户。"

我笑了,"尤其是这些窗户。"我说。

我又坐回到椅子上,示意比尔和歌莉娅也坐下来。我忍受着这些琐碎的对话。我吃完了自己的那份比目鱼、甘薯、面包,甚至棉花糖。我喝了一瓶啤酒,然后又喝了一瓶。我说到我父亲拥有的那条渔船,那条船是个错误。

"你父亲是商业渔民吗?"歌莉娅问。

"差不多,"我告诉她,"他做过很多工作。"歌莉娅是一个很有魅力的人,这点让我很受打击。也许,我父亲一开始只把她当成朋友。也许他从来没有在我母亲身上有这种感觉。也许,在某种程度上,他实际上很孤独。我不想沉浸在这种想法里。此时此刻,我对我父亲的同情已经局限在一个给他周围所有人带来本可避免的伤害、而他自己也必定因此受苦的男人身上。我不想扩大这种想法。

"不管怎样,我母亲现在在考艾岛当一个小学的顾问。"我告诉歌莉娅和比尔。我说这话既想摆脱谈话,也想摆脱自己的思绪。我们讨论着那儿的凤梨和甘蔗,讨论了一年到头光着身子奔跑,甚至连雨水都是温热的。然后我补充说就在凯奇坎,我也光着身子在夜里跑步,而很明显我不该分享这个。

"这里?"比尔问。

"你当时在想什么呢?"歌莉娅想知道。

我伸了伸懒腰,不知道说什么。

"我们也许不该提这个,歌莉娅。"比尔说。

"嗯,"我说,"也许只是时间很晚了。"

于是我送他们出门,看他们穿上外套和所有的衣服,但是比尔在蒙扎车里暖车的时候,歌莉娅又折了回来。

"你又回来了。"我说。

"你知道的,罗伊,我很感激你邀请我们来。比尔喝多了一点,但是我很感激你邀请我们过来。"她把手搭在我的胳膊上,一个足够简单的手势,却足以让我寻思我父亲在她的触摸下是什么感觉。

"不客气,"我说,"车子似乎暖好了。"那个时候我应该和她交谈的,我应该告诉她我是谁,向她询问我的父亲,也许能了解一些实情,但是我没有勇气。我甚至都无法看她。

"再见。"歌莉娅说。

凌晨两点,站在凯奇坎峡湾齐膝盖的海水里,我为自己感到羞耻。海水啃啮着岩石。潜鸟们躲藏在树林边上的什么地方啭鸣着。看起来总不像真实黑暗的薄暮,在雾气里变得更加浓重。都是孤独的愚蠢形象,一种嘲讽。

我穿着一件外套,我对自己说着话,试着让舌根放松。我母亲会为我骄傲的。然后我又再度哭泣,随后又觉得烦乱,于是我又往峡湾深处走了一步,鞋子在岩石上打滑。我的大腿开始感觉到冰冷,身体的其他部分都麻木了。我整个人都站在水里,试图告诉自己,要放逐掉原来那些感觉,也许多年以来我想象出来的、长久塑造着我的生活的那些悲剧、离婚和自杀,都是另外一种样子,至少不是如我想象的那样。但是,然后,我又会变成什么样的人呢?

薄雾如轻纱笼罩，好像夏天的衣物，这只是种假象。鲑鱼就在我的身下，美丽的银色鲑鱼，它们深色的鱼身四处无形地滑动，奔向小溪口，它们把我当成什么呢？水母们也在漂浮着，还有橘色红色的海星。我父亲过去曾经喊作翻车鱼的岩鱼，用力撞着船身，直到它们的身体挣脱鱼钩，有的时候只剩它们的头还钩在上面。红鲷鱼身体发胀褪色，眼球凸出，嘴巴里喷出鱼鳔，就像它们第二根不透明的舌头。它们像是来自一个重力和空气都截然不同的世界，归根结底，一个被虚空承载的世界。

飞上青天

在他生命的最末端——总是在让人惊讶的时点——我父亲迷上了萨白利昂[①]。你知道，这只是传闻，但是我喜欢想到当我父亲买到他的第一口锅时，当他穿着牙医工作服站在一个几乎被废弃的阿拉斯加小镇的唯一一家厨具店里、惊奇地跃进他的新生活时，我在他的身旁挑选着一只搅拌器。

我父亲的房子里没有一件家具。它是全新的，到处都空空的，甚至还没有地址。它坐落在山顶附近的小丘上，纸皮桦像蜡烛那样整齐排列着，1980年3月15日的下午四点，无人注意的北极光带着迷人的绿色阴影，一个男孩和他父亲都穿着皮大衣，一只手电筒，铜碗，搅拌器，应急用的糖，尽管心里有点抗拒，但这里还是有一种家的感觉。这些物品带着男孩和他的父亲，父亲和他的孩子，进入了厨房。那里的光线并不适合做萨白利昂，也许是太干燥了，于是那父亲紧闭门窗，往水槽里放了水，将厨房和屋子的其他部分隔离开来，而那男孩往所有的缝隙里塞上擦碗的毛

[①] 萨白利昂（Zabaglione），一种意大利甜品，类似于蛋奶冻。

巾，堵得更严实一点。

"我需要条围裙。"父亲说。但是他知道那里没有围裙。这是一所新房子。在男孩到达之前，这里没有别人。要是有窗帘的话，他会从水槽上方的窗户上取下一条当作围裙。

"好吧，"父亲说，把冬季外套围在腰上，"这得管用。我们先把所有东西放到工作台子上。"

三本新食谱、三个鸡蛋、塑料蛋黄分离器、大汤匙、一袋五磅规格的糖、量杯、马沙拉葡萄酒、两只碗、两只雪莉酒杯、两把勺子、搅拌器还有一只铜盆。我喜欢把那个男孩想得有用点，所有的工具都排放整齐了。那父亲没有第二口锅，但是他有只金属的肉汁碗，他往其中注满水放到出火口上。"嗯……"他边扭开燃气边说着，自动点火器发着啪嗒啪嗒的声响，但并未有火苗冒出。

"纯萨白利昂单吃会有点腻，"男孩大声地对他父亲朗读，"但我们现在做的就是这个，对吗？"

"你在读哪段？"父亲问道，从男孩手里拿过书，他脸上难以捉摸的表情一直铭刻在男孩心底。窗外一片黑暗，屋子里唯一的声音就是燃气的啪嗒声。男孩还没有吃晚饭，感觉自己即将开始抱怨。他越这么想，就越觉得饥肠辘辘。

"这不是我之前读到的那本，"父亲说，"至少不完全一样。书的作者——朱利安诺·布吉阿力——哈，真是有趣的名字啊——一直提到一只木勺，而我连只木勺也没有。'就在沸腾之前'，那家伙在这里提到了'萨白昂'——他的拼写也不太一样，'萨白昂'应该要厚到能粘在那把木勺上。那就代表它做好了。"父亲将书还给他的孩子,用一种模仿的意大利腔,一手在空中比画着,"那就代表它做好了"。男孩咧嘴笑了起来。

父亲又打开另一本食谱。"我们开始吧,"他说,"很简单——用金属搅拌器用力搅拌,直到蛋奶冻发泡为止。"

"我们就用那根搅拌器吧。"男孩说,赞成后一种做法。

"好的。"他父亲说,准备实现梦想。

炉灶还在发出啪嗒声,但还是没有火苗。父亲将金属肉汁碗移到台子上,然后掀起炉灶的顶部仔细查看。"是全新的。"他说,然后又试了另外一个出火口上。还是只有啪嗒声,以及微弱的嘶嘶声。"你干吗不去打蛋,把蛋黄分出来,我来修理炉灶。"他说。

"好的。"男孩说着,接受了伤心的结果。但是当他去看食谱时,他发现那需要六只鸡蛋。他们只有三只。另外一本食谱则只需要三个鸡蛋。男孩努力与毁灭感搏斗。他有胆量指出另一个瑕疵吗?这会不会开始看起来像是他自己的错?男孩打了三个鸡蛋,把蛋清倒进一只碗里,蛋白则放进另一只碗。

父亲关上炉灶门,"这里没有线索,"他说,"我不知道这该死的东西怎么弄的。"他朝男孩露齿一笑。

"我们可以用根火柴试一试。"男孩建议道。

"一根火柴!"父亲发出胜利的欢呼,"不愧是我儿子。"你瞧,事实上,水槽旁的某个厨房抽屉里就有一盒火柴。男孩胆子更大了些;也许这是他性格中的缺陷。但是他又一会儿忘记了后果,向他的父亲指出需要六只鸡蛋的问题。

"六只?"父亲问道。瞬间天崩地裂。当他父亲粗翻阅读那三

225

本食谱时，那男孩退后靠在水槽边。他不再觉得饥饿。他已经失掉了胃口，还有点头晕。如果他父亲坚持要自杀，男孩可不愿再掺和进去。他打开水槽下面的橱柜，钻了进去。

"哦，该死的，"父亲说着，"我们必须试着只用三个鸡蛋。"男孩听到金属肉汁碗被放到火口上的声音，碗里的水微微晃动，然后薄薄的碗壁嗡嗡响着：就像某种水动警铃，还微微发光。然后是火柴被擦亮的声音，火焰轰然蹿出，那男孩肺里的空气被吸出去，男孩想象自己瞥到了一件烧着的皮大衣，还有一个着火的父亲旋转着飞到空中。

当然，那个男孩活下来了，因为他身处几千英里之外。那个父亲就没有那么幸运了。红灯，树林一片寂然。但是我应该从更贴近真相的地方讲起。

那个预想到我的存在的单身汉，过着独居的生活，用汤罐头和华夫饼干盒计量着他的人生。要不是他坚持那些习惯，还有一个用过很多遍但从来没洗过的、放在炉子上保温的金属肉汁碗，我所知道的生活也许永远不会开始。

驼背眼花，弯腰伏在一本本解剖学、牙周病学、牙髓病学还有其他牙科的专著上，咬紧被充分学习但从未被好好利用过的下颚，禁闭在日光灯和油地毡组成的空间里，一心梦想着晴空万里的旷野，想着鱼竿和猎枪，还有被荒野小道磨旧的靴子重重踩在地上的声音。这个生物激起了一个本身没什么家务天分，但至少有外出就餐意识的女人的怜悯。

"我带他去一个中餐馆吃晚饭,在我的公寓给他做了一杯咖啡、一份薄荷巧克力脆片冰激凌,然后他就是我的了。"我母亲告诉我。

那个生物开始挺直腰板走路了,脸色也不再苍白,偶尔还能看到白天的光线,品尝各地生产的丰富的食物,开始梦想比他的皮靴更柔软更特别的东西。这个生物被赋予了一个名字。他被叫作"甜心"。

"开始的两年挺好的。然后他开始将我的存在视为理所当然。我给了他生命,他是这样满足,以至于要把它分享给别人。确切地说,是分给一个叫歌莉娅的前台。"

那个叫作甜心的东西,已经学着走路、观察、品尝美食、做梦,然后他走得更远、看得更多,奢侈地品尝美食,后来他一遍遍地梦想着这些。那个东西被告知不要再走下去,但是他没有停下步子。那个东西变得膨胀,飞过了城市的上空,比空气还轻。

"和他离婚的那天,我给了他一只开罐器,"我母亲告诉我,"他不知道这是什么意思。我告诉他他很快就会明白的。"

那个东西突然炸开了,像一锅通心粉汤砸在地上,比脸朝下摔到地上的伊卡洛斯还要可怕。从那堆黏糊糊的东西中长出了一只手,一直转啊转啊转……

在后来的日子里,我试着去了解父亲。我叫他爸爸,带上日用品去他的房子,尽管天生排斥那个,但我还是学着做意大利面。为了得到些许回应,我甚至还尖锐地问起他的生活。

"你是什么时候第一次意识到自己犯了一个错误的?"我问。

"什么错误?"

如果事实不是他是这个世界上唯一的父亲的话，我也许会放弃问下去。他是所有的那些求婚者和潜在的求婚者中唯一剩下的人。我从已有的材料入手。

我所知的是：一个表情阴郁的、容易受伤的人，穿着牙医工作服坐在一张小桌旁，做着承诺，"让我来帮你搞定这些面条。你母亲从来都不理解我；发生的事情比她认为的还要多。我可以做色拉。你想让我做色拉吗？"

那父亲有着蓝灰色的眼睛，视力正在减退，被各种小病痛折磨。每当他和现任女友撒谎时，第二天一早他一定会腹泻。春秋两季他都会过敏。只要他一想到钱，想到那些年里所有那些冒险的、仓促的投资，他的右眼底部就会出现一丝剧烈的疼痛，然后蔓延到他的前额。

偶尔，因为一时的疼痛，那个父亲会发现我是个独立的存在，然后向我抛来他的问题。

"你正在约会的那个姑娘怎么样？"

"我们八月份就分手了，爸爸。现在是十一月了。"

"哈，"但是他迅速地振作起来，"你还记得那台拖拉机吗？"

"什么？"我问。

"绿色的拖拉机，你知道的。在你小的时候我经常让你骑在那上头。你还记得类似那样的事吗？"

"不，我想我不记得了。"

然后就是去商场。那个父亲对这件事非常紧张。他要为现任女友选购生日礼物。

"我不知道。"他说,这句话传达了几件事:没有礼物就意味着没有女朋友,没有女朋友就意味着再次像通心粉汤一样坠在地上,而再次坠落又意味着一辈子活在悔恨、羞耻和总体的自我憎恶中,而该为此负责的人,当然就是我。

"我很高兴和你一起去。"我说。

一来到发胶和徕卡区,我便说起往日的狩猎之旅,来为那个畏畏缩缩的父亲打气。我说起几个众所周知的故事,比如一头近处的公鹿跳过我的子弹、消失在灌木丛里。我还提到有次我只带着双筒望远镜时,一头野猪在我身后悄悄逼近,它沿着尖锐的山脊追着我跑,直到我几乎跌下去(踩得悬崖边的小石子翻飞出去),最后我只有伸长身体紧拉住一棵只有十英尺高的橡树最顶端的树枝,才得以逃开那头野猪。当然,无论公鹿还是野猪,都是虚构的。我朝着空中开了那枪。那头猪也只是无聊、骄傲、自负和原始恐惧的产物。

"你有一些了不起的经历,好了。"那父亲看着一名高中生身后说,我内心产生了片刻的怀疑:毕竟,只有骗子才最有可能认出另外一个骗子。

但无论如何,那父亲还是受到了鼓舞。"也许,我们可以去找条项链,"他说,"或者某种饰品。"

那天下午其余时候,我们用食指掠过商场里所能找到的全部金饰和银饰。父亲弯曲的双腿变得灵活,话匣子也打开了。

"我告诉过你我曾经想当一名画家吗?"父亲问道。

"你?"

"当然。我有点像是比较没耐性的布鲁盖尔。"

我思考了片刻,然后问道:"还有呢?"

"你问这个是什么意思,'还有呢'?"

"你还有什么是我应该知道的?你知道,我对你的了解很少。"

"好吧,儿子,让我来告诉你所有我的事吧。"

当然,那父亲从来没有告诉我任何事情,但是回顾往日,我可以看到那天下午是我和父亲最亲近的时刻。也许那只是几个动作——他提起牛仔裤的样子,一个营业员喋喋不休推销时他一侧嘴角上扬的模样,我自认为从他眼睛的细小动作中,看到了感激和父爱——但即便是这样的迹象也只是我的想象,它们似乎满足了我长久渴望的东西。

回头看,我也能看到父亲那天下午在商场达到了人生的某个高点。甚至我可以说,那个父亲再一次翱翔在城市上空了。他对那条三色的金项链非常满意,压根没怀疑那无可避免的坠落即将来到,就好像他人生盘旋向下的坠落被暂停了。我父亲从欧时曼体育用品专柜的角落里,登上了一个展示台,而当时我正因为没有对手而将壁球一遍遍扔向墙壁,此举正引起售货员的注意力。我父亲将自己绑在悬在天花板上的滑翔机的背带上。他穿着黄色的荧光防风衣,戴着无带运动头盔,朝我竖起大拇指,然后飞了起来。

当然,我母亲早已料想到我父亲离婚后一系列无可避免的坠落。

"有些事情永远也学不会,"她说,"如果你父亲是只旅鼠,他会重新爬到悬崖上再跳下去的。"

也许我们对父亲从来都不够大度。毕竟，要成为一个父亲对那个生物而言太沉重了。我猜，这听起来有点苦涩，但我并不是这个初衷；很多次我父亲极度清晰地向我展示了我日后会变成的模样，当然，即便这不总是祝福，但也算是某种礼物。

现在，我父亲变成了我母亲农舍附近的一小块大理石板，位于海边的一处长满野草和冰叶日中花的原野上。我母亲喜欢有他陪在身边，还号称他们的交谈比往日更好了。

"我再也不需要感觉愤怒了，"她说，"我现在能为他感到难过了。我现在做的都是满腹记忆和渴望的老女人常做的事。虽然偶尔我也会休息一下。"

那小块大理石板也再合适不过地满足了我自己的需求。就像往日一样，我带上鲜花，和他并排坐着，唯一不同的是我现在再也不需要做意大利面了。我听着浪花撕碎彼此的声音，用手指掐下一支冰花，望着湛蓝的天空。有时候，在高空的气流中捕捉到一种充满希望的、持续不断的拍打声时，我差点以为我的父亲最终又重生了。

大卫·范恩访谈

张 芸

我第一次遇见大卫·范恩是在 2012 年的《洛杉矶时报》图书节上，他异常炯然的眼神和几乎永不消失的笑容，似乎难以将他与一个童年时遭遇父亲自杀、成年后把这段伤痛回忆写成小说的作者联系在一起。2013 年，我得知他以父亲自杀为题材的短篇小说集《一个自杀者的传说》将在中国出版；同年夏，大卫·范恩受荷兰文学基金会和阿姆斯特丹艺术基金会之邀，作为驻市作家在阿姆斯特丹居住六周。其间我正好旅行经过阿姆斯特丹。应九久读书人编辑之邀，我在城中心一家名叫但丁的咖啡馆与他见面，做了这篇采访。

张芸：是什么促使你走上写作之路？
大卫·范恩：我从小就爱写东西，甚至在我还不会写字时，我曾口述松鼠的故事、树的故事，我的母亲非常鼓励我，她会把这些故事记下来。等长大一些学会读写后，我记叙每年和家人打猎、捕鱼的经历。我在阿拉斯加长大，我们经常去捕鱼、打猎，后来搬到加利福尼亚北部也一样，比如像去公羊山(Goat Mountain，亦是大卫·范恩最新出版的同名小说)山顶的猎鹿牧场。故事的标题有像"北上阿拉斯加"，写我们怎么乘皮筏在河上漂流，差点丧生。我父亲有一次带我们去一条很危险的河上漂流，他毫无经验，那天下午，我们一家三代人差点绝命于此。这些属于历险故事。上高中时，我开始写一些实则很拙劣的新时代(New Age)诗歌，竭力让自己表现得讨人喜欢，但惨不忍睹。到大学里，我又尝试写短篇小说，写得很糟，但渐渐的，我开始着手写我的父亲，从我十九岁到二十九岁，用十年时间完成了短篇集《一个自杀者的传说》，我把其中一些故事放在第一篇《鱼类学》里，而中篇《苏宽岛》是在这十年的最后阶段写的。事实上，就这本集子里出版的篇目而言，都是我在很短时间内写就的。比如《鱼类学》那篇，我前一晚写到三点，第二天起来后一上午就把它写完了；中篇《苏宽岛》，有一半是我在从加州到夏威夷的十七天航海途中完成的。总的来说，我迄今出版的作品都是一气呵成，而且基本保持初稿的原样。不过在《一个自杀者的传说》最终成书前的十年里，我不断写了扔，写了扔，一次次失败。虽然我总听人说，创作的很大一部分是修改，一稿接一稿，反复改上十几稿。可对我而言，写作过程进行得很快，我的修改只是润色文字，这方面可能会花几个月，力求精细准确，至于剪辑或删减场景、调整叙事顺序之类，我不做这些根本的改动。

张芸：《一个自杀者的传说》写的是你父亲自杀的悲剧，这让人震惊，你怎么会想到将此作为小说题材？

范恩：那件事像一团可怕骇人的乱麻，关于他的自杀，没有一个统一的故事，没有确凿可靠的版本，发生了什么，意味着什么，究竟是怎么回事，我的家人各有自己不同的说法，那是一个非常混乱的局面，也是我当时人生中天大的一件事，带来了巨大变化。在此后的三年里，我告诉别人他是死于癌症，因为他的自杀让我感到羞耻，我不想让任何人知道事实的真相。约莫有十五年，我整夜失眠，无法入睡。我心里亦内疚万分，因为他让我去阿拉斯加陪他生活一年，我没有答应，不久他就自杀了。

张芸：这和《苏宽岛》里的情节很像。

范恩：对，在《苏宽岛》里，男孩答应了父亲，而在现实生活里我说了"不"，我没有去，没有和父亲共同生活。故事里的一切全是虚构出来的，可那又好像是第二次机会，通过写作回到过去，想象和他生活一年的情景，里面包含了我的种种恐惧和不安，对于他的绝望沮丧，这是我之所以拒绝他的原因，在当时那一刻，他让我害怕。我想《苏宽岛》正反映出了我的这种惶恐，对如果真去了以后会发生什么的惶恐。但事后我自责不已，我想，假如我答应，我的父亲可能还活着。

张芸：这本短篇集像一个不可分割的整体，故事之间互有关联，但有时这种关联是矛盾的，让整本书更加耐人寻味，包括书名"一个自杀者的传说"，亦非取自集子里某篇故事的标题。这一独特的组合方式有什么特殊含义？

范恩：在我刚开始写这本书时，其实是个很混乱的状态。一方面我在学习写作，受到很多作家的影响，所以每篇故事都尝试了一种不同的文体。比如《罗达》一篇，采用极简主义的写法，影响来自雷蒙德·卡佛和其他二十世纪八十年代加州的极简主义作家。最后一篇《飞上青天》，学习的是幻象主义(Fabulism)，比如唐纳德·巴塞尔姆和他的小说《死去的父亲》。《凯奇坎》一篇，在如何组织描写水上场景的句子方面，有部分段落受了加西亚·马尔克斯的短篇《鬼船最后的航行》的影响。所以这本集子里其实融合了各种不同的文体风格，那时，我不知道怎么去书写父亲的自杀，于是有了这种种不同的处理手法，试图去理解他是谁，他的自杀意味着什么。之后我读了乔叟，距今六百多年前的一位中世纪英语作家，他有一本不大为人所知的书，叫《贤妇传说》(*The Legend of Good Women*)，采用圣徒传记(hagiography)的体例，一种用于记录圣徒生活的传统写作方式，比如天主教、基督教的圣徒，其结构为创作一连串单幅的人物写照，这启发我创作了短篇《好男人的传说》，给一个个前来追求男孩母亲、可能取代父亲角色的男子画像，一如《奥德赛》里的儿子忒勒马科斯，看着珀涅罗珀的求婚者。我意识到可以用一连串人物写照来组织一个故事，这是一种可行的文学结构，借鉴自六百年前的中世纪文学形式。等完成这个短篇后，我发现可以用这种方式把这些故事集结成一本书,对一个自杀者的一系列写照。"传说"(legend)一词在英语里有个特定含义,指记录圣徒一生的写照集,这是书名"一个自杀者的传说"的由来。

另外,乔叟最著名的作品《坎特伯雷故事集》对我亦有巨大影响,它包含了一种风格和内容上的辩论,每个故事的内容不同,叙述风格也不同,彼此间形成某种对话和论争,这是我对这本短篇集的另一层构想:故事间互相矛盾的内容,未填补的空白,非连贯的叙事,创造一种更有趣的对撞,更好地呈现对自杀一事的零乱破碎的认识,每个家人各执一词,没有统一的说法。

张芸:最长一篇《苏宽岛》是何时加入这个集子的呢?

范恩:《苏宽岛》是最后写的,当时我二十九岁,找不到出版商出版我的作品,也无法在大学里谋得教职,所以我就去当了船长,一边航海,一边在船上教授创意写作,在海上建起了我的大学写作班。我在第一次出海中,用十七天时间完成了半部《苏宽岛》,非常快,非常急促,那是一段不寻常的时光,我每次睡觉不超过四十五分钟,必须不分昼夜随时起来检查轮船的所有情况,引擎是否正常,船帆如何,等等。我当了八年船长,后来还自己去造船,从事和写作大相径庭的职业,造船所需的每项工艺我基本都会,像焊接工、柴油机技工、电工、船帆装配工、管道工、油漆工,我都可以干,和写作教书完全是两个世界。

张芸:《苏宽岛》前半部分给人的印象,这将是一个写父亲自杀的故事，谁知中间发生了令人骇异的转折，颠覆了整个故事的走向，而有意思的是，这个出乎意料的转折，却又出乎意料地富有说服力。你怎么会构想这样一个转折？

范恩：这个转折的出现，是我人生中最意味深长的一刻，彻底改变了我对写作的认识。在那以前我认为写作需要修改，需要控制，需要布局谋篇，诚如别人教我的那样，塑造出一个作品，然后雕琢抛光。但在那一刻，我并未预见到这个转折的来临，直到已经写下半个句子，之前我完全没想过故事会朝那个方向发展，我以为会以父亲的自杀而收场，那是我原本意想的故事走向。创作这个中篇的初衷是为了走近他绝望的内心，在此前写的故事里，我觉得自己缺乏勇气去近距离面对他真正的绝望和导致他自杀的缘由，其他几个短篇写得虽美，但并未真正试图去理解他。写下那个骇人的转折时，我不得不停笔，我无法置信。第二天，我打算删除那一节，回到原本的构思，但重读一遍后发现，前面的内容的确把故事导向了这一刻，文本内部无意识形成的发展模式，和加诸男孩身上的种种压力，要照顾父亲，感觉永远回不了家，一切永无尽头，找不到方法安抚父亲，"我"被这一切缚住了。有生以来我第一次发现，写作是一项无意识的活动，作品中大部分的结构组织是在不自觉中形成，而非实际计划出来的，比先有主题、理念、规划或大纲更佳，有了那些，会把一本书写小写死，限制了存在的可能性。无意识是一种更广阔甚至更疯狂的状态，牵连出你意想不到的事，而这种牵连里包含了现实真实的一面。

在我看来，小说是命定的，从根本上说，是一种发生在纸上的不自觉的转化，把我个人过去的经历转化成某些别的东西。多年来我一直背负着父亲自杀这件事，直到那一刻后，转而由他来背负我的遗体。那类似心理上的逆转，折射出我的一种渴求，渴求复仇，和我对他的怒火。同时，这个逆转让我可以讲出之前我讲不出的事，比如，我无法记述他自杀的情形、他的遗体呈什么样，无法记述得知他自杀后第一时间内的悲伤，但一逆转，记述成了可能。我可以描述父亲怎么发现男孩，描述男孩的遗体。父亲自杀后，我几乎不曾正视他的遗体，很多年一直否认，假装那没有发生。经由那个转折，我可以真实地再现自杀者的遗体，真实地再现那份悲伤，能够写出十年来我不知该如何下笔的东西，历经种种失败，终于找到书写的方式。所以对我而言，这是小说里最让我为之一振的部分，是我第一次不按照预先的计划来创作，任一切潜意识里的可能涌上来，自那以后，我的作品不再有规划大纲，只是通过每天的写作来发现笔下人物的命运，这不免疯狂，而更疯狂的是，我竟然持续写到了今天。我喜爱这种方式，它让我着迷，成为我写作的动力。

张芸：这么听起来，写作好像媒介，把某种已经存在的故事传递到读者面前。

范恩：我认为写作本质上是一种碰撞，把发生在我家庭里的故事、我家族的过去和我喜欢的文学形式结合起来，例如科马克·麦卡锡的《血色子午线》，或弗兰纳里·奥康纳的短篇小说，并融汇我所学的语言，像拉丁语、古英语之类，这三者在无意识形成的转化中发生碰撞，创造出真实的笔下世界，让人物生动逼真，具有行动力。当这种碰撞发生时，激起的火花给人以真实感，就像原子碰撞发出的光，读者能察觉到实际发生的事，能置身其中，受到感染。小说有其命定的安排，如果只是抽象的主题或构思，那打动不了读者，但如果在写作过程中确实有东西击中作者，那读者亦能身临其境，感同身受。我知道这听起来有点像巫术信仰，也许事实并非如此，不过我个人这么认为。我很高兴我的书在出版时，除了文字上的润饰以外，其余基本和初稿一样，我能感觉到所有无意识的模式依然保留在那儿，没有删减、改动、剪辑。我在之后的岁月里不断发现书里到底写了什么。以《一个自杀者的传说》为例，我二十九岁时写完这本书，现在四十六岁，虽然过去了十七年，但直到今天，我对它的认识还在继续，有时在接受采访时，遇到聪慧的采访者，会让我有新的发现。对我而言，读者能读到我作品写下时的原貌，是件令人兴奋的事。换言之，书是一场演出，呈现了创作中的每一幕，没有事后的更改或变动。

张芸：你说这本短篇集从完成到出版中间相隔了十余年，为什么等了这么久？

范恩：因为没有文学经纪人愿意把书稿发给出版商。有六个文学经纪人读过书稿，他们虽然喜欢，承认这是一本好书，但没有一个认为它能卖得出去。所以我实际从未收到过一封来自编辑的拒稿信，因为书稿根本没到过任何编辑手中。即便声势和安德鲁·怀利齐名的英语文学经纪人阿曼达·"宾奇"·厄本，对这本书也没有把握。最后我把它寄去参加了一个文学比赛，评委从两百部书稿中选出他们最心仪的，《一个自杀者的传说》幸运中选，然后由马萨诸塞大学出版社付梓出版，那是奖励的一部分，不管写的是什么。

同样的事也发生在我另一本写校园枪击案的书《人间末日》（Last Day on Earth）上，我的经纪人不愿发给编辑，他们私下询问了几个编辑是否有意出版这本书，但没有人回应。其后因为它获得美国作家与写作协会（AWP）设立的非虚构类奖（《一个自杀者的传说》获得的是同一系列奖里的短篇小说奖），而由某大学出版社出版。两度，我无望出版的书通过文学奖而得以问世。

大学出版社出版的书印量不大，收到的书评也很少，关于《一个自杀者的传说》只有三篇书评，但很幸运的是，其中一篇是《纽约时报》的整版书评。作者汤姆·比瑟尔也是一位小说家，他非常热心，尽其所能不让这本书被湮没，尤其是他撰写的出色书评，促使哈珀·柯林斯出版社购下了这本短篇集的平装版权，并签下我的下一本书《驯鹿岛》，接着来了英国的出版社、法国的出版社……这是初始的起步。当作家确实需要一点运气以及别人的慷慨相助时，《纽约时报》那篇书评可以说扭转了我的一生。

张芸：在这受挫的十余年里，你是否想过放弃写作？

范恩：想过。我停笔了六年，从三十岁到三十六岁，错过了对一个作家而言本该是创作力最旺盛的时期，那几年，我对自己所受的教育、掌握的语言一点也不生疏，本应是很好的写作时光，可我去当了船长，去航海造船。在和我太太从相识到结婚的三年里，我没有写过一点东西，当我重拾写作时，她很害怕我会突然变成另外一个人，因为她从未认识过一个从事写作的我。那六年里，我沮丧至极，心灰意冷，我想，既然书出版不了，写它有何用，为什么还要继续写下去？的确，我当时有点孩子气，我本该更勇敢一些，更坚持一些。

张芸：是什么让你回到写作的路上？是因为《一个自杀者的传说》的出版吗？

范恩：不是。那时书仍未出版，会再度提笔写作是因为在以船为生的同时，我仍感到某种空虚，逐渐发现写作才是我真正热爱的，于是我开始写非虚构类的作品，记述开船航海的经历，出版了回忆录《下沉一英里》(*A Mile Down: The True Story of a Disastrous Career at Sea*)，同时写完的还有一本以墨西哥为背景的航海回忆录，西班牙语版会在明年出版。通过这两本书，我重新学习怎么写作，中断的六年，让我遗忘了写作的语感，把以前学的都荒疏了。这方面我深感后悔，走了一条歧路，违背了真实的自己，我猜很多人有过这样的境遇，因为一股冲力，过了并非自己所愿的生活。这种悔恨体现在我第二本小说《驯鹿岛》的主人公加里身上，他深悔没有完成博士论文，成为益格鲁-撒克逊语学家，而跑到阿拉斯加，以捕鱼造船为生，结果一事无成。

《下沉一英里》出版后，登上了几家报纸的畅销榜，如《洛杉矶时报》《华盛顿邮报》，让我得到了一份在大学教书的工作，因为要在大学谋得教职，仅有创意写作的学位并不够，还要有出版的作品。那是2006年，我离开船，回到了学校。两年后，《一个自杀者的传说》出版，改变了一切，我从非虚构转入虚构写作。有趣的是，自此以后，无人再愿出版我的非虚构作品，以前我写非虚构作品时，没人愿意出版我的小说。

张芸：在书写个人创伤时，回忆录似乎是我们更熟悉常见的体裁，你为什么选择了小说而不是回忆录来记述父亲自杀这段伤痛的回忆？

范恩：我无法用非虚构、用回忆录的方式来写，因为从一开始我就清楚，我讲不出这个故事的真相，或者说，这个故事没有单一的真相。我相信现实生活里确有这样的情况，一个过于重大的事件，大到粉碎了讲述的可能。而小说所做的，是把这一切转化成特殊的形态，不必拘囿在一个前后一致的故事里，可以像《一个自杀者的传说》里那样，形成故事间的对话论争，不同的说法可以共存，对我而言，这种叙述更加完整。我觉得小说是一种比纪实更有力量的工具，因为转化，因为不自觉的潜意识会生成变化，把故事带往别处。最终通过虚构编造的故事，揭示现实里更多的真相。这也说明我骨子里是个小说作者，我相信非虚构类的作者肯定有不同的看法。

在刚开始写父亲自杀时，我曾试图讲述真实发生的事，结果第一页满篇都是哭哭啼啼，那不构成故事，根本读不下去。另一方面，真实发生的事无法解释他的自杀，我可以洞察各种可能的因素，但对于他生命最后一刻的决定，永远给不出明确的解释，他为什么没有选择不自杀？现实里永远存在另一种可能性，这是非虚构与虚构的区别。和我在写《人间末日》时一样，我不能断言枪击案的凶手非那么做不可，而只能解释他为什么可能走上这条路，到最后时刻，他在车里坐了很久，两分钟后学生就将下课，他的计划便会落空，我认为在这段过长的等待中，他有过收手的念头，只差一点悲剧就不会发生。而小说不同，在小说里，我们探讨一种必然性，诚如古希腊悲剧中，主人公被逼到一个非那么做不可的境地。

张芸：所以你认为小说的这种必然性可以帮助我们去理解现实里发生的事？

范恩：对。我觉得这比非虚构更有助于我们理解现实。进一步讲，并不存在真正非虚构的作品，在撷取事件上，写什么不写什么，即已包含了一种侧重性，不同的侧重，呈现的故事面貌不同。此外，那是经语言和思考所表达出来的产物，没有绝对中立的思考，不可能不受观察角度、个人判断和感情的左右。所以在写作回忆录或传记时，作者做的工作其实和小说作者一样，不同仅在于，里面的人物和发生的事不是捏造的，人和事是真的，但对人和事的再现并不是完全的写真，只是纪实了一个侧面。而小说则摆脱了不可捏造的束缚，明白一切皆是人为的创作。

张芸：以《一个自杀者的传说》为例，写作对你而言，是不是也是一种疗愈？

范恩：写作对我确实有疗愈作用，当把我家人的故事写出来后，内心舒服了很多，新书《公羊山》是最后一本，写完后我感到莫大的如释重负，仿佛卸掉了一个沉重的担子，关于我家人的故事到此为止。写作与心理治疗都试图挖掘事情的真相，但写作还有美学的目标，把丑陋的事实转化成美的作品。这种美学追求使写作、使一切艺术形式比心理治疗更有力量，除了疗愈外，更创造出有意义、有内在逻辑、有美感的作品。

张芸：写完了家人的故事，接下来你会写什么？

范恩：我的下一本小说写的是美狄亚，讲一位妇人杀死自己的两个儿子，故事发生在三千二百五十年前，刻画了一个不想让世界落在男人手里的女子。她可以说是第一个女权主义者，摧毁了多位国王和王位继承者。小说试图去理解和体谅她的迫不得已，她不想杀害自己的儿子，但别无选择。欧里庇得斯把他的剧本《美狄亚》设置在他写作的当下，而非美狄亚所处的时代，所以史实细节上有所出入。我以故事实际发生的时代为背景，依循考古发现的证据，用写实的方式，不掺杂任何幻想，把她塑造成一个心理上可信的人物。

张芸：你怎么会突然对历史题材发生兴趣？

范恩：我在上大学时就对美狄亚的故事具有浓厚的兴趣，这个题材在我脑中盘桓了二十五年。我之前的几本书也是类似情况：《尘土》(Dirt) 和《公羊山》分别取材自我二十多年前写的两个短篇；《驯鹿岛》，十五年前我写了五十页，这些故事等待问世等了很久,但由于某些因素,比如因船而分心,等等,我一直无法将其写出来。后来当我坐下来动笔时,便先摘了这些"挂在低枝头的果实"为素材,经过这么多年等待,终于有了创作它们的机会,那是让人兴奋而激动的,所以这几本书完成的速度特别快,几乎一年一本。

张芸:在写美狄亚这个历史故事时,你一定做了很多研究吧?

范恩:是的。去年夏天,我开船周游了希腊群岛,去了科林斯和土耳其——故事发生的两处地点,做了很多考古方面的功课。在写作时,我采用了近似散文诗的语言,浓缩紧凑,使其更接近诗,而与小说有所不同。

张芸:我们能知道这本书什么时候会出版吗?

范恩:还未知。除了已完成的美狄亚,我手边还有一个即将完成的长篇,写的是发生在西雅图的一个讲家庭关系的现代故事。在这两部小说之间,我猜我的美国出版商更倾向于先出版后一本,因为后一本可能更受市场欢迎。但我不这么想。我更在意自己在文学上的成绩,而不是销量。我的写作生涯一直如此,例如《一个自杀者的传说》,书名里有"自杀"二字,五个短篇加一个中篇的不常见组合,令人难以接受的震撼转折,本以为是本肯定卖不出去的书,结果却被翻译成十九种语言,我感觉这给了我自由,让我可以写自己想写的东西,致力于文学创作,而不是当畅销作家。

张芸：如你所言，到目前为止，你出版的四本小说（《一个自杀者的传说》《驯鹿岛》《尘土》《公羊山》）都是取材自你家人的故事，我们曾耳闻有一些作者或导演，因把个人经历融入艺术作品中而引起家人的不快。你在创作这些小说时，有这样的顾虑吗？你的家人对你的书有何反应？

范恩：的确，我觉得家里出个作家也许是件最倒霉的事。以我来说，那些不堪的事被写了出来，有十九种语言的读者在阅读，而且是经过了转化、面目全非的，完全不是实际的情况。在这方面，我对我的家人感到歉疚，可与此同时，我又觉得，这是作者不得不狠心做出的牺牲，牺牲的可能不止家人，还有自己，任何对于你自己、对于你的行为和你是谁的羞耻感。细想一下小说的工作，至少就悲剧而言，检视的是我们的美好和不美好，尤其是不美好的一面：考查什么逾越了禁忌，规矩何时被打破，我们之间本该如此却并不再如此的情况。当既定的规则被打破时，那令人惶恐，我们感觉受到威胁，思考怎么将其整合起来，这是古希腊悲剧所围绕的核心。我写的正是这类小说，《尘土》和《公羊山》都是如此，让人物承受莫大的压力，直到崩溃，逾越禁忌，原本互相关爱亲密而非敌对的彼此，结果却互相伤害，毁灭了彼此，最后揭示的是瑕疵，是我们的瑕疵和不光彩的一面，因此不可能通过创作悲剧来保全自己或家人，你只能把心碎、不可见人的事展现出来。

我祖母喜欢我给杂志写的无关痛痒的文章，很鼓励我在这方面的写作，但她从未料到自己的儿子会自杀，而我会把那件事写到作品里，这让她很不高兴。她给我写了一封信，说她哭了三天，说我长大后竟不懂尊重父亲，真叫人心痛，我应该向耶稣求助。我觉得这是一种误读，恰好相反，我没有不尊重父亲，我试图通过写作唤回父亲。我爱我的父亲，并依然爱他，我觉得我对他的爱本该阻止他走上自杀之路，本该足够把他留住，我和我妹妹都爱他。那是这本书所要追问的，为什么这种爱不够？为什么我们不足以留住他？所以归根结底，《一个自杀者的传说》是一个关于爱的故事。在《苏宽岛》的结尾，那位父亲意识到"罗伊爱着他，而那本该就足够了"，可惜已经太晚，这是我想传达给父亲的信息。我的叔叔没有读过我的小说，所以我们的关系很好，因此要我建议的话，如果你的家里有人写了书，最好别去读。

张芸：在谈论你的作品时，你从不讳言作品与你个人经历之间的关系。在你看来，这些自传性的素材在你的小说创作中扮演了什么角色？

范恩：这些素材提供了情感上和心理上的威力，现实中发生的事萦绕不去，因我的潜意识而发生变化，这中间包含了巨大的能量，使故事更加紧张，给人物施加更多压力，在某一瞬间闪现他们是谁，闪现故事的意义或里面的真相，透过与实际经历的联系而实现，那像是基石。创作这四本小说，对我而言无比重要，书里具体的情节是虚构的，但真实故事的影子盯着背景，并且，我渴望给这些故事找出答案，潜意识里我想把发生的事拼成一幅完整的图画。是这种渴望和动力，促成了书的诞生。

我知道有些作者试图把真实的故事掩藏起来，但如我之前所言，我认为小说实现的是一种转化，取材真实的故事，将之变成别的。对读者来说，了解真实的故事，便能看出转化是怎么发生的，那样会更有感染力，这是我愿意坦率谈论这方面关系的原因。比如《一个自杀者的传说》，当读者知道现实里我拒绝了父亲的请求，不久他自杀了，这让人看到故事的机制，给它增添了力量。或是《驯鹿岛》，里面一部分故事基于发生在我继母身上的悲剧，她的母亲先杀了自己的丈夫，然后自杀，这是真正发生在一户人家里的事，这样的事怎么会发生，一个妻子怎么会竟至杀夫又自杀，这不是一个假设性的问题。后又牵涉我父亲的自杀，那距离我继母双亲的死只有十一个月，而且我父亲选择在与她通电话时结束了自己的生命，对我继母而言，那是难以置信的残忍。三十年，我的心一直无法平复，在创作《驯鹿岛》时，笔下涌出的是那么多年积压在心头的重荷。

张芸：在把这些和个人有关的经历融入小说时，你是如何做到保持距离，使作品不流于感伤煽情？

范恩：在我刚开始创作小说时，是有这个问题，比如写些"我们哭着在屋里跑来跑去"之类，乏味得不值一读。我花了很长时间终于领悟到，小说总是间接迂回的，表面有一个我们关注的故事，表面底下有另一个逐渐浮现的故事，吸引我们的注意力——永远不是单独的一个故事，而是两个故事的联合作用，这给作者提供了距离，把笔墨集中到其他事上。例如，在写《苏宽岛》时，我着力刻画他们在野外扎营求生的细节，他们需要储存的各种过冬食物，需要制作修理的种种东西；聚焦于求生故事的目的在于，让我能够从这个故事背后引出父亲陷入绝望的另一个故事。这是本质上实现距离的方式，找到某一片天地，对我而言，这片天地始终是风景，是自然景色。我的几本小说都聚焦于风景，描写那位父亲徒步在岛上环游时，那片森林变成一个可怕的地方，对他而言，如一面镜子，包含了他所有的罪责和内疚。我认为森林本身是一张白纸，纯粹的荒凉不具意义，而是变成一种原始冲击测验，心理学上有暗指意义的图画，你告诉心理治疗师看见的是什么图形。我觉得野外的风景正是如此，一个不带感情色彩的空间，人可以用潜意识去感受，看到或想象出各种形状的画面，从而体现人物的内心世界。我不让自己的作品流于感伤煽情的方式，便是着眼于风景，通过描写河流、森林等景物来描写情感，避免直接叙述人物的心理感受。

张芸：比如《驯鹿岛》结尾，主人公伊莱娜在杀夫前，背着弓，精神恍惚地在岛上游走的一幕。

范恩：是的，那一刻，伊莱娜感到脚下的土地倾斜，整座岛屿倒转倾覆。景物的形变暗示了某种不可能和疯狂，显示了人物的幻想和内心活动，我觉得这比直接写"伊莱娜不知所措、心乱如麻"更有力量。

张芸：在美国文学里，有些作家的作品刻着鲜明的风土特色，令人印象深刻。比如提到科马克·麦卡锡，我们会想到得克萨斯，提到安妮·普鲁,我们会想到怀俄明,提到罗恩·拉什,会想到阿巴拉契亚山脉。这种地域性的关联在阅读你的作品时也很明显,你的前两本小说以阿拉斯加为背景,后两本的故事设置在加州北部,能否谈一谈这两处地方和你写作的关系?

范恩:的确,在我看来,美国最优秀杰出、最重要的文学传统和乡村、地域有关,自然风景是书写的焦点。我们出版业的重心在纽约,二十世纪后半期,我们有大量来自纽约的作品,像菲利普·罗斯、我以前的老师格蕾丝·佩雷,等等。有许多作家,写了很多美国犹太人的经历,把意第绪语融入作品,让人眼前一亮。我觉得我们常把这种都市文学视为美国文学,但更悠久的美国文学传统可追溯到霍桑、梅尔维尔,继至福克纳、弗兰纳里·奥康纳等南方作家,以及科马克·麦卡锡和安妮·普鲁。那是一种聚焦乡村风景的文学传统,遍布于美国不同的地区,远离纽约,这种南方文学传统是我写作的方向。创作小说时,我没有故事大纲,不知道下一步会发生什么,我只全力描绘风景,让故事和人物的内心活动随着对景物的刻画而生成。

我的童年在阿拉斯加度过,那是我想象里最神秘骇人的地方,是我最早的回忆。那儿的雨林,高达六千毫米的降雨量,滂沱大雨,巨型野兽,真的有熊和狼。因此在树林里时,能感觉到有东西追着你、盯着你,永远不是只有自己一个人。我们捕到了硕大无比的鱼,例如重达二百五十磅的大比目鱼。我仍然记得,我们在海上,那条鱼特别重,我的祖父无法用鱼竿上的钓丝螺旋轮把它拉上来,我父亲只能用指尖捏着渔线一点一点往上提,因为稍一用力，就会惊到比目鱼，就这样以极慢的速度，拉了大概三百英尺长的渔线，仿佛永无尽头。我在船舷旁望着水面，水和鱼一样，都是绿褐色的，分不出彼此，接着我看到雀斑样的东西，最后终于出现小小的一团，越变越大，露出水面的那一刻简直叫人难以置信，这似乎可以用来比喻想象，不断地增长，变成某种不可思议之物。对我而言，写作亦是如此，开始时，你循着某样东西，不知结果会如何，在浮出水面的过程中它不断变形转化，直到让你大吃一惊，感觉到分量，像一幅不可预见的图景。阿拉斯加依旧是我内心深处的家园，那儿的风景最神秘骇人，最原始荒凉。至于加利福尼亚，《公羊山》里的猎鹿牧场，我们每年都会去那儿，我们家族的所有故事都保存在那儿。我一直相信，故事存在于空间里，没有故事不与地点挂钩。当我们走在牧场上时，每路过一处，我们都会说，比如，"哦，这儿就是我叔叔射中那头鹿的地方，鹿受了伤却不见了踪影"。我们回忆同行的有谁，家人、朋友，所有往事都记在那儿。《尘土》的故事设置在我外祖父母的核桃园，位于中部山谷，炙热的天气如地狱一般。我的外祖父酗酒，并殴打虐待我的外祖母，因此那亦是一个藏着秘密、叫人畏惧的地方，因心理上的背后的故事而令人产生恐惧。这些自然风景提供了思想意识的动力，如回首童年，回首对事物、对成人世界的第一印象，回首世界是如何整合起来的。就像在罗恩·拉什的作品里，他笔下的阿巴拉契亚山脉并非单纯客观的自然景色，而是与人、与人们的故事联结在一起，包含在那里面的。

张芸：你的小说多以人的暴力冲动为主题，你是否担心过这类黑色题材会太令人不安而吓走读者？

范恩：没有。我不会因为读者而改变我的写作。的确，美国人不愿读悲剧作品，我觉得原因是美国人骨子里拒绝承认很多事，很多美国人愿意相信美国是世界上的正义之师，美国军队是正义的，我们的大企业大公司意在帮我们摆脱困境，本质上也是好的，我们是重视环保的公民，枪支保证了我们居家的安全，这一切都不是事实。在实际情况和美国人一厢情愿的相信之间，存在着惊人的鸿沟，这是一种用天大的谎言所编织出的文化。悲剧对这种文化构成强大的威胁，因为在悲剧里，我们必须去思考我们的坏与恶，这是美国人十分不愿思考的，所以我的书在欧洲国家更受欢迎，在斯堪的纳维亚、在土耳其，在人们更愿意采取批判自省的态度来看待自己的国家、自己的文化的地方。

另一方面，我并不认为我的作品是黑暗的，悲剧不同于恐怖片或恐怖小说，那是一个很重要的区分，在悲剧里，故事牵动我们的情感和心理。此外，我的书里并无太多描写身体暴力的内容或血肉模糊的场景，紧张的氛围来自心理上、情感上的剧烈震慑，以致让人认为我的书是暴力黑暗的。相反，恐怖电影，例如《电锯惊魂》系列，那呈现的是一种出离疯狂、错乱的暴力，对身体的残害蹂躏，不牵动情感或心理。人在看恐怖电影时，不会对银幕上的血流如注产生感觉，因为那不具意义。就像校园枪击案的凶手，在射杀人时毫无感觉。假如我写的是恐怖作品，我会感到非常难过自责，因为我觉得恐怖作品对世界造成恶劣的影响，使人变得麻木不仁，对他人失去同情心。但悲剧不同，悲剧能唤起更多同情和悲悯，让人思考行为的结果，思考人在感情和心理上如何受伤。换言之，我相信悲剧带给人的是慰藉和振作，而不是消沉压抑，它不会诱导人去自杀或作恶，而是让人在行动前要三思。

张芸：你谈到美国人不愿正视现实的问题，这是你现在大多数时间住在海外的原因吗？

范恩：是的，我已离开美国，我不是很喜欢美国，因为上述的种种原因，因为美国人相信的种种谎言，那并非真正的民主，而是一种笃信武力的好战主义，崇尚个人、金钱和大企业，恰与民主相反。我觉得这是危险、不负责任的，应受到约束，我们应削减军事预算，增强防御，停止在世界各地耀武扬威。美国是一个帝国，犯下各种帝国之罪，像在无正当理由下入侵伊拉克，他们没有杀害一个美国人，实际并未和基地组织结盟，没有大规模杀伤性武器，一切只是虚假的借口，这是美国犯下的反人道主义的滔天大罪，我们的士兵每天都在残害无辜的生灵，这让我忍无可忍。我交的许多税被用于支持这种军事行动，所以我不想继续待在美国。

另外，我们钟爱的政治辩论也愚蠢至极，即使奥巴马，我投票选了他两次，但对他也深感失望。他领导下的司法部门打击五大出版商以支持亚马逊，尽管真正构成垄断威胁的是亚马逊，他们却荒唐到家地为其辩护。后来，他又在亚马逊的仓库发表讲话，称赞他们干得好，这么做简直糊涂透顶，他应该为此感到羞愧。他没有削减军费开支——那是我最想看到的，而且在他的领导下，我最在意的文学生态遭到破坏。所以我更喜欢住在新西兰——我现在的家，以及欧洲和土耳其。此外，每年秋天我在英国教十个星期的课，我更喜欢欧洲的文学文化环境，例如在法国，图书有定价制度，折扣不能超过百分之五，因为他们明白，文化需要保护，政府需要介入，不像在美国，一切都被商品化，一切都被压至最低价，这会摧毁文化。

张芸：你最新的两本长篇小说《尘土》和《公羊山》都设置在非常有限的时空内部，出场人物也很少，如你先前所言，类似古希腊戏剧。例如《公羊山》里，只有祖父、父亲、孙子三人和一个父亲的朋友，是什么原因，让你偏爱这种紧凑、密集、浓缩的小说形式？

范恩：对我而言，这种形式能在作品里创造出最大的张力，形成最强的情感冲击，把大部分外界因素排除在外，集中于几个人物。在简短的时间和空间内，如《公羊山》里，文本几乎以实时的方式推进，跳过的只有男孩睡觉的时间。除此以外，读者可以读到两天半里每一时刻的发展，这种压缩的作用是，让人身临其境地感受故事里人物所经历的一切，他们的崩溃，他们受到的威胁，事态发展的紧张，我觉得这样更具冲击力。在我看来，古希腊人是对的，两千五百年来，我们并未发展出更好的形式来改进戏剧三一律的观念，给故事制造压力，继而影响观众。他们懂得怎么把观众带入故事的世界，特别是，他们明白，我们人生中最重要的是那些最基本最亲近的人际关系——家庭中父母、手足、配偶之间的关系，这些关系最能打动人心，一旦它们破裂或受到威胁，我们的人生便会崩毁，所以他们着眼于此。他们不试图创作规模恢宏的大小说，探讨广阔的文化主题。在他们眼里，最重要的文化存在于小范围内的基本人伦关系中，对我而言，这仍是最重要的，关系到逾越禁忌和规范，在受到外界威胁时怎么让自己、让我们的关系保持完整，那依旧是最让我兴奋的题材。我无意创作宏大的美国小说，只努力关注人生中骤然崩裂的时刻。

张芸：你曾提到你在翻译古英语史诗《贝奥武夫》，这对你的小说写作有影响吗？

范恩：有，那影响了我写的每一个句子。我去除句子内部的连词和语法词素，将其变成断片，也没有很多讲究句法的排列，只留下块状的内容。因为盎格鲁-撒克逊人的思维，不是通过很多文法上的排序和条理来传递的，他们以更直接的方式观察世界，看到的是一块块的内容，名词是复合式的名词，例如"people-kings（人王）"。在《驯鹿岛》里，我首度尝试这种行文，主人公加里是研究盎格鲁-撒克逊语的，那正好符合他的身份；在《尘土》里，我发现可以更进一步，信仰新时代主义的盖伦追求超然的体验，试图看穿表象，直视世界，断片式的句子恰好用来表现他所看到的世界的实质内容。至于《公羊山》，里面含有一种回到过去的意识力量，几个男人在山坡上席地而睡，换作几千年前的男人，亦可能做同样的事，因为那是非常基础的行为，可以追溯到很久以前，而我觉得打猎即是一种试图回到过去的方式，回到远古文化，所以古风的语言适于用来描述这种回溯的企图,并与自然环境的联结更紧密。

张芸:除了小说,你也写过一些纪实作品,像前面提到的《人间末日》,回溯 2008 年北伊利诺伊大学枪击案凶手的人生,分析他变成杀人狂的原因。你说这本书不是受出版商委托而作,那么,促使你创作的原因是什么?

范恩:最开始是《绅士》(Esquire)向我约稿,为此我写了一篇长达一万两千五百个单词的纪实报道,把那扩展成一本书是因为当时我手边有许多资料,包括警方未对外公开的关于凶手的一千五百页卷宗。那本不是一个我会主动想写的题材,我对杀手、对现实的犯罪活动不感兴趣,也未在作品里触及过凶杀案。我挑中这个选题,是因为我想写美国小孩拥有或有机会接触到多少枪支。比如我小时候,父亲自杀后,家人把他所有的枪都给了我,他们认为这是绝佳的主意,其实那很愚蠢。十三岁的我有了一把打熊的来复枪,一把猎鹿的来复枪,两把霰弹猎枪,当时父亲刚刚自杀,我处在人生非常低潮和危险的阶段,我思及其他孩子有机会接触到多少枪,那是多么可怕。但杂志编辑要求我只着眼于枪击案和滥杀本身,着眼于那个和我有一点相似之处的凶手,都是一面学习成绩优秀,一面却令人毛骨悚然地玩枪。在父亲自杀后的一段时期内,我过着双重生活,在学校是全优生,回家后拿着枪偷偷去射附近的路灯,编辑建议我以这个联系为切入点。因为是杂志文章,所以时间很短,我用六天写出了八十页的初稿,差点要了我的命,然后用六天删减掉近一半,完成定稿,接着是事实核查,整个过程很痛苦。

但交稿后，那些资料仍萦绕在我的脑海里，熟悉到每段内容几乎历历在目，于是我又用了五六个星期，在八十页初稿的基础上，增写了三分之二内容，把它变成了书。

这个故事吸引我的地方在于，我们希望把枪击案的凶手想成一个灭绝人性的怪物，把他与我们区分开，但其实凶手身上隐含了美国文化：在美国，我们孕育杀手，制造杀手。描绘、定义他们很容易，但对此我们束手无策，因为我们不愿采取对策。比如，很多枪击案的凶手是退伍军人，若他们已满入伍年龄的话，而军队是一个训练人杀人不眨眼的地方，这是他们会成为枪击案凶手的一个原因；但在美国，我们拒绝承认这一点，我们不愿说军队是在制造杀人狂，我们认为军队是好样的。我们明知枪击案的凶手是怎样的人，却什么也做不了，没有人会说，从伊拉克或阿富汗退伍的军人不该拥有枪支，否则很危险，我们显然说不出口，那像是忘恩负义，他们为国家服役，为何不能拥有枪？这种根深蒂固的否认存在一天，情况就绝不会改变。新的枪击案不断发生，我们永远听之任之。男性，年轻，没有钱，被排斥在社会边缘，长得不好看，有精神病史，曾在军队服役，身上有刺青，喜欢玛丽莲·曼森……枪击案的凶手具有一些明显的共同特征。

张芸：你念过创意写作班，现在又在大学教授写作，你觉得创意写作班这种形式给年轻的作者或有志从事写作的学生提供了什么？

范恩：我觉得写作班是一个有极大助益、很有积极意义的形式,虽然在欧洲很多人不相信,但现在开始有了转变,连法国也有了三个创意写作系。它的好处在于给写作者提供了一个认识其他写作者的机会。在美国,一切都很分散,你不可能在旧金山市中心的咖啡馆遇到一群优秀的作家,让他们指导你,你遇到的只会是蹩脚作家。我猜在其他地方大概也是同样的情形,作家更多在家里写作,而不是在咖啡馆。在写作班里,你能遇到一群和你同辈的写作者,了解彼此的进步,从他们的成功和失误中吸取经验;同时,师从已有所成绩的作家,他们可以给你建议,成为你的导师。此外,你也研读和分析很多作品,那和英语课上所学的不同,关注的不是文学理论,而是语言、文风、戏剧结构、怎么组织作品、怎么塑造人物。你可以节省很多入门的时间。当然,无可取代的是大量的阅读和对语言的钻研,随着时间而不断提高,胜过老师和写作班所教的。但写作班能让你在一段时间内专注于此,起到助推的作用。

张芸:你参加过很多很多文学节,这些文学节吸引你的地方是什么?有没有特别难忘的经历?

范恩:我最喜欢文学节的地方是,我在那儿遇到别的作家、记者,与他们对话,有时不止一位,这些对话妙趣横生,对我而言,那是创意写作班的延伸,在一个不同的层面上。事后我会阅读结识的作家的书,扩大自己的阅读面。此外,还有众多热情的读者,像一个聚会。在书店活动或采访中只一味听自己讲让我略感厌烦,在文学节上可以倾听别人,加入对话,那是天赐的良机。

至于难忘的经历,我首先想到的是科尔姆·托宾,他在台上的表现精彩绝伦,他才华横溢,谦卑幽默,热情慷慨,阅读他的作品和观看他在台上演讲,让我受到很多启发。另一个是珍妮特·温特森,她在台上是一个表演家,即便在回答观众的问题时,她亦能说出完美漂亮的结语,她的思维力叫人难以置信。

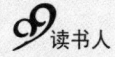

短经典精选系列

走在蓝色的田野上
〔爱尔兰〕克莱尔·吉根 著 马爱农 译

爱,始于冬季
〔英〕西蒙·范·布伊 著 刘文韵 译

爱情半夜餐
〔法〕米歇尔·图尼埃 著 姚梦颖 译

隐秘的幸福
〔巴西〕克拉丽丝·李斯佩克朵 著 闵雪飞 译

雨后
〔爱尔兰〕威廉·特雷弗 著 管舒宁 译

闯入者
〔日〕安部公房 著 伏怡琳 译

星期天
〔法〕伊莱娜·内米洛夫斯基 著 黄荭 译

二十一个故事
〔英〕格雷厄姆·格林 著 李晨 张颖 译

我们飞
〔瑞士〕彼得·施塔姆 著 苏晓琴 译

时光匆匆老去
〔意〕安东尼奥·塔布齐 著 沈萼梅 译

不中用的狗
〔德〕海因里希·伯尔 著 刁承俊 译

俄罗斯套娃
〔阿根廷〕比奥伊·卡萨雷斯 著 魏然 译

避暑
〔智利〕何塞·多诺索 著 赵德明 译

四先生
〔葡〕贡萨洛·曼努埃尔·塔瓦雷斯 著 金文彭 译

房间里的阿尔及尔女人
〔阿尔及利亚〕阿西娅·吉巴尔 著 黄旭颖 译

拳头
〔意〕彼得罗·格罗西 著 陈英 译

烧船
〔日〕宫本辉 著 信誉 译

吃鸟的女孩
〔阿根廷〕萨曼塔·施维伯林 著 姚云青 译

幻之光
〔日〕宫本辉 著 林青华 译

家庭纽带
〔巴西〕克拉丽丝·李斯佩克朵 著 闵雪飞 译

绕颈之物
〔尼日利亚〕奇玛曼达·恩戈兹·阿迪契 著 文敏 译

迷宫
〔俄罗斯〕柳德米拉·彼得鲁舍夫斯卡娅 著 路雪莹 译

奇山飘香
〔美〕罗伯特·奥伦·巴特勒 著 胡向华 译

大象
〔波兰〕斯瓦沃米尔·姆罗热克 著 茅银辉 易丽君 译

诗人继续沉默
〔以色列〕亚伯拉罕·耶霍舒亚 著 张洪凌 汪晓涛 译

狂野之夜：关于爱伦·坡、狄金森、马克·吐温、詹姆斯和海明威最后时日的故事（修订本）
〔美〕乔伊斯·卡罗尔·欧茨 著 樊维娜 译

父亲的眼泪
〔美〕约翰·厄普代克 著 陈新宇 译

回忆，扑克牌
〔日〕向田邦子 著 姚东敏 译

摸彩
〔美〕雪莉·杰克逊 著 孙仲旭 译

山区光棍
〔爱尔兰〕威廉·特雷弗 著 马爱农 译

格来利斯的遗产
〔爱尔兰〕威廉·特雷弗 著 杨凌峰 译

终场故事集
〔爱尔兰〕威廉·特雷弗 著 杨凌峰 译

令人反感的幸福
〔阿根廷〕吉列尔莫·马丁内斯 著 施杰 译

炽焰燃烧
〔美〕罗恩·拉什 著 姚人杰 译

美好的事物无法久存
〔美〕罗恩·拉什 著 周嘉宁 译

魔桶
〔美〕伯纳德·马拉默德 著 吕俊 译

当我们不再理解世界
〔智利〕本哈明·拉巴图特 著 施杰 译

海米的公牛
〔美〕拉尔夫·艾里森 著 张军 译

对不起，我在找陌生人
〔英〕缪丽尔·斯帕克 著 李静 译

爱因斯坦的怪兽
〔英〕马丁·艾米斯 著 肖一之 译

基顿小姐和其他野兽
〔安道尔〕特蕾莎·科隆 著 陈超慧 译

在陌生的花园里
〔瑞士〕彼得·施塔姆 著 陈巍 译

初恋总是诀恋
〔摩洛哥〕塔哈尔·本·杰伦 著 马宁 译

美好事物的忧伤
〔英〕西蒙·范·布伊 著 郭浩辰 译

一切破碎，一切成灰
〔美〕威尔斯·陶尔 著 陶立夏 译

纵情生活
〔法〕西尔万·泰松 著 范晓菁 译

命若飘蓬
〔法〕西尔万·泰松 著 周佩琼 译

爱，趁我尚未遗忘
〔海地〕莱昂内尔·特鲁约 著 安宁 译

水最深的地方
〔爱尔兰〕克莱尔·吉根 著 路旦俊 译

石泉城
〔美〕理查德·福特 著 汤伟 译

哥哥回来了
〔韩〕金英夏 著 薛舟 译

他们自在别处
〔日〕小川洋子 著 伏怡琳 译

恋爱者的秘密生活
〔英〕西蒙·范·布伊 著 李露 卫炜 译

在奥德河的这一边
〔德〕尤迪特·海尔曼 著 任国强 戴英杰 译

当我们谈论安妮·弗兰克时我们谈论什么
〔美〕内森·英格兰德 著 李天奇 译

死水恶波
〔美〕蒂姆·高特罗 著 程应铸 译

一个自杀者的传说
〔美〕大卫·范恩 著 索马里 译